花子

作为生活线索的花子，吃喝玩乐的同时，给我提供了一个记录自己诸多存在场景的机会。落花有意，流水也有情，是件美好的事。

刘夏 著

中国戏剧出版社
CHINA THEATRE PRESS

图书在版编目（CIP）数据

花子 / 刘夏著. -- 北京：中国戏剧出版社，2024.
11. -- ISBN 978-7-104-05581-5
Ⅰ.I267.1
中国国家版本馆CIP数据核字第2024K3G385号

花 子

责任编辑：邢俊华
责任印制：冯志强

出版发行：中国戏剧出版社
出 版 人：樊国宾
社　　址：北京市西城区天宁寺前街2号国家音乐产业基地L座
邮　　编：100055
网　　址：www.theatrebook.cn
电　　话：010-63385980（总编室）　010-63381560（发行部）
传　　真：010-63381560

读者服务：010-63381560
邮购地址：北京市西城区天宁寺前街2号国家音乐产业基地L座

印　　刷：北京鑫益晖印刷有限公司
开　　本：787mm×1092mm　1/32
印　　张：11.625
字　　数：223 千
版　　次：2024年11月　北京第1版第1次印刷
书　　号：ISBN 978-7-104-05581-5
定　　价：98.00 元

版权专有，违者必究；如有质量问题，请与出版社联系调换。

自序：作为生活线索的花子

在收养流浪猫花子之前，我已经有很多年不写日记了。每天忙忙碌碌，除了课表、试卷、论文、著作、照片等片段式的线索之外，没有完整流畅的个人史记录，这无疑是很遗憾的，只是习惯了没有记录的生活方式，倒也没觉得少些什么，脚步匆匆，不停往前走着。这或许说明生活的弹性很大，我们对生活的需求弹性也很大。不过自从去年年底花子进家之后，且有了给他写成长记录的想法，如今不知不觉中竟已写了一年。作为生活线索的花子，吃喝玩乐的同时，给我提供了一个记录自己诸多存在场景的机会。落花有意，流水也有情，是件美好的事。

本书所呈现的多为有感而发的俗世生活流水账，谈不上什么构思技巧，也没有什么高言大志，甚至会流于琐碎的唠唠叨叨。于我个人而言，重要的是留下点生活过的印记。当然这些印记只是生活中的一小部分，仿佛冰山之一角。若是

花 子

  读者肯赏光读一读，那就是意外收获了。书中每一小节大约四五千字，时间跨度长短不一。第一节的时间跨度接近两个月，那是因为当我打算给花子写成长记录的时候，距离收养他已经快两个月了；第二节跨越的时间也比较长，接近一个月；不过后面的持续时间就短了，大多维持在一个周左右，说明写作的节奏越来越稳定了，作为写作者的角色感也越来越明显了。每小节之所以控制在四五千字，这是我写作本书时一个莫名的句读感，太长了觉得是个负担，太短了似乎有点不好意思。那些本来转瞬即逝的日常琐事和片段想法附着在花子身上，得以保存和记录下来，有了长久的清晰模样。正常的关系是交互式的，我收养了花子，给了安全无忧的生活；花子也反哺了我，让我对生活有了更深入的看见和思考。如同小王子和小狐狸的互相驯养，我和花子也在互相陪伴中画下了一个完整的年轮。

  世界上最宝贵的资源之一是时间，我们看重谁，就肯多花时间在谁的身上。花子作为家庭成员，恨不能时时跟我黏在一起。我想他大概率是看重我的，这也是我常常不忍心推开他的原因。只是我的时间必须分配给其他的人和事，有时候推开他也是为了给他去挣好吃的。作为一只懂事的小猫咪，他完全能理解这种生存必需的狩猎行为，于是跟其他在家等主人的小猫咪一样，每天操练面对孤独时刻的坚忍。深夜写下这几句话的时候，我愿意相信时间是线性的，这样我们可

自序：作为生活线索的花子

以不断拥有未来或者说更多延展的当下；我也希望时间是永恒的一部分，这样我们就不必担心会丢失过去，那些美妙的时刻被保存下来，随时都可以去回味。

花子作为一只流浪猫，机缘巧合，获得了深度介入人类生活的机会，并成为一本书的主角。我希望本书出版后，若有时间的话，每天读一点给他听，顺便看看他在听到自己的历史时是什么样的表情。如果可能，我还会继续写花子的成长故事，以及我们之间的故事。我自幼极佩服的一个人是公冶长，他懂得各种鸟兽禽语。跟花子的相处，也是我接近公冶长的一个路径。期待有一天，我能通晓多种语言，带着花子去往大自然的深处，觅得更多隐秘的乐趣。

刘　夏

2023 年 12 月

CONTENTS

目录

一	/1	十九	/196
二	/16	二十	/205
三	/29	二十一	/216
四	/42	二十二	/225
五	/52	二十三	/234
六	/61	二十四	/243
七	/71	二十五	/252
八	/85	二十六	/263
九	/96	二十七	/272
十	/106	二十八	/283
十一	/117	二十九	/290
十二	/127	三十	/301
十三	/136	三十一	/310
十四	/146	三十二	/321
十五	/154	三十三	/332
十六	/163	三十四	/341
十七	/175	三十五	/350
十八	/184	后记	/360

一

花子的妈妈是只黄猫,爸爸是只白猫,所以他身上的毛发以白色打底,从嘴巴到鼻子到额头到背部,对称地分布着一些黄毛,等顺到了大尾巴就完全是棕黄色的了。由于他是长毛猫,棕黄色的大尾巴便格外显眼,翘起的时候像是一面小旗子。这显示了他父母在生他的时候,还是花了些心思的,他因此也算得上是爱情的结晶了。不像有些猫,身上的花纹或斑点很杂乱,显示出家长当初的漫不经心。

花子性格温顺乖巧,本来我叫他花花,以为是只母猫。之所以会犯低级错误,是因为这是我有生以来第一次养猫,对猫的性别没什么概念,且是从一群流浪猫中选了他。花子和小区里的一些流浪猫经常光顾我父母住的一楼小院,天气渐冷,我从网上给它们买些流浪猫粮,父亲一天三次喂它们,渐渐有了相对固定的关系。每次我去小院,花子都会跑过来,毫无心机地露出肚子,让我摸摸他。其他几只猫没有

花子

他温情，吃完后警惕地走开，有的还会伸出爪子打你，如果你想抚摸的话。有一次，一连几天他失踪了，母亲说他可能遇害了，毕竟他见了人没有戒心。一周之后，他精疲力竭地回来了，大概是被坏人抓住扔进垃圾桶里，好不容易爬出来，又挣扎着回到小院。

听说了这件事，我心里记挂着花子。周末的时候，我和老公去看望父母，顺便也看看花子。花子病恹恹的，白毛变成了灰毛，像荒草，愈发显得长，大尾巴上粘着碎叶子，结成了团，耷拉着拖在地上。我摸摸他，皮包骨头，很是可怜，但他仍然打起精神陪我玩。午饭后阳光很好，我坐在小马扎上，花子靠着我躺在小院的石板上，我一边跟他说着话，一边用梳子慢慢梳理他打结的毛发，他看上去很得安慰。母亲告诉我一个消息，小区里有个女人讨厌猫，把一窝刚出生的小猫都摔死了，母猫天天去她家楼下哀嚎，结果不久那女人竟流产了。我听了一惊，担心花子被人摔死，加上天越发冷了，寒冬对流浪猫是个严峻考验，于是那天我临时起意，决定把花子从流浪猫变成家猫。老公可怜花子，也同意了。

我们先去附近宠物商店买了个箱子，美其名曰"太空舱"，准备把花子装进去。等我们回到父母小院的时候，天色已晚，花子出去玩了，其他几只流浪猫待在门口，等着吃晚饭。我正要出去喊他，却见他欢欢喜喜地从小院外门跑进来。我赶紧打开"太空舱"的门，借着他的好奇劲儿引导他走进去，然后关上门。我提着"太空舱"进了屋，其他几只猫好奇地看着花子，其中有一只大概意识到他要被带走，出于关心也跟着进了屋。或许基于对我的信任，花子在"太空舱"里没有挣扎，于是在伙伴们的注目下，懵懵懂懂地跟着我离开了一直生活的小院。

一路上，我不断跟花子说着话，减轻他的不安。神奇的是，他一直很安静，似乎在经历了重大磨难之后，放心地把余生交给我去安排。我和老公先带他去附近的宠物医院检查身体，打疫苗。宠物医院里挺热闹，猫猫狗狗们神态各异，但显然都是被宠爱的，有的被主人怜惜地抱在怀里，有的是刚洗完澡被护士小姐姐送出来的，浑身干干净净香喷喷的，每一根毛都闪着光，越发显得花子落魄，也显得我和老公有点冒失。医生给花子建了一个档案，这意味着他以后要跟旁边的那些猫猫狗狗们一起，成为宠物医院的常客了。医生看了下日历，在档案上写上日期"2022年10月22日"。我摸着花子的头，笑着跟他说："看来你是一只很二的小花猫啊。"医生翻了翻花子的肚皮，顺便告诉我这是只小公猫，我当时多少有点意外。养了一个儿子之后，我心里还是有点儿女双全的传统观念的，不过孩子这种事不能强求，我很快释然，而且安慰自己，以前积攒的养儿子的经验可以派上用场了，不用遗憾浪费了。那天我正式给他改名为花子，并从此建立起我们的亲密合作关系——甲方是养妈妈，乙方是猫

花 子

儿子。我不太认同网络上很多人称呼猫主子,把自己贬低为铲屎官,猫儿子是我能给花子最好的身份,我也希望他从内心里把我视为亲爱的养妈妈。有了养妈妈,自然也就有了养爸爸,花子的新身份算是确定了。

医生问及花子的年龄,我大致确认了一下,花子生于当年春天,那就是大概半岁。看了一下医生递给我的猫/人年龄对照图表,花子竟然相当于人类十岁了。一个十岁的男孩,正是破坏力旺盛的时候,有的已经准备进入令家长胆战心惊的青春期了,不过现在的我已经过了不惑之年,开始学习顺应天命,何况当年儿子闹青春期,我潇洒认命地送了他一句话——"人不作死枉少年",所以花子年龄的事没有对我形成困扰。医生给花子进行了一番检查,又打了第一次疫苗。出乎意料,花子身体竟然很健康,没有什么毛病,因此除了常规项目没有额外多花钱。经历了那么长的流浪生活,特别是近期的磨难,花子竟然保持了良好的身体状况,简直算得上是一只小福猫了。

把花子带回家,我给儿子打了个事后报告。儿子从房间里出来,看着花子,沉默了一会儿,似乎还没做好家里多个成员的准备,毕竟当了近二十年的独生子,习惯了享受独生子的百分百福利,一下子进来个生茬子,难免要分走一部分父母的关心。我赶紧给他讲了讲花子的悲惨历史,又谈到他明年要外出上大学,不能常在我和老爹身边,有个小猫咪陪着我们也是好事。儿子想了想,表示同意:"现在我成年了,有了这只猫,你们也正好不用打扰我了。要是在我小时候你们领养他,我一定把他摔个半死。"我赶紧对花子说:"花子,这是大哥,以后要尊重大哥,不能捣乱啊。"花子乍一进家,还没摸着头脑,明智地保持安静。接下来我们商量了一下,决定让花子在主卧室外面的南阳台安家,那儿空间相对独立,把阳台门拉上,花子就出不来,不会乱跑。我找了个纸箱子,又临时找了吃饭喝水的小碗,告诉花子以后就待在阳台上,从此他就是家庭一员了。整个过程花子一直很安静很配合,没有任何挣扎,似乎他天生就是要在这个家里生活一样。医生说刚领养的猫咪不能洗澡,我就用刚买的猫咪专用手套式澡巾给他全身擦了好几遍,先去去灰尘。简单吃喝后,花子就算安顿下来了。大哥赐给花子一个新的名字"星

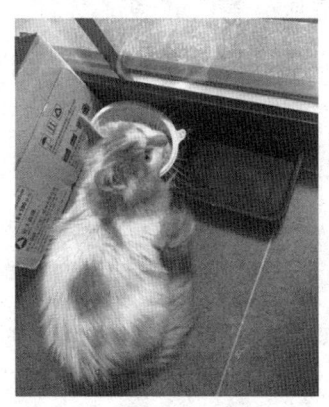

2022年10月22日,进家第一餐

花　子

降", 还做了个卡片贴在花子的纸箱子上; 老爹也来凑热闹, 叫花子"毛毛"; 我没有反驳, 但还是叫他"花子"。命名权无疑是一项很重要的权利, 不过事实证明, 花子终将叫"花子"。随着每天"花子""花子"高频率地出现在家里, 其他使用频率低的名字很快都隐退了, 不好意思再出现了。

花子改变了我以前对猫的很多偏见, 比如猫是没良心的喂不熟的白眼狼, 不会忠诚于单个主人, 谁对它好就跟谁走; 猫是高冷的, 打心眼里蔑视人类, 总会与人保持距离……事实上, 这些毛病花子一点儿也没有, 他简直比韩国流行剧里的小奶狗更甜心, 恨不得一天二十四小时黏在我身上, 一眼看不到我就赶紧寻找, 发出听起来离开我就活不下去的声音, 各种肢体撒娇手段更是高超。对我这样一个有点社恐且比较看重智商的人来说, 花子甚得我心的是聪明懂事, 加上勇敢坚强, 我想不疼爱他都要下点儿狠心才行。

比如花子来家第一天晚上, 我业务不熟悉, 没买猫砂和猫砂盆, 先给他找了个高度适中的纸箱子, 铺上报纸, 告诉他在那里面大小便, 第二天果然发现他的秽物在里面。我很快给他补给了猫砂, 把猫砂盆放在纸箱子里, 从此他不但坚持大小便定点, 而且方便之后把秽物细心掩埋好, 颇有文明之风。时间一长, 我还发现, 每次花子大小便之后, 会立刻去找我, 并发出一种特定的提示叫声, 看到我给他清理好就欢喜地去吃喝玩乐了。单单这一条, 便让我觉得第一次做养妈妈太赚了,一点儿不用操心随地大小便的问题。网上有人苦恼自己的猫大小便随意,我看了之后十分庆幸,也愿意用"听话的孩子都是来报恩的"这种流俗观念来自我安慰。我买了个逗猫棒,悬挂在半空中,花子反反复复地琢磨,通过自身跳跃捕捉、跳上钢琴假以外物等方式,两天之内就把羽毛们几乎全扯下来,战利品均藏在沙发底下的一个角落里。刚来家之后不久,花子因为环境改变以及换食诸多原因,有点肠胃发炎,我带他去看医生,医生事先警告有一种针特别疼,让我摁住他。没想到他坚强得很,只是第一天打针的时候身子颤抖了两下,后面两天就硬生生挺住了,一动不动趴在台子上。医生都表扬他勇敢,我也拍拍他夸奖了一番,他听后用小鼻子蹭蹭我的手以示回应。进了宠物医院的猫狗大多不安静,花子一点儿也不添乱,懂事得让人心疼。或许他还记得自己的流浪经历,所以格外珍惜如今的安逸生活,不像那些从小就锦衣玉食的猫狗,觉得全世界对自己的好都是理所当然的。

花子进家后,每日生活基本流程如下:

清晨六点或者更早,他便在阳台上哀哀求告登堂入室,享受跟家人同样的室内活动权利,而不是被单独隔离在阳台上。虽然阳台上开着电暖气,有温暖舒适的窝窝,有足够的猫粮和清洁的水,但他坚持认为自己在阳台上就是二等公民,一定要尽早加入大家庭,自由享受各种家庭资源,一秒钟也

花　子

不想多等，非要把我从温暖的被窝里拽出来。其实我让他待在阳台上睡觉不是歧视他，而是方便他解决大小便问题，尽管我给他买了质量好的猫砂，他也尽可能掩埋好，但我不能接受一边休息一边分享他上厕所的经过和味道。

等我打开阳台门，他先迫不及待地冲进主卧室遛一圈，感受一下平等的气息，不过这个过程非常短暂，我马上招呼他回到阳台用湿巾擦屁股和手脚。他是个爱干净的小伙子，很享受婴儿湿巾清理屁屁的感觉，尾巴高高地翘着。清理完身体后，他开心地又跑了。我接下来给他清理大小便。现在的猫砂很贴心，把秽物包裹起来，铲除后倒到马桶里直接冲走。为了净化空气，创意无限的商家提供了绿茶、柠檬等各种味道的除臭剂，喷洒过后，清新的一天开始了。

把阳台擦干净，我拿出猫梳子，呼唤花子来梳毛。花子很配合，享受地躺下来，梳了左边梳右边，梳了头背又梳大尾巴，每天都能梳掉一团浮毛。这个动作固然有点除旧迎新的仪式感，但主要是基于实用价值。猫都爱干净，且喜欢用舌头梳毛，相当于洗澡，但不知不觉间有些毛会被吃到肚子里，聚结成团，令猫十分难受。花子以前流浪时，身上的长毛经常脏兮兮的，大尾巴上粘着树叶或其他垃圾，难免在梳毛的时候会吞进肚子里。事实上，他被领养之后也呕吐过几次，排出很硬的结团脏毛，打了三天消炎针之后，肠胃就好多了。我为了防止他吞毛难受，每天梳完毛之后，还给他吃几厘米的化毛膏。他很配合地舔食,从此没有见他吐过毛团。

清理完身体后,花子开始吃早餐。我拿出以前给儿子买食物的耐心,翻看了网上各路的买家评价,经过综合比较,选用了阿飞家的猫粮,利用"双十一""双十二"这些活动日给花子囤粮,一直可以吃到明年春天。听说猫是食肉动物,我又给他囤了些不同口味的猫条,每天补充一根。花子以前当流浪猫时,最多吃流浪猫粮,要不就是翻垃圾箱,所以他很喜欢阿飞家的猫粮和猫条,来了不到两个月,竟然从两三斤涨到了六七斤,身子肉眼可见地饱满粗壮起来,毛发也有了光泽。他翘着棕黄色的大尾巴,像个将军扛着一面威武的大旗子,迈着有力的猫步巡逻家里各个地方,一副心满意足的样子。

吃完早餐后,通常就是温馨的抱抱环节。花子很享受我抱他,把小脑袋紧紧地靠在我的胸口,还会用他的小鼻子蹭蹭我的脸。我们家窗外有三四棵十几年的大海棠树,春天开繁茂的小白花,秋天则结出鲜亮的小果子,从黄色慢慢变成红色。黄色的时候味道脆甜,变红了则绵软,算得上是一种天赐的美物。现在是冬天,红红的果子挂满枝头,经了风霜之后,果子变软,是鸟儿们的美食。花子喜欢我抱着他站在阳台上,看鸟儿们来吃果子。常来的有乌鸫、白头翁、麻雀、鹌鹑,还有一些头顶像黑锅盖的类似灰喜鹊的大鸟以及一些黄色的小鸟。它们在树枝间穿梭着寻找可心的果子,待找到了便停下来,用尖硬的嘴巴啄食着。大鸟几口就吃掉一个果

花 子

子,小鸟常常吃了一半就飞走了,等下次再来。有的鸟又懒又馋,自己不肯去找软甜的果子,便去抢别的鸟选中的果子,被反击之后,厚脸皮地蹲在旁边的树杈上,等人家飞走了,再去吃点残羹冷炙。花子看着鸟儿们飞来飞去,激动得嘴巴里咯咯作响,腿一蹬一蹬的,一副要狩猎的架势。我拍拍他:"花子,你得邀请小鸟们来吃啊,不要吓唬它们。天冷了,它们需要找吃的,不像你,阿飞家的猫粮都备好了,可以一直吃到明年春天呢。"他似乎也听得懂,哼哼地答应着,用鼻子蹭蹭我的脸。

看完鸟吃果子,花子先去玩会儿玩具,满家里活动活动,然后开始上午的休息时光。他要么在沙发上靠着我送他的米老鼠布偶睡,要么我工作的时候在我身后的椅子上睡,贴着我像个小暖水袋。我从网上给他买了几条柔软的小毯子,把他裹起来,让他睡得更踏实。猫是怕冷的动物,体温大概在三十八九摄氏度,所以喜欢暖和的地方。等我起来活动的时候,他警觉地睁开眼,示意我最好能摸摸他,让他有一种满足的安心感。

中午,花子喜欢吃一根猫条,然后在阳台上或沙发上晒晒太阳。等我午休的时候,他喜欢趴在床头柜上陪我睡一觉,我听得到他的呼噜声。最近他逐渐得寸进尺,趁我睡着后跳到床尾,趴在柔软的被子上睡,我醒来后需要拽他,他才肯下床。他似乎对老爹老妈的大床特别向往,但我一开始就给他立规矩，不让他上床，否则就予以惩戒，为此甚至找出了搁置已久的弟子规戒尺，也惩戒了几次。有一天他忽然不见了，我满家里呼唤也没有应答，心想他大概偷偷跑出去了，正失落之间，忽然见他安静地坐在大床上，倚着我的被子，亮晶晶圆溜溜的大眼睛一动不动地看着我，仿佛在内心里窃笑我的眼拙。因为床单颜色浅，他的毛色以白为主，所以我之前没有发现他。见到我要恼羞成怒地惩戒他，他敏捷地逃走了，并得意于自己的阴谋成功。

下午花子玩一会儿，也以睡觉为主，心安理得地直睡到天色暗下来，丝毫没有浪费光阴的愧疚感。当然，这主要是因为猫是惯于夜间活动的。他喜欢灯光，常常趴在沙发上，观察天花板上大大小小发光的灯具。经历了之前暗夜里的流浪生活，灯光大概会给他一种温馨的家的感觉，也是他很向往的衣食无忧的稳定感。

花子喜欢老爹下班后家里的热闹，我们吃喝、聊天的时候，他趴在沙发上看着我们；我们在屋子里散步时，他也加入进来，玩自己的玩具。除了买的玩具，就地取材可作玩具的东西很多，室内花树上掉下来的一片叶子或被他咬下来的一个小果子便可用来踢球。他踢球的功夫高超，腾挪之间动作流畅，赏心悦目。

花子玩到十点半左右，到了我们休息的时间，我给他打开阳台上的电暖气，抱着送到蒙古包一般的窝窝里，提醒

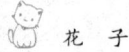 花 子

他睡觉。他自然是不肯的，会哀哀地挣扎一阵儿，但似乎也知道没什么办法，便去窝里睡了，为了在第二天起得比公鸡还早，并闹着要进到屋里来。有时他实在睡不着，在阳台上发出悲惨的叫声，被我呵斥一番后，只好又倒下去，忍耐着夜色。如此反复几次，便也熬到了六点。

这便是花子大致的活动表。总之，他的加盟，改变了家庭的一些格局，这种改变是所有成员互相迁就的结果。就连在家上网课的大哥也逐渐接受了花子，偶尔赏光抱一抱，虽然他一开始对我领养花子有些不甘。花子大概也感受到了大哥的某些敌意，很少到他房间里去，有时趁着大哥休息，偷偷从门缝溜进去，跳上电脑桌窥探一番，抓摸那些阡陌纵横的数据线，被大哥怒吼一声，便吓得落荒而逃了。他很喜欢大哥的运动鞋，常常趴在里面找寻什么，大哥说那里面有花子

2022 年 11 月 2 日，灰鼻子尚未褪尽

童年的味道。花子流浪期间的鼻头是灰的,我一度以为那是本色,有一天给他用湿巾擦脸,竟擦掉了一块露出黄色,才知道那是后天所致,大概与经常扒垃圾有关。

时间长了,我像自幼仰慕的能通鸟语的公冶长一样,具备了听懂花子各种叫声含义的能力,养妈妈和猫儿子之间也有了进一步的默契和互动。

最容易解读的是花子的应答声。花子见不到我,边跑边大声喊:"妈!"喊声里带着点不安。为了给他安全感,我会马上大声告诉他我的位置,比如:"花子,我在书房里!过来!"他辨识出了方向,快速跑到我跟前,可爱地歪着头。我喊他一声:"花子!"他温柔地应答:"嗯——"带点妩媚的尾音,听上去格外乖巧伶俐。我放下手中的工作,把他抱起来走走,跟他聊聊当下的生活,让他珍惜,并表扬他的懂事,那是美好的亲子时光。

花子很讲卫生,大小便之后认真掩埋,跳出猫砂盆之后便向我发出带点恐怖的警示——"哇!"仿佛刚刚掩埋了地雷。我应答他:"好的,知道了。"他引导着我去猫砂盆那里,看着我把"地雷"排除,便开心地吃喝玩乐去了。

花子还有一种特别夸张的声音——"嗷!"类似哥特式小说给人的感觉,一开始我不知道什么含义,还以为他受到了惊吓,后来发现他其实是逗我玩,让我跟他捉迷藏。他叫了一声之后便藏起来,趴在门后或沙发底下,一旦被我找

花　子

到，便"哇"地跑开，营造一种游戏的氛围，颇有几分戏精的气质。有时为了引我入局，还故意跳上大床，待我要捕捉他，又几个腾挪，跳到阳台西边的高台上，自以为那是我无法企及的地方，得意地挑衅我。但只要我把阳台的门一拉，关他几分钟的禁闭，他便立刻摆出一副可怜样子，哼哼唧唧地下来投降。

花子也激活了我对小幼儿那种大海般的母爱。我搁置了十多年的讲故事、唱儿歌等功能再次上线，而且效果显著。我自编自唱的儿歌进行没几分钟，花子就能在我怀里幸福地睡过去，完全不像当年大哥那么难哄，儿歌唱了一首又一首，睡前故事讲了一个又一个，眼睛还贼亮，一副熬死灯的架势，甚至我这个催眠师都睡了，他还在追问故事的结局。大概花子作为一只童年有流浪经历的猫咪，对猫生的要求远远低于人类幼崽对人生的要求，所以我只需亮出养儿子百分之一的技能，就能得到他百分之二百的爱的回应。我不禁庆幸自己决策的英明，如果人到中年再完成从"只生一个好"到"二胎三胎利国利民"的理论与实践的转变，我大概会把半条老命折腾到所剩无几。想到既有了类二胎猫儿子的陪伴，又不用再次承受深夜陪写作业、青春期弯道飙车，以及中考、高考这些人间重压，我做梦都想带着微笑。

有了花子，我平静的居家生活增添了很多动感与乐趣。近两个月来，我们一个演绎被爱，一个演绎被需要，倒是不觉得隔离在家的日子多么枯燥。所以花子的到来，简直就是上天的奇妙安排。

2022 年 12 月 1 日，午后晒太阳

二

花子成为家庭成员虽然还不到三个月,但我们都感觉他来了很长时间,这大概源于他目前在家中完全自在从容的生活状态。可能花子在作流浪猫期间便无比渴望家庭生活,一旦达成心愿,自然就如鱼得水。以前我每次去父母家,推开小院门,如果花子在院子里,他就会急急忙忙往门里冲或者挤,有时候得了逞,在屋子里到处乱转,一副渴慕的样子,被推出去的时候则满身落寞。父亲说平时喂粮的时候,花子很能抢,一副饿佬相,有时急了,还直接趴在猫粮上吃,等别的猫吃完走了,他再起身把肚子下抢占的吃完。花子虽然吃相不好,但他是所有流浪猫里面最亲近人的,或者说最有感恩之心的。每次吃完,他并不立刻走开,而是蹭蹭人或者躺下来露出肚子。肚子是猫最软弱的地方,他肯拿出来示人,表明他交出了绝对的信任和爱意。即使不是喂食的时候,只要他在院子里,见了人也是赶紧上前或者躺下,热情地打招

二

呼。花子因此也得到了格外的爱怜，母亲常额外给他点好吃的，我每次去也愿意多陪他玩玩。或许以往每个温馨的瞬间，都为花子今日在这个家的新生活铺了路。花子虽然是幸运的，但也与他往日极力的争取和真诚的感恩分不开，没有春风哪来秋雨呢？况且他如今吃相也不难看了，因为没有别的猫跟他争食，他也知道吃完了碗里的猫粮，自然就会添加新的，吃相也便优雅起来。

我此时在码这些字，花子就睡在我身后呢，我把椅子留大半给他。屋子里虽然有暖气，但花子怕冷，我给他搭上一条轻柔的小毛毯，他睡得格外香。他现在成了我亲密的小跟班，恨不能长在我身上，一眼看不到我，就边叫边找，听上去还有些紧张，生怕我抛下他不管，我管他叫"跟屁虫"他也不在意。我禁止他上大床，他基本能遵守，但最近几天他得寸进尺，为自己争取了一个福利。进入12月份之后，全国逐渐解除隔离，老爹必须每天外出工作，所以比较早地中招了。大哥虽然没有外出，但基于空气的流动性，一测也入围了。我尽管也有点低烧和嗓子不舒服，但始终坚持不检测，不定性，拿出阿Q精神把这个事模糊处理，心想："也许就是个感冒呢。"好在我们三个人都没有出现网友分享的刀片嗓和水泥鼻等极端状况，不过有几天也是昏昏沉沉，挣扎着吃点喝点后便以卧床为主。花子一看来了机会，跳到床尾，躺在柔软的被子上，以陪我们的名义，睡到四脚朝天舒坦无比。

花 子

感念他的陪伴,我打算从此破例允许他在床脚参与午休,毕竟时间短,也不涉及大小便的问题。有两天他似乎也有些蔫儿,长毛毛摸上去有些枯干,失去了往日水滑般的手感,连心爱的猫条也只能勉强吃大半根,大概也被波及了。不过他很快恢复了健康,说明童年时代所吃的流浪苦没有白吃。

花子得寸进尺再进尺的情况也是有的。虽然我私下觉得可以允许他午休时在床脚享受一下,但饭桌是绝对的禁区,每次他到了餐厅我都要警告他远离。他虽然也蠢蠢欲动,好在一直没有越界。不过今天中午我在厨房里做饭时,忽然听到餐桌上杯子的响声。老爹已经基本恢复,上班去了;大哥在自己的房间里躺着,喝的是瓶装水。我心里响起小警铃,打开厨房门一看,果然!花子鬼鬼祟祟地站在桌子上,紧挨着老爹的杯子,杯子里有个小勺,正是刚才声音的发源地。花子抬头看到了我,舔着嘴巴,像个偷油喝的老鼠。我担心大声叱喝会让他在逃跑时打翻杯子,便低声命令他下去。或许我的反应与他的期待不同,所以他有些迷惑,以为我没怎么生气,甚至不想离开。我只好慢慢走过去,把他赶到桌子边,然后推他下桌。他自然是身手矫捷摔不到的,紧接着被我的怒吼吓着,夹着尾巴伏低身子小跑。我赶上去又捶了他一下,他赶紧溜掉了。等我做完饭,到处找不到他,最后才发现他在阳台边的高背皮椅子上,装作很乖巧地在那儿看鸟吃果子。我一进屋子他就知道了,偷偷回头看我,我又过去

二

训斥了他一番，警告他再有下次就关禁闭，并且一天没饭吃！他一声不吭，只是安静地看鸟，似乎也知道这次触及了我的底线。后来我想，家人之间的亲近度和界限感都需要长时间磨合，何况一只小猫呢？以后慢慢调教吧。

客厅阳台上放的几盆花，是花子的破坏领地。今天他把刚盛开的茶花祸害了两三朵，那么娇艳嫩红的花朵，早晨我还欣赏了好一阵子，如今委屈地落在地上。我不由一阵心疼惋惜，我可是看着茶花从长出小苞到慢慢拧红了嘴儿再到矜持地开花的，谁知花子一点儿也不懂得爱惜。我冲他怒斥了几句，他反倒很无辜地歪着头看着我，似乎觉得我喜怒无常大惊小怪，刚才您不是还把我抱在怀里，夸我懂事吗？我给他讲了一番花开不易的道理，警告他若再搞破坏，便要关禁闭！他似乎明白关禁闭的厉害，夹着尾巴溜走了。

关了几次禁闭之后，花子特别缺乏安全感，越发黏着我，一眼看不到我就惊慌失措地大叫起来。我在书房里工作时，他不再满足于在我椅子后面趴着，而是先跳到书桌对面的椅子上，再试探着跳到桌子边上。我把他赶下去，他一会儿又偷偷跳上来，先是卧在桌子边闭着眼睛待一会儿，看我精力都在工作上，便慢慢往我这边蹭，继而藏在我打开的电脑屏幕后面，以为我看不到他，其实他的花屁股和花尾巴都露着呢。花子有个特点，也可能是所有猫的共性，就是喜欢掩耳盗铃，他以为只要把头藏起来，别人就看不见。我懒

花 子

得戳穿他，于是他听着我的键盘声，一会儿就趴在那儿睡着了。等他睡醒了，试探着从屏幕后面伸出一只小手，像个没有伤害力的幼稚小偷。我敲他的手，他缩回去，一会儿又伸出来。看我不理他，他忽然大胆地站起来，直接越过电脑，扑到我身上。我只好接住他，抱他陪玩一会儿。因为工作没结束，我跟他讲道理："花子，我还有工作没完成，你必须支持老妈，自己玩一会儿，或者睡一觉。支持老妈，老妈才能挣钱给你买好吃的和好玩的啊。"这些浅显的道理我也曾在十几年前讲给缠磨我的大哥听，如今又给花子讲一遍，所幸他也听懂了。可见吃喝玩乐这些东西是硬通货，跟基本生存需求联系在一起的道理还是容易被接受的。我把他放在椅子后面，给他盖上小毯子，他认命地睡觉去了，有时还在梦中发出轻微的哼唧声或者咂巴嘴的声音。如果我中途起来去喝点水，他马上警觉地睁开眼抬起头，表示他一直在密切关注我的行动，我甭想偷偷抛弃他。我赶紧拍拍他，坦率地告诉他，我去喝点水，马上就回来，让他不要动，继续睡就行。他想了想，决定相信我，就把头慢慢放下，眼睛也闭上了。如果我很快回来，他会保持睡的姿态，我也赶紧表扬他听话懂事，支持老妈休息一下。但如果我离开的时间超出了他的心理预期，他就干脆从椅子上跳下来，身上还披着花毯子，喊叫着跑出书房找我。看到我后，他歪着脑袋，似乎在责备我辜负了他的信任，那严肃的样子，很像披着外袍忙着伸张

二

正义的蜘蛛侠。

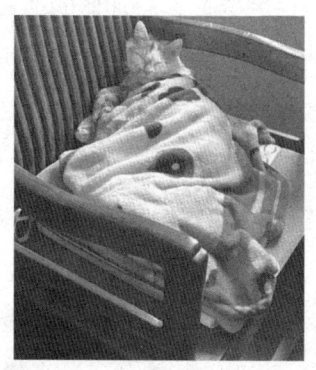

2022 年 12 月 21 日，书房小憩

窗外来了几只小花猫，清晨与花子隔着落地窗对视，其中一只似乎对花子很感兴趣，对视的目光颇有些深情。花子或许想起了他以前和小伙伴在一起的时光，表现得有些激动，在窗前跑来跑去。等几只小花猫走了之后，我给他讲道理："无论是人还是猫，某段时间都只能选择一种生活方式，要么居家要么流浪，不能贪心既要流浪的自由又要居家的安适……"他似乎也听得进去，否定了"既要又要"这种要不得的流行心理，安心地享受起室内无忧无虑的生活。

有时我去父母所在的小院，花子昔日的伙伴有的还在那儿，有的则不知所终，另外也有新来的两只流浪猫，与原有的几只结成新的谋生小组。父亲除了定时一日三次喂它们，还给它们搭了暖和的猫窝。它们白天吃了饭会出去

花子

玩，夜晚天冷则都回来，且都挤在一个猫窝里，虽然猫窝不止一个。流浪猫也讲究猫道，后加盟的两只黄猫，吃饭的时候先蹲在猫粮外围，等"先居民"吃完后再上前吃。晚上睡觉的时候，也是"先居民"在猫窝里面，后加盟的挤在猫窝门口，屁股露在猫窝外面，大家抱团取暖，甚至叠罗汉一般堆在一起。花子昔日的伙伴中，有一只浑身白毛，我叫它小白。在外流浪得久了，小白已经成了小灰，母亲说它现在是仅次于花子的聪明温和的小猫，一开始虽然有些冷淡，现在也愿意围着人，也肯把肚子露出来让人摸。小白也是长毛猫，容易把毛吞进肚子里，我给它也买了一把专门的猫梳子，母亲不定时给它梳梳。其他几只见了，也围上来让梳。每天虽然伺候这几只流浪猫需花点力气，但也成了父母生活中的一大乐趣。我负责给它们从网上买猫粮，它们见了我，也逐渐有些亲热的味道了。

　　从父母那儿回来，我会给花子讲讲小白它们的状况。我所住的小区与父母的小区中间只隔着一条商业街，商业街的建筑比较矮，所以两个小区的楼房可以互相看得到。我抱着花子站在窗前，指给他看以前生活的地方，并告诉他有的小伙伴还在那儿，以后天暖和了可以带他回去看看，他似乎听得懂。但或许他不一定想回去，那儿也有他被伤害的悲惨经历。无论如何，我敢肯定他很满意现在的生活。

　　最近花子每天晚上不停嚎叫，有时白天也莫名大叫，声

二

音奇怪得很,仿佛那不是他发出的,而是他身体里的某个怪兽发出的。有一天我在大床上发现了一小摊尿渍,显然是刚尿的,这一定是花子干的!我把他抓到床边,现场教育了一番,然后换了床单。可是不一会儿,我心里有点不安,去查看新床单,果然又出现了新尿渍!这下可把我惹火了,狠狠地教训了他一顿,并关了禁闭。我咨询宠物医院的医生,问这种新情况是什么原因。医生回复说,花子很有可能到了发情期了。我上网一搜,果然有很多人的意见都指向猫乱撒尿的首要原因是发情,亏我以前还觉得他在大小便上比别的猫省心,原来只是时候未到。

除了床上,花子还时常偷偷在厅里的一些角落挤上几滴尿液,作为吸引异性的手段。可惜他真是白费心机了,这个家是不会为他招蜂引蝶提供方便的。窗外有时会有流浪猫结伴而行,宛如吉卜赛人的爱情,越发引得花子抓狂。我在准备领养花子的时候,的确没想到还有这个问题。上网一查,很多人提醒要及时给收养后的流浪猫做绝育手术,还有一些视频完整记录了流浪猫做绝育手术的前后情况。虽然被绝育是一件残忍的事,但流浪猫的无序繁殖的确是个问题,所以我决定等花子第四针疫苗打完后,就给他安排手术。我提前警告他,"花子,安静点!很快我就让你变成三德子!"三德子是二十多年前流行的电视剧中的机灵小太监,很得皇帝和观众们的喜爱。有时我也会耐心安慰花子,给他讲鱼和熊掌

花 子

不可兼得的道理,并抱着他站在窗户前,看外面辛苦觅食的鸟儿们或者偶尔从窗外路过觅食的流浪猫们。他似乎有些觉悟,变得沉默起来,试图用睡觉再睡觉熬过性的苦闷,但有时醒来后越发地苦闷大叫。花子的性苦闷一事,让我深感宇宙间两性关系的重要性和荒诞性。要达到无欲则刚的境界,长年修炼固然令人敬佩,但对普通生物而言,手术应该是解脱的便捷之道了。

即使不是出于性的苦闷,花子也是惯于晚上活动的。因为我每天晚上把他关在阳台上,他不能自由出入,便会发出跳上跳下的一些声音,通常这些声音都被我强大的睡眠能力消弭了,或者在变形之后进入我的梦乡,并参与我梦中的故事情节。有一天晚上他居然一遍遍不厌其烦地高声练习喊"妈",并力图达到电视台播音员字正腔圆的水平,在寂静的黑夜里简直让我抓狂。我在半梦半醒中呵斥他,他大概觉得委屈,哼哼唧唧地去躺下,不理解我为什么不表扬他的深情和努力。过了两天,他竟然改变了策略,并成功地把我彻底喊醒了。通常别人很难叫醒我,因为我属于深度睡眠型,这算是人生的福利,但有一个人可以轻松把我从梦中叫醒,那就是小时候的儿子。即使是在我又累又困的情况下,他只要夜里轻喊我一声,我就能立刻醒来,并挣扎着起身满足他的需求。这可能是作为母亲的一种特异功能,而且是普世分发的。我记得以前看过一个人的分享,说他某天喝酒回家晚了,

二

老婆累了一天，搂着幼儿睡着了。他怎么敲门都敲不开，情急之下，他趴在窗户边上，模仿幼儿的声音，轻轻喊："妈妈，我要尿尿。"他老婆立马就醒了。这个事儿肯定是真的，没有掺水，所有照顾孩子的妈妈都有体会。儿子长大后，不再需要我夜里服侍，我便恢复了一觉到天亮的状态。那天晚上，花子整体上没怎么闹腾，大概睡觉前我陪着他各种踢球，在旁边鼓励加油，他兴致很高，消耗了不少体力，晚上睡得比较踏实，我也睡得很安稳。忽然，一个温柔但清脆的声音刺破了我的梦乡——"妈，过来！"我立马睁开眼，声音消失了，我以为是幻听，便躺下闭上眼准备继续做梦。这时，那个声音又响起来——"妈，过来！"我仔细一听，是从阳台上传过来的，是花子的声音。我点开手机，看了看时间，才凌晨五点多钟。这个家伙，居然这么快就掌握了秘密武器！"过来"是我经常对他说的一句话——"花子，过来！"他直接套用了，而且说得很像。我虽然被吵醒了，但也有点惊喜，花子很有可能是个语言天才，来家不到三个月，居然说起人话来。以后好好培养，等我退休后，或许可以像不少养猫养狗的人那样开个号，录点小视频挣点流量，不用干巴巴地靠退休金活着。花子开口说出完整的话，这件事也可能跟我最近提醒他要学点才艺有关系。我书橱上有两个惟妙惟肖的小树脂玩具，一个是黄色的小兔子，一个是棕色的小刺猬，它们手里都捧着一本书，每天面对面认真地读书学习。我有时候

花子

抱着花子站在书橱前提醒他:"你看,小兔子和小刺猬每天都读书,你也要学点才艺,不能光吃喝玩乐,不学无术。"他或许听进去了,要跟小兔子和小刺猬比赛呢。

关于语言天赋这个事,我相信有些人是得了特别的眷顾的。我身边就有一个,那就是我儿子。我最羡慕他学英语的能力,似乎轻轻松松就能说一口标准流利的外语,随随便便就能写一本稀奇古怪的英语小说,而我学了几十年外语,虽然也能应付各种考试,但外语始终与我不太亲近,像个富贵的远房亲戚。据一位对生日颇有研究的朋友分析,我儿子跟布罗茨基同一天生日,布罗茨基作为一个俄罗斯犹太裔美国诗人,俄语是他的母语,但他成年后移居美国,很快就能用英语写作,并最终用英语作品获得诺贝尔文学奖。朋友进一步分析,在 5 月 24 日那天出生的人大都有语言天赋,我对这一结论抱着宁信其有的态度。由此我合理推测,花子既然出生于 2022 年春末,那极有可能也是在 5 月 24 日那天出生的。如此一想,花子绝对是可造之才啊。我是不是无意中捡了一个宝?

虽然花子夜间都在呼唤我,但花子对老爹的亲近感更强,因为老爹从来不会批评他,只会表扬他。这个世界上,那些付出多的人未必讨好,特别是在教养子女一事上。比如大哥小时候去医院打针,别人都哭喊要妈妈,他则是要爸爸。平时我在家待的时间长,对他有关爱也有管教,同一双手既能抚摸也能敲打,就像同一个泉眼里既能冒出甜水也能冒出

二

苦水。可能在他的心目中，我的形象是矛盾的，他对我的态度也是复杂的，而老爹的形象则是单一的慈父，更容易接纳，常说什么"树大自直，人大心开，孩子不用管太多太细"。现在轮到花子，时常拿起弟子规戒尺的人是我，为花子求情和开脱的也都是老爹，"不用那么严格，你跟他好好说就行，他慢慢就会明白的"。每天早晨老爹出门上班，花子都要到门口相送，且躺在地板上被抚摸几下才肯；天黑了就趴在门口的脚垫上，两只小手抄着放在胸前，默默地等着。老爹回家后，花子明显兴奋起来，在客厅里来回奔跑玩玩具，在沙发上跳来跳去。用我的话说，就是给他撑腰的人回来了。

花子跟大哥的关系有点复杂。大哥当了多年的独生子，享受了来自父母百分之二百的关爱，一时之间还不太适应花子的介入。有时觉得花子的加盟也不错，至少替他挡住了父母某些不太自觉的骚扰行为，消耗了父母那些可能会落到他身上的不太需要的关注；有时花子的乱叫乱闹会让他心烦，特别是最近我总提醒他把吃过的东西及时放到厨房里，不要留在饭桌上，以免花子偷偷跳上饭桌搞破坏，他忍不住发作："既然这个东西这么烦人，干脆把他丢出去！他怎么就成了家里的大爷了？还要管着我?!"我只好给他讲道理，包括既然决定收养花子就要不离不弃，花子被收养若再丢出去就很难生存，并且结合他小时候的调皮捣蛋和父母的忍耐爱护作为旁证。他似乎不记得自己以前的行为，但基于我一贯良好的信誉，没有再说什么。花子在旁边默默地听着,歪着头看着大哥若有所思。基于公平原则,我也接着教育花子,要克制自己的行为,公共生活区要保持安静,不要影响别人的生活。花子没有反驳,大哥表示原谅花子,并说允许他暂时在家里待着。如此一来,我们家有了一些双孩家庭的生活氛围,尤其是老大得到了包容小弟的成长机会,这也算是花子给大哥带来的福利课程了。况且花子吃喝玩乐的总花销不多,将来也不存在跟大哥争夺有限家产的矛盾,大哥也应该学会知足常乐。

总起来说,花子两个多月的陪伴,除了使我们整个家庭结构更加合理均衡之外,也给我们带来了新鲜的生活体验,某些已经失去弹性的美好情感在我们抚摸花子顺滑的长毛时被修复了。花子的那些小毛病,也因此可以忽略不计了。

2023 年 1 月 11 日,陪老妈午休

三

元旦之后的几天,小区里时常会响起鞭炮声。我本来以为今年国家放开烟花管制,以便拉动经济,后来才知道这是违禁行为。小区业主群里的通知提醒今年仍禁止在市区燃放烟花爆竹,并斥责了燃放者的不负责任,不过又说外环路以外的村里可以放,并贴心地提示市区内有燃放需要的人可以去那儿。对于古代的中国人来说,过年放鞭炮是再自然不过的事儿,中国古典诗词中也因此辟出了一块专门的园地。不过对于近两年出生的人来说,鞭炮是个新奇玩意儿,因为禁放烟花已有多年了。如果一直禁放下去的话,小学课本里跟鞭炮有关的节日诗词大概都得删掉,要不然做注释太麻烦了。事实上,这几年出生的人经历了人类史无前例的一些大事。比如我楼上有个小孩出生于2019年年底,他对人生的理解大约相当于武侠小说中的江湖世界,出门之后人人都是"蒙面大侠",包括他自己。倘若人人都坦面相待,他一定觉

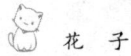 花 子

得变天了,要出大事了。

花子虽然出生于 2022 年,但好在他的父母及同伴平时都不蒙面,所以他的世界还是比较理性的。有时我想,动物们会怎么理解人类这几年的生活呢?它们一定有所谈论,特别是那些活过三年、见过人类世界变化的长者,只不过缺少了公冶长这类跨界翻译家,我们人类不知道罢了。现在我收养了花子,决心在跨界翻译这个行当中有所作为。

元旦假期的最后一晚,我们小区的广场上突然冒出了大片明亮的烟花,伴随着劈劈啪啪的响声。在花子有限的猫生中,这个声音是陌生而可怕的,他吓得呆住了,出现传说中的"飞机耳"。我赶紧把他抱在怀里,给他普及关于烟花的知识。他或许被我的博学安慰到了,毕竟这个世界上,恐惧大多是由于无知造成的。我采取了脱敏疗法,抱着他站在窗户边,一边讲解一边引导他欣赏烟花的美丽,并且告诉他房子的坚固性和防御性,只要他老老实实待在房子里就是安全的。我对一只猫说这些话,并不是出于生活无聊给自己加戏,而是受公冶老师的启发,觉得各物种之间是可以对话的。即使动物不一定完全理解你的语言,但它们能感知你的善意,或者至少理解你说话时的表情、语气和肢体语言。花子大概与我心意相通,后来烟花无论是劈劈还是啪啪,他都显得很平静了。

但是性欲对于花子仍然是个极大的困扰,他有时忽然跑到窗户边大喊大叫,从胸腔里发出一种恐怖的声音,仿佛身

三

体里有个野兽在"叫嚣乎东西,隳突乎南北",跟他平时温柔的呼唤和应答完全是两个腔调。我把他关到阳台上,让他呼喊一阵儿,发泄一通,回到窝窝里睡一觉,等起来后就会好一点儿,虽然这不能从根本上解决问题。我历来主张长痛不如短痛,这坚定了我春节后给他做绝育手术的决心,也理解了那些给收养的流浪猫做绝育手术的爱心人士。网上有人指责那些爱心人士残忍,觉得有违猫道,还讽刺爱心人士为什么不给自己绝育,这些好讥诮的人其实没什么立场,若是被流浪猫惊扰了,他们可能会把猫直接弄残。

腊月二十三过小年,早晨起来一看,下雪了。这是今年的第一场雪,花子从出生以来还没见到雪呢,他看着窗外,有些困惑。我给他进行完早晨的那套例行程序,便抱着他站在窗边,讲关于雪的故事。我讲得可能并不符合科学,但胜在直观和真诚,特别是提醒他这种风雪交加的恶劣天气对流浪猫的极端不友好,提醒他不要身在福中不知福,保命要紧,不要去想那些可有可无的处对象的事。我特别让他注意看,今天窗外是不是连一只流浪猫都没有?它们哪敢出来溜达?肯定都躲在某个地方抱团取暖呢,谁要敢出来,立马变成冰棍猫!这时很应节奏地刮起一阵狂风,吹起一阵雪雾,眼前只有白茫茫的一片,树上几只咬着牙吃冰冻海棠果的白头翁吓得歪歪斜斜地飞走了。我抓住机会,又给花子讲解什么是冰棍猫,他似乎被我说的事情吓住了,

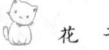 花子

把头紧紧地埋在我怀里。我继续跟他讲,白头翁和乌鸦们在风雪交加的时候,浑身冰冷站在树杈上吃所剩不多的冰冻海棠果,这就是生活的严酷真相,如果他没有被我收养在家,这种生活也可能是他的。我体会到教育见缝插针的重要性,机不可失,时不再来。不过我也不想让花子对美丽的雪景产生恐怖印象,毕竟我的初衷只是想让他珍惜现在的舒适生活。中午喂他吃完猫条,我们照例去靠窗赏景的大沙发上午休。雪一直下,雪花变大了,似乎有意配合我的思想教育。地上积了厚厚的一层白,花子主动趴在我腿上,明显比以往安静。以往中午晒太阳的时候,他傲娇得很,嫌一个沙发挤,通常会趴到沙发宽大的扶手上,我勉强他才肯趴在我腿上。我摸着他的背,给他讲小雪花的故事,还给他唱《雪绒花》,他在又害怕又温馨的矛盾心情中睡着了。睡醒之后,花子进行了一番心理建设,调整好状态,到阳台又吃又喝,继而狂呼乱喊,扑到窗户边发出野兽般的呐喊,似乎印证了"饱暖思淫欲"这句俗语。为了制止他的搅扰,我只好把他抓住,先禁闭一段时间。我逐渐认识到,限制自由是一种非常有效的教育手段,当他意识到自由没有了,找对象这件事就没那么重要了。而若能在被限制期间睡上一大觉,一切问题都会被淡化。

花子来到我们家,存在感是巨大的,地板上、沙发上、桌椅上、衣服上……到处都成了他的附毛器。阳光一照,半

三

空中也都浮动着他的毛，皆若空游无所依。加上他是只长毛猫，掉毛格外厉害，奇怪的是每天掉毛却不见少毛，要是换成人，恐怕早就掉秃了。我专门买了些粘毛的器具，每天刷一刷衣服，但也难以完全刷净。衣服放到洗衣机里，只要一件有毛，全家都可以尽情分享。我想起以前读过的一个故事，是关于犹太人的著名族长雅各和他的双胞胎哥哥以扫的。以扫这个名字的意思就是"有毛"，因为他一生下来就浑身有毛，如同皮衣，也可见他父母取名时的率性而为。雅各这个名字的意思也很直观，因为他出生时是抓着哥哥的脚后跟出来的，所以美其名曰"抓住"。两个双胞胎为了争夺巨额家产，包括长子继承权，上演了一出出精彩大戏。其中一出是为了骗取老眼昏花父亲的临终祝福，雅各趁以扫不在家，装扮成以扫，穿上以扫的衣服，并在光滑的脖颈和手腕等处裹上山羊羔皮冒充身体有毛。如此大费周章，是因为父亲偏爱以扫，爱吃他打猎得来的野味。而雅各为人安静，深得母亲的喜爱，这出戏的导演便是他母亲。母亲发挥高超的烹饪技巧，用羊羔做出了野味，雅各则用这高仿野味达成了心愿。这个故事给我留下了深刻印象，偏爱是人类的天性，好在我是一胎家长，省去了撕裂之痛，厨艺也因此几十年没什么长进。现在花子作为类二胎入住，外形颇有点以扫的气质，我们沾他的光也都有了毛，不过他内心细腻头脑聪明，又有雅各的影子。

花 子

　　值得一提的是，花子还顺便治好了老爹和大哥名副其实的"毛病"。"毛病"一词，在现实生活中的使用多为引申义，但老爹和大哥却体现了这个词的原始义，那就是怕毛、讨厌毛、尽可能避免毛，等等。比如我冬天很喜欢贴身穿羊绒毛衣，觉得又轻软又暖和，简直就像穿着一大朵云，心情也很美丽，但老爹一定要贴身穿一件薄棉衫，外面再套上羊绒衫，否则就觉得那毛毛扎得浑身难受，仿佛是童话里娇养的公主。大哥在这点上继承了老爹的基因，小时候虽喜欢买木头刀枪来玩，但买来后第一件事就是把上面的装饰红线、丝带或绒球摘掉，嫌弃毛烘烘的，扎手。领养花子的时候，我只顾着人道主义结合猫道主义，忘了他们俩关于毛毛的禁忌，没想到至今他们都没因此嫌弃花子，摸了他毛烘烘的身子之后也没有什么不适，穿着附有花子些许毛毛的衣服也没有什么心理障碍，这算得上是花子无心插柳的一件功德了。不过说到底，这是爱战胜恐惧的又一例证罢了。

　　最近花子特别享受午休时一边晒太阳一边让我给他按摩。吃完午饭坐在靠窗的大沙发上，太阳热乎乎地照进来，我一喊"花子，来晒太阳啦"，花子就很快跑过来，轻敏地跳上沙发，主动趴在我给他留出的身边空当儿。有时候他吃完猫条便跳上沙发宽大的扶手，晒着太阳等我过去找他。我拿出自学成才的劲头儿，给他按摩额头、鼻子、下巴、耳朵、脖子等各个部位，一边按摩一边现场自创儿歌助兴。他显然

三

舒服得很,仰着脖子闭着眼睛,哪里觉得不到位就转动着脑袋让我再加强一下。按摩得差不多了,我俩都有些困了,于是我用手轻抚着他的脖子,他把头搁在沙发上,有时一只胳膊搭在我腿上,有时两只胳膊放松地向前伸着,陪我小眯一会儿。太阳这时显出了它独有的魅力,不仅暖身、消毒、杀菌,还暖心,放射出无与伦比的幸福感。窗外的海棠树上有些残留的果子,几只白头翁或乌鸫每天坚持来吃,飞动的时候发出一些轻微的声音,越发显出午后的安静。这些温柔的时刻,是属于我和花子的高级私密时刻。

有一件事情值得一提。2022年4月,我的工资单显示最后一次发放独子津贴五块钱,到5月份这项津贴就没有了,这意味着我的工资每个月从此少了颇具时代意味的五块钱。此前没有收到任何通知或解释,我还纳闷为什么停发了,虽然五块钱在支持养育独子方面,跟这个世界上很多重要的东西一样,象征意义大于实用价值,但毕竟也体现了一种时代的大态度,算是对我们这些当年虽有能力生养众多但克制自己欲望的育龄妇女支持国家"一孩"政策的鼓励、肯定和安慰。没想到时代在抛弃我们这一代人的时候,连声招呼都不肯打。要不是我需要工资养家,都不会发现少了五块钱。一直到现在,我每个月工资单上还保留一项"独子津贴 0.00",提醒我在这个项目上的社会贡献是空白,应当有所愧疚。我怀疑有的同事这一项是不是"二孩津贴 200.00"或"三孩津

花 子

贴300.00",但我不想去考证,这只能是一种二次伤害。我还听说这两年有不止一个男专家主张对不生二孩的家庭要实行惩罚,但愿不要变成现实,毕竟我们不像撒拉那样,到了九十岁还能生出儿子。但今天(2023年1月17日,腊月二十六)早晨,当我坐在桌前写这段话,花子躺在我身后的椅子上,盖着柔软的小花毯子,睡梦中发出一阵舒服的哼哼声,我忽然意识到,原来果真有天意!花子出生于2022年5月,半年后将借由一个小区"摔猫事件"触动我的收养机制,成为类二胎进入我们家。严格地说,我就不是"一胎家长"了,所以有关部门就实事求是地停发了我的独子津贴了呀!剧本如此完美,鼓掌。

还有三天就过年了,家里的年货一多,花子变得格外兴奋,每天东闻闻西嗅嗅,热衷于在饭桌下捡漏儿。他对厨房特别好奇,因为平时为了防止他钻进去,我们都是随手把门关上。偶尔门没关严,被他抓住时机挤进去,先是急急忙忙冲到窗户边,像个没头的苍蝇乱撞一气,试图在他经过的每个物件上都喷上自己的味道,划定势力范围。虽然这是他的生存本能,但我还是不客气地把他赶出去。他赖着不肯走,坚持要摸清情况,至少可以多闻一会儿各种美味的气息。我岂能如他的意,把他急忙地赶出去,任凭他在门外大喊大叫。今天一个开饭店的朋友送给我们一大盒调好的生牛肉馅,我鼓起勇气油炸了半下午牛肉丸子,尝了尝,居然很美味。说

三

来惭愧,这还是我第一次过年炸丸子呢,每年都是母亲承担油炸年货的任务。我在厨房里炸肉丸子,边炸边尝,花子在外面不停地大喊大叫,仿佛在跟全世界告发我躲在厨房里偷吃肉丸子。晚上,我在他的猫粮大包里发现商家赠送的一袋肉冻干,想到他对肉丸子的执念,便给他倒了几块混在猫粮里。这两三个月我只给他猫条作零食,担心他吃杂了肠胃不舒服,没想到他吃了一口肉冻干就被迷住了,像是发现了新大陆,本来平时都是站着吃猫粮的,现在蹲下来趴在猫碗上,专门挑冻干,啊呜啊呜地大口吃,跟平时小口小口斯斯文文吃猫粮不是一个感觉。接下来一整天,他都哼哼唧唧跟我要冻干吃,连阿飞家的干粮都不太愿意吃了。只要我说起吃肉干,他眼睛就发亮,一溜儿小跑跟着我去阳台,充分说明了零食的诱惑力。

最近天气一直比较冷,过小年下的雪至今还没化完,路边草丛仍有很多白色覆盖着。家里的暖气倒是很热乎,每到冬天,我都格外热爱家乡。记得以前在南京读书,过了长江大桥就没暖气了,这是我每次坐火车过长江大桥想得最多的一件事。冬天的宿舍又阴又冷,白天只要有机会我就到外面待着,要是能晒晒太阳就谢天谢地了。我看着那些阴冷的房子,不明白为什么人们要建造它们,难道是专门用来挨冻的吗?南方的好处很多,物质文明和精神文明都很发达,但我从来没想过在南方生活,只要一想到冬天没有暖气,我就浑

花 子

身冰凉。空调虽然也能制热，但在我当年博士毕业找工作的时候，整个冬天好几个月昼夜不停地开空调取暖这件事，对我还是颇有些经济负担的，那时还不知道有空调病这个特殊病种。如今在怕冷这点上，花子跟我是一致的。他应该感谢我对寒冬的畏惧以及可贵的同理心，这是我收养他的一个重要原因。现在他舒舒服服地住在暖气房子里，每天只负责吃喝玩乐加上闲愁，不用担心寒风冰雪的折磨。事实上，这是他出生后的第一个冬天，他还没真实地经历严冬的拷打呢，每年都有相当数量的流浪猫熬不到春暖花开。我有时为了教育他要有感恩之心，便抱着他站在窗户边，给他讲外面天寒地冻的可怕，并把他代入到那些饥寒交迫的故事中，然后把他抱到热乎乎的大暖气片前，并让他伸出小手摸摸暖气片。他觉出暖气片释放的善意，把头也靠上去贴一会儿，然后再把头靠在我的胸前，现场展示感恩教育的成果。

转眼就到了大年三十。一大早，花子就在阳台上叫门，且越来越急迫，"声声慢"在他这里要改成"声声紧"。前两天我看到资料上说，猫是清晨活动型，且猫的睡眠是碎片式的，因此不能理解为什么主人早上睡懒觉而不起来狩猎，且担心主人长时间不起床可能出大事了，所以会拼命喊叫。于是我睡觉前把两层窗帘都拉得严严实实，这样他就看不见我躺在床上，因此不用担心我的健康问题，至于他能否理解我为什么不早早给他开门，而非要拖到至少七点以后，那就要看他的悟性了。等我起床后，给他拉开阳台上的门，他立刻冲进来，东闻闻西嗅嗅，感受一下局内人的幸福，然后温顺地回到阳台，享受擦屁股、除秽物以及吃早餐的温馨流程。今天我特意给他在碗里多放了一些冻干，他大口大口地吃着，又吧嗒吧嗒喝了一些新换的清水，然后满足地舔舔嘴去厅里玩了。上午大哥和老爹贴对联的时候，花子在旁边好奇地看着，这还是他猫生中第一次经历过大年呢。我抱着他，给他简略地讲解了一下过年的意义，他似乎听懂了，也理解了今天与以往不同的节日氛围。我告诉他，等过了年，他也长了一岁，要更加懂事，支持我工作，可以买更多好吃的。他这次真听懂了，把头歪着，紧紧地靠在我胸口。民以食为天，只要换成通俗的吃的语言，都能解释得通，吃东西因此算得上是世界语了。

2023 年 1 月 21 日，全家一起过大年

花 子

中午我们去父母家吃饭,出门前我给花子的饭碗加了比以往多两倍的冻干,并给他关上阳台的门,告诉他在家安静等我,他顺从地去吃饭了。回来时已经两点了,我把花子从阳台上放出来,他赶紧去沙发上等着晒太阳。接下来我们又上演了母慈子顺的感人一幕,我给他全套按摩,他满心享受并感恩地依偎着陪我午休。我想象着退休后的生活,有了花子的陪伴,一定会很充实温馨的。年夜饭我们还是去父母家吃的,花子在家留守,我又给他加了些冻干。等我们回到家时,已经是十点多了。一路上,远处近处的烟花和鞭炮任性地此起彼伏,我担心花子害怕,果然推开门便听到他在阳台上喊叫。我赶紧把他放出来,抱着安慰了一会儿,给他讲解了一番烟花爆竹的意义,并夸赞他独自在家的勇敢,还浮夸地跟他说这些烟花鞭炮都是为了庆祝他出生后第一个春节的。他平静下来,在家里东跑西颠上蹿下跳,还试图去咬那些盛开的蝴蝶兰,被呵斥后找到了熟悉的感觉,又在地上踢起球来。十一点了,我哈欠连连,花子半躺在钢琴上,眼睛贼亮,似乎打算守夜。我强迫他回到阳台,听到他在那里嚎叫,加上外面不断的鞭炮声,我知道这个夜晚注定是不安稳的。当下全世界都需要除旧迎新,不破不立呀,花子,你就忍忍吧,今年不知有多少人归入永恒的寂静了,想听到这年夜的声响而不得呢。

三

2023 年 1 月 21 日，除夕守夜

四

2023年1月22日是春节,也是花子来家整三个月,即使对数字不太敏感,我也不得不承认,花子有点天选之子的味道。我以后是不是应该对他更好一点,尽量少对他举起弟子规戒尺?

我给花子准备的新年礼物是一首经典唐诗《静夜思》,我们亲爱的国民诗人李白送给所有孩子的启蒙诗歌,也是奠定我们对故乡情感基调的伟大诗歌。我相信只要月亮和故乡还在,这首诗就有它存在的价值。既然花子变成家猫,有了故乡,这首诗当然也适合他。再说了,这个世界上有很多事情,叫"你妈觉得合适"。比如天已经转热了,有的小孩依然穿着羽绒服上学,那是因为有一种冷叫"你妈觉得你冷"。事实上,最近几天我已经把这首诗给他念过几次了,算是热热身,他已经别无选择了。我抱着他站在书架前,给他看各自捧着一本书认真在读的树脂小兔子和小刺猬,鼓励他也要

四

努力。值得欣慰的是,他没有挣扎,认真地观察小兔子和小刺猬。我给他念诗的时候他也很认真地听,没有表现出不耐烦,或许他对"床前明月光"已经有了点感觉,这是个好的开始,毕竟面对一个有几十年教龄的好为人师的养妈妈,他的挣扎空间是很小的,及早顺服是明智之举。况且我告诉他,今年背诵这一首诗就行了,以后可以按照每年一首的速度推进。资料上说,通常一只家猫活个十几年没问题,活过二十年的也不少。花子这么聪明伶俐,加上我爱惜养护,至少能活二十年,如果能背诵二十首唐诗,那也算是猫界中的博士了。总之,新年新气象,我期待花子更好地发挥潜力,争取有才艺上的突破,不能每天都停留在吃喝玩乐层面。虽然在日光底下快乐地吃喝是智者给出的人生建议,但那也是尽上本分之后才应得的份额。所以花子,你也要努力呀,我看好你。

春节中午在父母家吃完饭,院子里几只流浪猫也出来晒太阳并聚在门口要求投喂。母亲说最近天冷,三四只流浪猫除了中午和吃猫粮的时候出来一会儿,平时都趴在父亲给它们安置的窝里抱团取暖。前面提到的小白跟花子是一窝的。去年春天母猫带着几只小猫来到小院,得到定时喂养就不走了,后来有几只不知所终,或许也被人收养了,母猫在小猫们长大后也不再来了。小白身上脏兮兮的,有几处毛都打了结,我用梳子给它全身梳理,又把打结的毛团剪掉,看上去

43

花子

全身清爽了不少。想到最近花子很黏人，我临时起意，觉得可以把小白也收养起来，跟花子做个伴儿，他就不用每天老缠着我了。老爹也有此意，于是我们先驱车去附近的宠物医院看看是否开门，到了后发现，宠物医院无愧于医院的名号，也是有医生常年值班的，感慨收养小白或许是天意，便兴冲冲地回到小院，用一个纸箱子把小白装起来带到了医院。一路上它在箱子里不断挣扎碰撞，我拿出当年安慰花子的招数安慰它，还有些得意昔日经验不会浪费。以前给花子看病的宠物医生今天正好在，他大冬天穿着短袖，胖胖的脸上汗渍渍的，据说刚送走了一个狗病号，要先吃点饭补充一下体力，让我们等一刻钟。一只三条腿的小黑狗从里间跑出来叫了几声，但没什么攻击性，据医生说是假期寄养在这儿的。小白在纸箱子里没动静，大概被狗叫声吓住了。等医生的空当儿，我在医院大厅里转了转。医院年前扩建装修，比最初宽敞多了，可见生意相当不错。新刷的墙壁上挂着一面崭新的锦旗，上面有几个醒目的大字——"医者仁心，救我狗命。"鉴于是在宠物医院墙上挂的锦旗，虽然乍看有几分歧义，但读者很快就会明白其中的确切含义。我凑近去看，果然旁边还有一行小字，注明献锦旗者的信息"小海绵家长×××"，时间是2022年12月。得到主人如此深情厚爱，小海绵应该是世界上一只极幸福的狗了。可以想象，去年年底它曾深陷绝境，但目前在家中快乐地吃喝玩乐，享受着医生仁心仁术

四

再续的狗命。

等医生吃完饭,我们一同进到一个房间,准备先给小白检查化验一下。医生打开纸箱子,我也把头凑过去,试图安抚小白。没想到纸箱子刚打开,一道白影仿佛利剑出鞘一般蹿到半空,如果不是我和医生闪得快,怕是脸都要破相了。接下来小白踩着旁边的电脑扑到了墙上,从墙上弹回来又撞到医生身上,紧接着又迅速跳到桌子上,并藏在电脑后面。这一连串的动作完成得难度高速度快,让我对它的潜力刮目相看。我有些尴尬地跟医生解释:"它平时看着挺温顺的……"医生显然不太认同我的说法,脸上隐去了平日的笑容:"它这个样子……好像不怎么温顺……"我心里也有些打怵,不过既然来了,觉得还是给它检查一下,看看健康情况再作是否收养的决定。医生看我坚持,便拿出一小袋猫食,里面是些肉泥。他试着安抚小白,但它不肯吃,还发出呜呜的威胁声。我跟它打感情牌:"小白,今天中午我不是给你梳毛毛了吗?你不是很开心吗?来,吃点肉泥,让医生检查一下。不要害怕,没事的。"但它显然不这么认为,蓝眼睛看上去冷漠而戒备,不肯吃肉泥,还冲我发出一声拒绝的哇鸣声。关键时刻,胖医生拿出医生特有的沉着和冷静,戴上长手套防止被小白抓伤,用一块单子捂住它的身子,并让前台的助理进来帮忙给它戴上头套。助理是个畏手畏脚的小伙子,戴头套的时候紧张得脸都红了,生怕被小白咬到,还

花 子

给它戴了大小两个头套,好在没什么意外,小白似乎咬着牙忍着。接下来医生紧紧地按住小白,助理拿来棉签,在小白的眼睛、鼻孔和嘴巴里分别采了样,然后去化验。等待化验结果的时候,我跟医生聊了几句:"我母亲说小白是只公猫,所以我想让它跟家里的花子做个伴儿,而且它们自小是认识的,可能更容易相处一些。"医生看了小白一眼:"这只小猫是母猫,而且我怀疑它已经怀孕了。"这句话震到了我,因为我根本就没想领养一只怀孕的流浪猫!这似乎也部分解释了为什么小白刚才反应那么激烈,它大概是怕人伤害自己的孩子。检查结果出来后,医生告诉我,小白没什么传染病,包括流浪猫最令人担心的猫瘟,健康状况总体不错。这个结果自然是好的,也免除了我因为它有病而不肯收养的嫌疑。付了检查费之后,我们把小白装回纸箱子,又送回父母家的小院,收养小白的计划最后以给小白免费体检而告终。驱车回家后,见到热情相迎的花子,我和老爹一致同意,第一次收养流浪猫,能得到花子这样懂事可爱的小猫咪,简直太幸运了。

花子当然也有任性的时候,甚至为了达成目的采取极端手段。这集中表现在每天清晨他在阳台上睡不着,希望赶紧进到房间里来,如果我不给他开门,他除了换着花样喊叫,还会通过打翻猫窝、推倒阳台上的其他东西等途径制造声响给我施压。网上资料介绍,猫如果对主人不满意,有时会采

四

取报复行动，包括故意随地大小便，给主人制造麻烦。花子最近虽然偶尔乱撒尿，但那是他性苦闷的表现，是不受主观意志控制的。我能理解他的苦境，不会惩罚他，最多呵斥他几句，让他尽量保持安静。但他有时候在猫砂盆里大小便，不肯好好掩埋起来，就违背了他爱干净的本性，是故意捣蛋的表现。通常我会拿弟子规戒尺惩戒他，告诉他要守规矩，不要给我制造麻烦，毕竟我每天给他铲除秽物这件事，是要贯穿他一生的。

说到擦屁股除秽物，这无疑是爱的高级表现，比送鲜花献情歌等行为难度高多了。母爱之所以伟大，其中之一是因为母爱的起点包含一堆有待清除的秽物。我记得儿子出生前，邻居家生了个宝宝，有一天我去看望，年轻的妈妈抱着婴儿，一派温馨和谐的画面，我也很感喜悦，觉得这是人间至美之光景，忍不住上前逗弄一番。忽然传来一阵臭味，妈妈赶紧把孩子放到床上，打开包包清理。我忍不住一阵恶心，连忙告辞回家。待生了儿子，我也加入了清理秽物的队伍，竟不觉得有什么不适，或许做了母亲，体内便自动开启了防恶心机制。有一天清理完毕，反复洗净双手，还是觉得有臭味，难道味觉失调？一照镜子，发现竟有一丁点残留之物在脸上。虽然觉得可笑，却也没什么大碍，仿佛那是极平常的东西，擦掉洗洗就好了，足见爱能包容一切。现在儿子长大了，生活能自理了，花子又替补上来了，且他只要活着，清除秽

花　子

物这件事我就不能下岗。由此看来,我的母爱将一直高调在线,我成为一个慈祥老奶奶的人生愿望也不难实现了。我有时感慨,一个女人成为一个老奶奶并不难,只要不提前挂掉就行;但要成为一个面容慈祥的老奶奶,却不是随随便便都能达成的。我幼时在乡村生活过,印象中有的老奶奶面容狰狞,配着纵横深浅的皱纹,仿佛一口无底的陷阱;有的则一脸凄苦,仿佛深秋里枯萎的瓜架子落下的一个老苦瓜,都是很可怕的人生晚景。城市里的老奶奶面部总体比较平整,有些还提前通过各种高科技手段与岁月抗争,那种倒行逆施的勇敢无畏,配合着大街小巷的美容广告牌,让城市的空气充满张力。

　　为了防止花子清晨过早扰民,我开始有意识地在晚上临睡前敦促他活动,消耗一下过剩的精力和体力。通常是陪着他一起踢球,各种材具都行,只要能跑动起来。我化身优质观众,不断在旁边为他叫好,鼓励他,还给他捡球。他也很卖力,显示出较高的情商。踢球累了,就启用各种有趣的玩具吸引他,总之不让他在我们睡觉前安稳睡觉。我逐渐意识到,猫的作息时间跟人恰好是相反的,当然我应该早点意识到,但那可能花子就进不了家门了,因此这算得上是一个美丽的错误。本着遇到问题解决问题的态度,我通过睡前陪练多少缓解了花子的清晨扰民问题,比如今天早晨他一觉睡到了五点多,而此前他十点半进窝,经常不到一点就开始闹

四

腾。五点多之后他开始各种喊叫和闹动静，但我凭借强大的睡功，断断续续又撑到七点多才起床，中间还迷迷糊糊给他录了几段音。吃完早饭，我把手机放在沙发上，放了两段动静大的给他听，他显然被震住了，歪着脑袋，在家里跑来跑去，似乎是要找到发声源。他最后确定那个声音来自阳台，可是跑过去却没发现什么，颇为困惑。我不客气地指出："你不要找了，制造噪音的就是你！"噪音里还有他发出的类似"妈，过来！"的信息，听上去很有喜感。我告诫他，如果不改变扰民行为，下一步我准备给他打造一个类似牛拉地的轭套在脖子上，消耗他的体力。事实上，这个世界上很多麻烦事都是因为太闲而闹出来的，正所谓闲愁最苦。

今天是正月初三，室外气温最低零下十五摄氏度，最高也是零下九摄氏度，是入冬以来最冷的一天。低温有风对空气质量却有好处，天空蓝得透明，这两天因燃放烟花爆竹产生的雾霾不见了。花子却一大早就干坏事，导致被关了禁闭。他通过一声声的嚎叫，把我从梦乡里硬生生拖出来，却不珍惜温暖舒适的生活，在家里各个地方巡逻，并到处撒一小摊尿液，仿佛是借此方式打下他的专属烙印，除了此前"烙"过的床、沙发、茶几、饭桌、卫生间等处，今天竟然还在饭桌上的托盘里和书桌上的一堆书上各"烙"了一下。我立刻火冒三丈，抓住他的脖子，把他关进了阳台。他没有挣扎，似乎也知道闯了祸，在阳台上哀哀地叫了两声，便灰溜溜地

花子

趴到蒙古包里思过去了。一直等到中午,我才放他出来,警告他不要再乱尿,并指出他这样做是白费心思徒劳无益的,因为家里绝对不可能出现母猫这种东西。他睁着圆溜溜的大眼睛看着我,好像在说:"妈呀,我也知道白费心思呀,可是我控制不住自己呀。"我安慰他,等打完最后一针疫苗,把烦恼根切除就好了。他似乎听懂了,转身去沙发上趴着,颇有几分落寞。为了修复他受伤的心灵,午饭后我陪他在窗前沙发上晒了很长时间的太阳,做了好几套按摩,也蹭了一身的猫毛。

春节期间,沙发旁边放着几盒亲友送的茶叶,其中有两盒是红色的包装。花子很喜欢,不时地在上面蹭来蹭去。老爹今天饭后整理了一下,把茶叶放到另外一个地方。我们坐在沙发对面的茶桌那儿喝茶,花子发现他的红盒子被挪了地方,先是跑到老爹身边,仰着头说了两句,大概是让他把盒子摆回原处。看到老爹没理会他,又跑到我身边,仰着头说了两句,似乎是让我帮忙。后来看到老爹给他把盒子复位了,他开心地在厅里快跑,像个追风少年。看来猫儿子大了,也有自己的小心思了。我笑话他:"花子,那是你布置的准备娶媳妇儿的婚房吗?"可惜他不知道,这些都是白费心机了。猫生也有得有失,不可能什么都如意的,这是他要学的功课之一。在外流浪,找媳妇儿可能很容易,但小命随时不保,他既然愿意享受室内生活,就要承受由此带来的约束。这些话

四

我都跟花子讲了，但他显然没怎么听进去，仍不时在门口逡巡，有时还把脸贴到门上，听外面的声音。为了加强教育效果，我干脆把大门打开，让他感受那种零下十几摄氏度的冷风猛地灌进来的冰爽，他立刻缩着脖子畏怯了。我往外推他："想出去感受一下啊，出去了就不用回来了啊，自由地玩耍去吧！"我越推他，他越往后缩，最后干脆跑到里屋躲起来了。

花子除了睡觉，都需要人陪着，一旦视野之内看不到人，便叫起来或到处找人，这显示他是一只极其不高冷的小猫咪，也是一只热爱家庭生活的小暖猫。当然他最希望黏着的是我，即使老爹陪着他，过了一会儿也要到书房找我。找到了，便叫一声，待我起身，他扭头就走，意思是让我跟着他，陪着他玩。我不忍拂他的意，本来在工作，也会起身陪他玩一会儿。如此一来，花子让我不至于在书桌前一坐很久，仿佛是专门来喊我课间休息的。他的这种暖男体质，实在是颠覆了我以前对猫的主观印象，但有时也让我觉得被打扰，特别是需要专注工作的时候。当初收养他主要是担心他被人伤害加上严冬难熬，如今看来，倒有些作茧自缚了，可又不能把他推出去，始乱终弃也不符合我的做事原则，看来我只能慢慢适应他了。

五

养猫和养狗的一大不同,就是不用每天出去遛弯儿。有时我抱着花子站在窗口,看着小区里那些零下十几摄氏度仍然在室外溜达的狗子,它们的主人穿着蒙古包一样的厚衣服,戴着富士山一样的厚帽子,无奈地跟在旁边,便觉得在城市里养狗还是颇有些局限性的。我小时候在乡村生活,家里先后养过好几条狗,有大有小,有一条大黄狗每天都会忠诚地护送我去上学,放了学也会在路口按时等我。收养花子之前,我本来是打算养一条狗的,只是想到每天要花时间和精力外出遛狗,才一直没有落实。如今花子既忠诚可心又不必外遛,便显得越发地可贵了。

虽然花子对我很依恋,不过他也知道我需要工作,懂得不工作便没钱给他买好吃的这个朴素道理,所以白天我告诉他去书房工作,他明确了我的位置,知道我不是有意不理他,而是为了他去讨生活,便会耐着性子在沙发上睡一阵儿

五

或自己玩玩具，间隔一段时间再到书房喊我出来陪他。他脆生生地喊一声"妈"，蹲在书桌前，睁着圆溜溜的大眼睛，歪着头满脸期待，让我很难拒绝他。我就当课间休息一下，站起来随他到厅里玩一会儿，或者抱抱他，跟他聊聊家常，夸奖他懂事，是世界上最可爱的好猫猫，他便幸福地窝在我胸前。大哥通常待在自己的房间里，学习或者娱乐休息，不怎么需要我，甚至会觉得我打扰他，而花子像个小婴儿一样依偎着我，让我体会到一个中年老母被需要的温暖。

人到中年，认知容易固化，需要时常拓展和更新。网上有小视频温馨提示，如果猫咪送你蟑螂或者老鼠，不要觉得被冒犯，那是它深爱你的表现，因为蟑螂和老鼠在它眼中是宝贵的礼物。花子对我的爱意我充分感受到了，不过我每天尽可能把家里打扫干净，免得他送我什么小虫。说到拓展认知，今天我忽然意识到，花子最近每晚喊叫，或许是看到窗外有什么他认为不安全的东西，好心地大声警示我，而不完全是我理解的找对象不得而发泄苦闷情绪，正如学者指出，"只知其一，一无所知"（if you know one, you know none）。宇宙如此浩繁，猫咪有自己独特的认知视角，不可轻易以人类的视角主观臆断。

根据我提前写在小日历本上的提示，花子今天该去打最后一支疫苗了，前面已经打了三针。上午收拾完，我把花子装在特地为他外出而买的斜挎布包里，便带他出门了。因为

花 子

宠物医院就在小区北面，出了北门穿过一条马路就到了，所以我每次都是走路过去。斜挎布包的好处很多：首先，冬天路上比较冷，布包像个厚实的棉袋子，包裹着花子防止冻伤；其次，我不用手提，腾出手来可以边走边抚慰花子，缓解他的不适情绪；再次，贴身的斜挎布包可以让花子随时感受到我的身体，增加他的安全感。特别是进了医院大厅，猫狗比较多，有的大狗会发出很响的叫声，有的还很自来熟，一下子就冲到跟前，这儿闻闻那儿嗅嗅，仿佛大家都是来医院串门的亲戚。有些狗主人也有莫名的同理心，感觉不是一家人不进一家门，不再牵紧狗绳或者干脆不牵，似乎彼此都暗戳戳互发了个免于被咬的小金牌子。我虽然不怕狗，但花子是有些怕的，我紧紧抱着他，低声安慰他，消除他的紧张。跟狗子们相比，猫咪们都很安静，胆子大的会冷静而嫌弃地看着狗子撒欢儿，仿佛矜持的小姐蔑视粗鲁的莽夫。

今天是正月初七，大部分人都过完年上班了，来医院的猫狗也比较多。幸亏我和花子来得比较早，没怎么排队，医生带我们进了一个房间，先给花子称了称体重，3.6公斤，最近体重没怎么长，有可能跟最近找对象不得志、食欲不旺盛有关。跟那些肥猫相比，他看上去有点清瘦，颇有因害相思病而衣带渐宽的忧郁味道。医生建议，打完针过段时间可以考虑给他做绝育手术。打针的时候，花子照旧很勇敢，一声不吭地趴在桌子上，我及时送上了表扬。医生接着又给花

五

子外滴了驱虫药,并剪了指甲,然后我们照例到大厅找个地方坐下,观察二十分钟后才离开。观察等候的时候,扎堆儿进来好几只狗子,有大有小,有黑有白,均躁狂得很。一只硕大的白毛狗痛苦地高声狂叫着,主人希望给它做手术,检查途中它从房间里跑出来,屁股血淋淋的,触目惊心。一只浑身黑卷毛的小狗吐着舌头,到处乱跑。它看上去只有三条腿,因为有一条腿受伤了,上蜷着,但这并不影响它兴奋地追着一只漂亮的小白狗跑,并辣眼睛地扑到人家身上。它的主人不免有些尴尬,骂它是只流氓狗。它充耳不闻,直到主人把它捉住,摁在我们旁边的座位上,它不甘心地挣扎着。我把花子紧紧揽在怀里,他逐渐适应了环境,把头从布包里伸出来,默默地看着小黑狗。它的沉默和旁观里,或许有几分同情甚至羡慕。小黑狗的主人看了看花子,称赞他安静听话,不过接着遗憾地说,养猫的话家里毛太多了,还粘得满身都是。这充满中庸之道的评价,让我连回应都省了,毕竟我的衣服上的确粘着花子的毛,阳光下还闪闪发光呢。二十分钟之后,医生检查了一下花子,没什么事儿,我们便离开了医院。走在路上,花子把头伸出来,看着外面的风景,默不作声。实际上,昨天晚上我已经跟他说了,今天会带他出来打针,如果他愿意选择重新当一只流浪猫,他可以趁机跑掉,到广阔的世界里自由讨生活,说不定很快就能找到老婆。不过,他如果跑了,就甭想再回家了,我也会把他的饭碗、

花子

猫窝啥的统统扔出去,没有任何退路。他当时表现得很乖巧,赶紧用两只手抱着我的胳膊,表示绝不会放弃现有生活。现在真实的选择机会来了,我故意放开手,如果他要跑,是能跑掉的。不过他一直只是老老实实地观察着四周,没有任何跑的企图。等进了家门,暖气扑面而来,他似乎很庆幸自己的明智选择,赶紧从布包里跳出来,在屋子里转了一圈,巡视了熟悉的领地,之后跳到沙发上仔细地舔了会儿毛毛,去除外面陌生的气味。等他清理完异味,我把他抱起来,跟他说了几句体己话,表扬他今天的勇敢,并告诉他只有被养父母所珍惜的猫狗才有机会去医院看医生,意思是要有感恩之心。他似乎听懂了,紧紧依偎着我。我把他放到阳台的蒙古包边上,让他休息一会儿,等中午再叫他起来吃猫条,他很乖巧地进窝躺下了。

家庭成员组成了命运共同体,连生活习惯也会趋同。花子喜欢晒太阳,又喜欢我陪着他,于是我也顺便过上了晒太阳的温馨"夕阳红"式生活。每天中午,我先照顾花子吃根猫条,给他换新鲜的水。他吃猫条的时候总是闭着眼,伸出舌头一舔一舔的,有时候吃着吃着还流出眼泪来,就像福杯满了就溢出来一样。吃完猫条,他伸出大舌头在嘴边划拉一圈,连肉渣渣也不浪费,然后蹲在水碗旁边,吧嗒吧嗒地用舌头舔水喝,一气儿喝个饱。他是个爱干净的小家伙,不肯喝陈水,哪怕是早晨刚换的水也嫌弃。为了督促他多喝水,

五

我便一天三次给他换新水。等他吃喝完了,我告诉他先去客厅窗边的沙发那儿等我,我吃完饭再去找他,他于是慢悠悠地擎着大尾巴,去沙发上趴着等我。若他觉得我吃饭的时间过长,便不时从沙发旁边伸出头来看看,无声地催促着。待我收拾完去找他,他便安心地趴在我身边,照例先让我给他按摩一遍,有时觉得下巴和脖子按摩得不充分,还会扬起头来,示意我继续。他很喜欢我给他按摩耳朵。我用棉签轻轻地为他除掉耳朵里面的灰尘,给他拽拽耳朵里的毛,特别是按摩一下他可爱的小附耳。他安静地眯着眼睛,一副舒服至极的样子,令我想起在某些城市看到的采耳场景。我一边为他服务,一边调侃他:"花子,要是你每天也这么给我细心按摩一遍,我叫你妈也行啊。"他把耳朵猛地一抖,似乎觉得我这话说得不太合宜。等给他按摩得差不多了,我的困意也上来了,洗洗手,做好入睡准备。暖洋洋的太阳真是人间至美福利,把浑身晒透了,身心被一阵浑厚的熨帖感裹着。我跟花子一起滑进了梦乡,中间我偶尔睁开眼,总看见他紧挨着我,或趴着或歪着或仰着身子,睡得酣畅淋漓,浑身热乎乎的,每根毛发都泛着健康的油光,真是一个可心的暖宝宝呀。我轻轻摸摸他,陪着他继续睡一会儿。午休时间通常从十二点半到一点半,这样美妙的时光真是值得期待直到地老天荒呀!

花子似乎逐渐从性的苦闷中走了出来,恢复了食欲。以

花子

前一次吃不完一整根猫条,现在不但吃得完,还会再吃点干粮填填空儿。他的牙口是极好的,咬嚼干粮的时候发出"嘎嘣嘎嘣"的响声。我去年拔掉了后面的一颗坏牙,不但影响吃东西,还一度说话漏风。作为一名尚未退休的教师,咬不住食物也就罢了,咬不住字却着实让我沮丧了一阵子。好在没有什么是习惯搞不定的,现在我说话的时候,字词已经习惯绕开那个漏洞,给我不少安慰。所以听着花子嘎嘣脆的年轻劲儿,我没啥可伤感的,更多的是欣赏。花子没有白吃饭,他的个子越来越大,体型明显变长,褪去了小猫咪的稚气,显出少年猫咪的健壮身姿了。最近我在书房工作时,他不像以前那样喜欢趴在我身后的椅子上,大概嫌有些挤。我把他抱上去,他出于礼貌,不会当场拒绝,但只待了一小会儿就跳下去了。今天我在桌子对面放了把工作的椅子,把原来的椅子留给花子。他果然很喜欢,爽快地跳上去,先是用舌头梳理一下毛发,等我坐在对面工作,他就安心地趴着睡起觉来。我坐着在电脑上工作的时候他很安稳,等我起来活动一下,他也赶紧起身,吃点喝点或者各处走走,仿佛那些在课堂上贪睡的学生,坦然而积极地享受课间的休息,丝毫没有荒废学业的愧疚感。

随着相处时间的增加,我逐渐意识到花子一些固定行为背后的逻辑,比如每天早晨他在阳台上一遍遍地叫,那是提示我该起床捕猎了,我的工作大概在他眼中就是捕猎的意思,

五

同时他也提示我该把他放出来巡视领地了；一晚上没有巡视，领地里可能会有各种不安全的隐患。如果我七点还起不来，他就认为我出事了，会通过上蹿下跳打翻东西来加强提示的力度，或者提高喊叫声，发出警示。我被吵醒了，如果还想再躺一会儿，跟他说一声："花子，安静！我太累了，再躺一会儿。"他听到我的声音，确认我没事，只是偷懒，便会容忍我再睡一会儿，但时间不会太长，之后继续提示，直到我从床上爬起来，给他打开阳台的门，他赶紧冲进房间，四处闻闻看看。他在早晨是有问必答，有呼必应的。比如我喊他回阳台擦屁股，他会轻快地一连声答应着配合："来啦，来啦！"给他梳毛毛，他也会顺着梳子不断翻滚，让全身毛毛梳得均匀熨帖；给他换新粮新水，他也很乐意吃喝几口；为他清理猫砂盆，他在旁边的瓦楞盒里磨指甲，然后跟着我到卫生间，亲自看着秽物被放到马桶里冲走，这才放心地蹲到卧室门口，等着我开门。我每次都要嘱咐他："花子，早晨要安静，不要影响他人。"他一边答应着，一边迫不及待从门缝里挤出去，先到他活动的主领地也就是客厅里巡视一圈，然后再到餐厅、卫生间以及书房等处看看。大哥的房间通常紧闭着，他很遗憾地在门口嗅嗅，等上午有机会了再进去。厨房的门也关着，他蹲在门口，示意我让他进去，我说那里面比较冷，再说也没有他能吃的东西，没必要进去。他哼哼着执意要去。我打开门，让他进去转一圈，然后再敦促他赶紧出

59

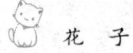 花子

来。总之,在他的观念中,这个家所有的地方都应该盖上他的印记,这是他的管辖领地。我们作为陪伴他猫生的人,是关系友好者,可以共享他的领地,但不能剥夺他的管理权,更不能剥夺他的知情权。

　　花子对自身权利的看重、争取和维护,是我最近才悟到的事实,启发我作为他的养妈妈,既然让他进了这个家,就不能高高在上地把他视为一个出于好心收养、赏口饭吃的流浪小动物,而至少要把他视为一个平等意义上的家庭成员。鉴于花子不需要我完成陪写作业等高难度动作,我还是愿意每天营造一下母慈子孝的家庭氛围的。

六

有时感觉2023年似乎尚在期待中，但其实已经过去一个月了。花子成为家庭成员也满一百天了，根据当下流行的"仪式感导出幸福"法则，似乎应该为他举办个小派对。不过鉴于他吃喝无忧，真正能提升他幸福感的只有找老婆这个选项，但这个选项只是个虚拟项，所以小派对就无疾而终了。

对于我来说，花子的加盟还是提升了很多经验值。虽然每天给他喂食喂水要花费时间，管教他适应家庭生活也很耗神，每次外出还要顾及他的感受，但总体而言，我觉得自己的生活既维持了中年人宝贵的平静，又加了点新鲜的佐料，仿佛平静的湖面添了些细微的涟漪，用括号套括号的格式作了几百条关于平静的注释，衬托得那平静越发平静，因而算是颇为理想的了。如果是换成一个真正的二胎，那肯定是天翻地覆的变化，超出我的承受能力，新鲜倒是新鲜，但能留

花子

下几斤命来尝鲜还是个问题呢。前几天老爹看我身体和精神都还不错,旁敲侧击地问我,是否考虑一下生个二胎,估计他是眼馋有同事或朋友生了二胎,我听了坚决抵制。我很庆幸曾经生活在"只生一个好"那个历史的细缝中,于公于私都有了交代,自己收拾收拾还剩下完整的一条命,能每天亲手劳力作正经事养活自己贴补家庭,又在几年前成功复活了少年时代的作家梦想。"有梦想谁都了不起",我在口袋里揣着这个梦想,靠着对小时候生活的回忆,捏头捏尾编了一些故事,幸运的是还有文学编辑赏识,肯浪费版面给我发表了。如今我受到鼓舞,脸皮越发地厚了,拿一只收养的流浪猫当模特儿,茶余饭后又写起文章来,为自己的生活做点注脚,倘若有人愿意读一读,那真是意外之喜了。

花子前天晚上一直在阳台上喊叫,一开始大概是为了招蜂引蝶,从胸腔里发出一种很粗壮浑厚的声音,似乎是为了证明自己男子汉的雄风,跟那种日常状态下的温软声音完全不同;后来可能是外面起风了,树枝及其他东西出现声响,导致他睡不安稳,也影响我休息。我呵斥他,让他安静,他也不肯,变着花样叫,等我起床时,听到他嗓子都有些哑了。昨晚临睡前,为了自身健康,我严厉教育了他一把。当时他趴在家门口,冲着门外发出男子汉式的可怕声音。我捏住他的脖子,把门猛地打开,令他一半身子露在门外,让他感受一下扑面而来零下十几摄氏度的冰爽。我往前推他,他挣扎

六

着往后缩,等我把他拎回来关上门,他赶紧跑到暖气片旁缓一缓。这种实地现场教育的效果很不错,等他平静下来,我辅以言教,告诉他作为家庭成员要互相照顾才行,我要是睡不好觉没法工作,他就没饭吃;另外不要不知足地去想那些没用的事,外面那么冷,流浪猫们都冻得不知藏在哪个窝窝里,命都顾不上,不可能来找他。如果他执迷不悟,我就成全他,把他推出去,猫窝猫碗也都扔出去,他以后生死都与我无关。舔着被冷风吹得有些异样的毛,他显然把这些利害关系听进去了,所以昨天晚上基本没出动静,今早一直忍到七点才小声克制着叫我。我起来后表扬了他,夸他是个懂事的好猫猫,并给他添了不少冻干,他很开心地享用了。等我进书房工作的时候,他也跟进来。我抱了他一会儿,鼓励他像书架上的小兔子和小刺猬那样多读书。最近我给他念"床前明月光"的时候,他似乎有了些感觉,认真地听着,或许也在认真地记着。学习一事,重在坚持和潜移默化,我期待某一天他能出现质的飞跃。我这么说,并不是在自我催眠或者扮演戏精。随着年岁的增长,我越来越觉得,宇宙是神奇的,一切皆有可能。动物特别是家养宠物有很强的向人性,就像向日葵对太阳的执着爱慕。书上说小人鱼为了成为人甘愿付出重大代价,现实中小猫小狗天天跟人生活在一起,也会模仿人的举止,体悟人的性情。人作为哈姆雷特王子口中的"宇宙的精华,万物的灵长",会对它们产生深刻的吸引

花 子

力。我能感觉出花子强烈的居家亲近人的意愿，除了他被荒诞的性欲催逼呼喊的那些时候。等他做了绝育手术，解除了这个枷锁，就可以静下心来学点人世间的才艺了。我在电脑前坐下，花子也趴在我对面的椅子上，以睡觉的方式陪着我。我对他的受教之心很满意，聪明若没有受教之心，反倒不如那笨拙点的。我想天天在书房里睡觉，跟天天在垃圾堆里睡觉相比，心智成长效果肯定是不一样的。

花子最近的领地意识很强，每天早晨起来吃喝完，便赶紧把家巡视一遍。如果哪个地方关着门，他便蹲在门口，哼哼着提示给他开门。通常关门的地方是厨房和大哥的房间，他知道不容易进，所以也不太坚持，但会等待时机。大哥起床后去卫生间，房门没关紧，他一溜小跑过去，从门缝里挤进去。遇到大哥的门敞着，他更是兴奋，直接冲到房间最南头，这瞅瞅那闻闻，遇到感觉奇怪的东西就用前爪扒拉扒拉。听到大哥让他出去的声音，他赶紧钻到桌子底下等隐蔽的地方，拖延出去的时间。被赶走的路上，还见缝插针地这蹭蹭那磨磨，尽可能地打卡做记号，仿佛他碰过的地方就是属于他的领地，颇有几分旅游达人的气质。厨房因为地上有些存放食物的箱子或袋子，所以一般也不对他开放，但他也会抓住机会挤进去，先冲到最北头的窗户那儿，再折回打卡，被推出去的时候极不情愿，经过垃圾桶的时候特别向往，大概那里有童年的味道。

六

由于花子每天巡逻,家里若出现了新的东西,他会很敏感,赶紧跑过去检查,对于特别想占有的东西,甚至采用在里边或旁边撒尿圈地的行为。虽然他尿撒得不多,有时只是挤出来的几滴,但这仍然是我不能忍受的,每次都要用弟子规戒尺惩戒,或者关他一阵儿禁闭。他也知道我的立场,一看到戒尺来了,马上缩着身子一溜小跑,钻到沙发底下躲避;被捉住关禁闭的时候也不怎么反抗,灰溜溜地钻进蒙古包,过一阵儿再哀哀地求饶要出来。我屡次警告他不要采用这种可笑的方式来划定势力范围:"我花了几百万才买到这个房子的使用权,你竟然想通过几滴尿就宣布所有权?你半路进家,能享受使用权就很好了,不要想三想四,徒增烦恼!"后来我在网上看到介绍,说猫咪撒尿是为了留下气味吸引异性,但这也是荒诞的行为,毕竟他进了这个家就意味着丧失了择偶权。

作为一只怕冷的小猫咪,花子对暖气的热爱是毋庸置疑的。除了沙发,平时他喜欢趴在地板上那些暖气管道通过的地方,高兴了还滚来滚去,大概热乎乎的,很舒服。这两天我抱着他在阳台上看风景的时候,无意中贴在了竖排的暖气片上,他立刻被大暖气的热情迷住了,两只手扒着暖气片,身子使劲往上贴,脸也贴上去,发出"咕噜咕噜"满意的声音。我抱着他有些累了,想离开,他不肯,赶忙使劲扒住,示意我多待一会儿。我把他整个身子前后左右都贴在暖气片

花 子

上熨一遍，他感激地用鼻子碰碰我的脸。我告诉他，小白它们这个冬天可都没能享受大暖气，每天除了吃东西，一般都不离开窝窝，挤在一起取暖。不过跟那些没人管的流浪猫相比，也算很好了。由此可见，幸福是不同处境的比较，没有绝对的幸或不幸。

今年立春和元宵节是紧挨着的两天。几十年前的立春那天，我来到这个星球上，感恩一直平安地活到现在。笨手笨脚的我，万幸遇到了读书可以改变命运的大时代，也万幸有点学习能力，竟然一次次通过考试关口，有了一份喜欢的工作，有了温馨的家庭，现在还有了一只机灵的小花猫，这一定都是上天庇佑。立春意味着万物复苏，大自然新的轮回开始了。上一个轮回过得很玄幻，生活如同烙大饼一样，翻来覆去之间没什么过渡。这两天街上不戴口罩的人多了起来，"应阳尽阳"的似乎铁了心要开始新生活，一副不怕开水烫的架势。倒是那些没"阳"的人还在等待戈多似的，全副武装地生活着，看着让人心累。今年我的阳历生日跟元宵节同步，这似乎预示着大吉大利。中午我们一家三口到父母家聚餐，一桌子十几个菜，加上美味的黑芝麻元宵，我不出所料地吃撑了。元宵节的晚上，我们小区以及附近小区都放起烟花爆竹来，毕竟我们住得远离政务中心，多少可以被宽容。花子最近经历了年前年后鞭炮们的不断洗脑，看上去只是略有不安，脱敏疗法简单粗暴有效。我为了安慰他，饭后陪他

六

在大沙发上休息了一会儿,并赠送了一次全身按摩服务,以便他尽快适应这个喧闹的时节。

元宵节是个分水岭,过了元宵节,基本上就算过完年了,上班的安心上班,上学的收心上学。我们家北边是个幼儿园,虽然隔着一片小树林和一条很宽的马路,但幼儿园开学的各种颇具仪式感的活动议程,我在书房还是很完整地接收到了,毕竟大喇叭的声音响彻云霄。代表发言的小朋友那幼稚版的播音朗诵体,听上去有些违和感。可怜的孩子,你前面的路还长着呢,你从一开始就这么端着,得多累啊。相比之下,花子就舒服多了。小朋友在忙人生的时候,他已经吃完喝完,把家里巡视了一圈,趴在沙发上睡觉去了。在新的一圈轮回中,按照人类的年龄,他相当于中学生了,但他没有校服,没有课堂,没有作业,青春期烦恼倒是有,不过这几天我就打算联系医生,给他安排手术,到那时他就成了真正的无忧少年了。

花子很享受每天午间我陪着他坐在大沙发上晒太阳按摩的时光。欲望总是不断增长的,他最近吃了早饭和晚饭后,也会去大沙发上趴着,并喊我过去陪他。我如果没什么要紧的事,自然会满足他的愿望。我能感觉出他沉浸在幸福之中,身子紧紧地贴着我,两只手臂放松地向前直伸着,尾巴不时轻轻甩动着,似乎应和着某个隐秘而快乐的小节拍,有时他还扭过头,把下巴搁在我的腿上,或者把两只手搭在我的腿

花 子

上，闭着眼睛，静静地体味着。我把手放在他的身上，时而轻轻拍打着，时而抚摸着，让他感受到我的爱意。最近他胃口大开，每天除了吃猫条，还要加几次肉冻干，所以身上肉乎乎的，毛发油亮亮的，摸上去像一匹上好的绸缎。如果我陪他聊聊天，或者给他唱唱儿歌，念念"床前明月光"，按摩一下耳朵、下巴和脖子，他就更享受了。他自己够不着的身体部位难免会发痒，我用棉签给他掏耳朵除灰垢的时候，他舒服得简直要睡过去了。看到他很幸福，我也感到幸福，毕竟幸福是会传染的。

　　花子打完第一轮的疫苗之后两个周，我带他去医院检查抗体产生情况。外面还是比较冷，我把他装在斜挎包里，他一路上很好奇地伸出脑袋四下观望着。过马路的时候，各种车辆呼呼地跑，发出的声响令他有些紧张，便把头缩回去，等过了马路，声音小了，他又赶紧冒出头来，像只好奇的土拨鼠。进了医院，他忽然害怕起来，拼命往我身上钻，我赶紧把他藏起来。我奇怪他怎么失去了最初的勇气，护士小姑娘解释说，猫咪家养的时间长了，不习惯外面的环境，自然就变得胆小起来。给他戴上头套抽血的时候，一个小伙了紧紧地抓住他的手脚，护士小姑娘则往他一条腿上扎针。他拼命挣扎，我在一旁安慰他也不太起作用，好歹抽完了一管子血，他把头套挣脱甩掉，赶紧爬到我为他敞开口的斜挎包里藏起来，像个受到惊吓的小宝宝，还不时往我腋下拱，仿佛

六

那是个避难所。经历了大哥小时候去医院打头皮针的恐怖经历,花子这点小动作简直就是毛毛雨。护士让我们在治疗室待大约二十分钟,等待化验结果。如果花子抗体产生结果不理想,还要补充针剂。我一边轻轻拍打着花子,一边给他唱在家里唱的儿歌,他渐渐放松下来。当周围世界陌生可怕的时候,营造一个熟悉的小环境,等于制造了一个有安慰作用的保护罩。这个技能是养育过儿女的妈妈们所擅长的,如今花子也享受了这种保护罩的待遇。过了一段时间,护士进来,手里拿着一张化验单,告诉我花子的抗体产生情况非常理想,暂时不用再打疫苗了,等到年底打加强针就行。我拿过化验单,发现上面几项都标注着六颗星,"六颗星是最高级别吗?"我问。"是的。"护士点点头。我赶紧表扬花子很棒,自己少受罪,也给我省钱,是利人利己的极其靠谱的好猫猫。接下来,我跟护士约花子做绝育手术的时间,本以为这两天就可能做,没想到年后做绝育手术的阿猫阿狗很多,至少要排到一周以后,但一周以后的那天我有事,最后就约在了月底 26 日,那时已经出了正月,花子算是以完整之躯过完了这个年。回家的路上,花子很快开心起来,从斜挎包里露出脑袋四下观望,他或许还不能理解我和护士刚才为他商定的事,毕竟他的字典里不会有"绝育手术"这个词。我不知道等那一天他从手术台上下来,会不会对我有所怨恨。我不想搬出父母的经典语录——"我这是为你好",我想送给他另外

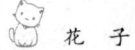 花 子

一条处世箴言——"长痛不如短痛"。回到家,他舒了口气,在各个角落视察了一遍,重新找回熟悉的领地感觉。

花子手术前难免会有乱撒尿行为,所以我不在书房的时候就把门带上,因为有一次他竟然在书桌上尿了,结果被我关了禁闭。有时他蹲在书房门口哼哼唧唧要进去,我告诉他不行,但今天我发现他竟然找到窍门,自己把书房门打开了。他大概是暗中观察我,每次进书房时,手放到门把手上往下一按,然后门就开了。于是他立起身子,伸长胳膊,用手反复去按门把手,居然真的成功了!我惊讶于他的小聪明,不忍心责罚他,只是警告他,未经许可,不能私自进书房。他大概满足了好奇心,也就没再偷着进去了。这件事显露了他的智商在线。我决定以后有时间多教他背几首唐诗,让他把聪明劲儿用在学习上。花子,你要加油呀!

七

寒假里晒着太阳的午休时光是美妙的。午饭后我去沙发那儿,花子已经先行一步,趴在沙发宽大的扶手上等着我了。我坐下去,照例给他在右边留个空儿。他熟门熟路地挪过去,窝在那儿紧挨着我,享受我的独家按摩功夫,然后陪着我小憩一会儿。最近他对我越来越满意,我迷迷糊糊中知道他在舔我的手。猫视频上说这是一个爱意满满的动作,不过他舌头上密布的小刺使得他的舔更像是刷。这样舒心的日子随着假期的倒计时而显得愈发珍贵,好在我开了学也不必每天去学校,要不然花子会多么失落呀。

最近晚饭后,我常陪花子踢会儿球。所谓的球,是桶装水拆下来的"脖扣儿",也是花子所喜欢的玩具,自从他进家来,已经攒了不少了。我们俩各自占据着过道的一端,我每踢过一个球,他都灵巧地捕捉踢腾一番,待所有的球踢给他,我们俩再交换场地。他配合得很默契,有时候还加些表

花 子

演性小动作,先藏起来,等球踢过去再跳出来接住,是个机智灵活的好玩伴。我也拿出陪玩的积极性,不时喊几句号子助威,或者热情地表扬花子,活跃一下场上气氛。玩得累了,我们俩就并排坐在沙发上休息一下,算是劳逸结合。大哥要么外出,要么在自己的房间里搞事情,花子作为猫儿子,在陪伴老妈方面真是一百分。为了奖励他,我今天下单给他买了一箱他爱吃的冻干,毕竟老妈的爱主要是通过投喂来体现的。

花子最近早晨不那么早闹动静了,会安静地等我八点左右起床,听到我的动静之后再喊我。有一次我晚上写东西睡得晚,早晨竟然睡到九点,他也只是在阳台上靠着暖气片一直安静地等我。我感动之余,起床后赶紧给他倒了半碗冻干。花子的改变,可能源于最近我每天晚上的睡前功课做得比较到位:我先给他碗里倒大半碗猫粮,上面再加些冻干,保证"夜草"充足,水自然也要换新的。然后给他打开专用电暖器,抱着他唱唱睡前儿歌,把他的名字编进去,让他作睡前儿歌里的小主角。他用鼻子蹭蹭我的脸,表示他听懂了且感到很满意。最重要的是,我把他送进蒙古包的时候,再三叮嘱他要照顾我,不要早起喊我,等我醒来他再活动,做个懂事的好猫猫;如果他做到了,就会得到口头表扬和物质奖励。这样坚持了几天,果然产生了效果,可见花子既有智商也有情商还有爱商,这样的猫咪实在很难得呀!

七

不过因为花子的绝育手术还要等一周多,他乱撒尿占地方的毛病还存在,只能等待他的烦恼根儿切除,他才会慢慢恢复平静。这个过程对他来说也是痛苦的。他苦闷的时候,会冲到落地窗那儿,从胸腔里发出一种自以为很雄壮,其实很难听的声音,仿佛在喊:"这儿!我在这儿!我是一只了不起的公猫!来啊,快来啊!"我呵斥他不要扰民,也不要自寻烦恼,如果他非要出去浪,那就出去,但出去了就不能再回来了。我问他:"你想清楚了吗?如果愿意出去,我马上给你开门!"他想了想,垂着头,找个地方趴着去了。今天上午,我在书房里工作,花子跑到阳台上,好一会儿没动静,我担心他出什么幺蛾子,常言道"孩子静悄悄,必定在作妖"。等我过去一看,发现他安静地站在阳台的落地玻璃窗那儿,把嘴贴在玻璃上,窗外面一只背上有黑花的漂亮小猫也把嘴贴在玻璃上,两只猫正隔空传递爱意呢。今天太阳很好,没有风,天气也比较暖和,一切都显得那么温馨。小黑花看见我,怪不好意思的,一扭身走了,花子依然站在窗前,似乎在安静地回味着。原来他不是一直对着空气叫,而终于有了点实质性的回应,正所谓"念念不忘,必有回响"。可惜花子的手术已经排上了,他终究是一场空。我耐心安慰他:"天下事有得必有失,有失必有得,不要贪心,贪心是万恶之源。对你来说,保命是第一位的,其他都是浮云。小黑花它们虽然可以自由地浪,可是吃了上顿没下顿,风里来雨

花 子

里去,不少流浪猫熬不过这个冬天,如果遇到坏人可能命都没了,这种日子以前你不是没经历过。如今既然有了安身之所,就要珍惜,流浪猫被收养都要做手术的。"他沉默不语,似乎对这个收养规则并不认可。我接着给他讲了小人鱼的故事,主旨就是如果你想要一样珍贵的东西,就必须拿另外一样珍贵的东西来换取。这是这个世界的交换规则,所有的东西都标好了价格,没有免费的午餐。这时窗外走过一个背着书包的小朋友,是附近的小学生中午放学回家了。我趁机又教育花子:"你看,作为一个人,要想将来在社会上立足,得到日常所需,也要很早就交出珍贵的自由。包括我(我指指自己),为了生计,也要交出时间和精力,交出黑头发、亮眼睛和一大堆珍贵的东西。所以,你得到室内终身安逸的生活,交出珍贵的蛋蛋,也不是什么了不起的大事。如果在室外流浪,说不定哪天要用命来换取自由呢。况且,命之不存,蛋将焉附?!"他大概是听懂了我这番晓之以理、动之以情的说教,默默地吃了点高级猫粮,喝了点清水,然后走开了。晚上老爹下班回家,我跟他说起花子今天见女朋友的事,花子在旁边歪着头听着。我开他玩笑:"花子,你别老想着老婆的事。现在就是给你个老婆,你能养得起吗?"他马上大喊一声:"哇——!"我听出他的意思——"能!"看来,我白天那番教育根本没起到什么作用。

  周末我在书房里关着门参加一个网络会议,花子和老爹

七

在客厅里,大哥出门会朋友了。过了一会儿,我隐约听到老爹有一个朋友来找他,花子在他们聊天的时候还比较安静。又过了一会儿,老爹出去送朋友,我以为他出门前把花子关到阳台上了,没想到他让花子自己待在客厅里,大概是觉得他会很快回来,结果出去就被黏住了,好大一会儿没回来。花子着急了,在客厅里大喊大叫了一阵儿,听到书房有声音,便跑到门口大喊,但我不能给他开门,这加剧了他的焦虑,我在开麦发言的时候,大概他的悲惨叫声也参与了。好在大约半个小时后会议结束了,我打开门,花子嗓子都喊哑了,委屈地蹲在书房门口,我赶紧把他抱起来,不停地安慰着。他这次真的觉得委屈了,听到我指责老爹不靠谱,没有责任感,把孩子独自扔在家里,他竟然把头埋在我胸前,发出轻微的抽泣声。我又心疼又好笑,解释自己为什么不能给他开门,抱紧他又说了一堆安慰的话,他才抬起头来,不停地蹭我的下巴,表示自己被安慰到了。我把他抱到阳台上,给他倒了半碗冻干,又换了新水,让他吃饱喝足。心和胃都得到满足之后,他才缓过劲儿来,躺在地板上打了几个滚儿,接着趴到沙发上休息去了。过了一会儿,老爹送完朋友回来,看见花子趴在沙发上,笑着说:"花子,我出门的时候你趴在沙发上;我回来了,你还趴在沙发上,你这一觉睡得挺长啊。"花子没理他,或许是懒得去应付一个粗枝大叶的养爸爸。关于养孩子这件事,花子用亲身经历体会到了,永

花 子

远可以无条件信任的只有妈妈。

绝育手术的日子越来越近了,花子随地撒尿的症状也越来越严重了。每天早晨,他先是绕着家里转一圈,趁我不注意,快速地在他相中的地方留下一摊尿液,被我发现了,自然免不了一阵呵斥。即使我擦掉了,又喷上除味剂,他也会斗智斗勇地在某些我看不见的地方留下印记。这种反复的无用功他坚持不懈,可见原始本能的强大。苦闷的时候,他发出难听的吼叫声,意思其实跟"关关雎鸠在河之洲"差不多,可惜没一点儿诗意。论求偶这件事,还要数人类更高级,愣是把一个生理现象包装成唯美主义。今天我工作之余,全面打扫了一下卫生,扫地又拖地。花子亦步亦趋地跟着拖把,我本来以为他是好奇,还调侃他:"花子,这个拖把可不一般,你残留的那些尿液都被它给清理了,所以你就别想着在家里吸引配偶的事了。"等我拖完了地,花子不见了。我忽然有种不祥的预感,赶紧跑到卧室里。果然!床上一大摊尿渍!他报复我了!我火冒三丈,到处喊他,一片静悄悄,他一定是躲起来了。我气哼哼地对着空气警告他:"花子,好啊,你竟然报复我?!你等着吧,我也要报复你!今天一整天你都甭想吃肉干!"过了一会儿,花子贼头贼脑地从沙发底下钻出来,小心翼翼地看着我。我想到他很快就要"身残"了,完整之躯没有多少时日了,也是可怜,便原谅了他,并给他倒了一些肉干。他一边很香地吃着,一边似乎有些不解,老妈

七

说好的报复呢？

终于到了花子做手术这一天，让我把这个时间确切地记录下来：2023年2月26日。无论对养儿子还是养妈妈来说，这都算得上一件大事。时间安排在下午两点，遵医嘱，要提前八小时断食、六小时断水。昨晚我把闹钟定好，早晨六点爬起来给他换点新粮。花子显然不太适应这么早就看到我老母亲般的慈爱。他从蒙古包里探出头来，确定是我，开心地跳下来，蹭着我的脚。我把昨天剩的一点猫粮倒掉，给他换了新的干粮，上面又覆上一些肉干，拍拍他："吃吧，多吃点，中午就不能吃饭了。"可惜他最近因为受情欲之苦，食欲下降，一次吃不了多少。我又给他换了一碗新水，他吧嗒吧嗒地喝着，那乖巧的样子令我觉得有点心酸。可怜的花子，或许不清楚摆在前头的命运呢。我打开卧室门，他欢欣地跑到厅里，东跑西颠地转了一圈。然后我把他抱回阳台，希望他再吃点，可是他显然不想吃，看也不看那些肉干，我只好给他端走。水碗还留在原地，他可以再喝点。又玩了几分钟，我把他抱回蒙古包，让他再睡会儿，其实是我需要再睡一会儿。他表现出应有的节制，没有太贪心。我躺下的时候，他也在窝里安静地趴着。我把闹钟定到八点，便接着睡了。闹钟一响，我赶紧爬起来，督促花子再喝点水。他显然对我的这番操作不理解，或者是根本喝不进去。我只好强行把他的头按在水碗里，他勉强喝了几口，就不肯配合了。我告诉他，

花 子

世界上有一种渴叫"你妈觉得你渴",又强按着他喝了两口,然后他就闭紧嘴巴,使劲儿挣脱跑了。我叹了口气,把水碗也给他收起来,心想等你想喝的时候就会后悔没多喝点,那时你就知道我对你的强迫就是江湖上传说的名言"我是为你好"了。吃喝结束后,他跑到宽大的沙发扶手上去趴着,看外面的风景。我打算利用这个时间跟他再谈谈今天下午手术的事,免得他事后埋怨我没有跟他说清楚。我在沙发上坐下来,他很乖巧地赶紧在我身边趴下,我抚摸着他,给他重新讲了一遍绝育手术的必要性,讲了"保命第一"的原则,鼓励他今天下午做手术时要勇敢。他似乎听懂了,用舌头舔着我的手掌。我又给他临时编了一首儿歌,以他为主角,以"勇敢的心"为主题,反复随机唱了几遍,唱着唱着我们俩都睡着了。醒来的时候已经九点多了,他玩了一会儿,我让他回蒙古包里再休息一下,我去吃点早饭,再处理一下昨天余留的工作。

中午花子虽然省略了吃喝环节,但晒太阳还是照常进行。我饭后去沙发那儿找他,给他按摩了一番,叮嘱了下午手术的事,又唱了勇敢主题的鼓舞歌曲。下午一点多钟,我把花子装进事先准备好的长方形大布包里,还贴心地给他盖上他喜欢的花毛毯,毕竟外面温度不高。以前去打疫苗时,我都用斜挎包装着他,今天手术过后,他需要足够的空间趴着,所以换了行头。医院很近,我们到的时候才一点半,正

七

好在手术前有时间做个全身检查。护士小姐姐建议我给花子从美团上团购个优惠包,检查和手术费用都包含在里面,688元,带着浓郁的发财气息。昨晚我在网上查了一下猫咪绝育手术的大致价格,这个团购包还算比较适中。进了一个房间,小姐姐先给花子称了称体重,3.9公斤,只比上次稍微重了一点,大概与近期食欲不太旺有关。"为伊消得猫憔悴",花子也算体验到相思病的痛苦了。小姐姐说等做完手术,他就会吃得比较多了。等待抽血的时候,花子似乎回忆起上次抽血的疼痛,把头使劲藏到我的腋下,我轻拍着安慰他。可能抽血真的很疼,他拼命挣扎着,小姐姐几乎控制不住他,我连忙上场辅助,要不是他戴着头罩,恐怕要咬人了。被抽了半管子血,花子才算交账。等待化验结果的时候,我抱着他,给他唱最近午间晒太阳常唱的节奏明快的《卖报歌》,他渐渐平静下来。化验结果表明,花子心肺肾等各项指标都很健康,小姐姐又给我看几张关于猫咪手术的知情书,我在家长一栏签上名字,顿感责任重大。花子检查完,便被直接抱去做手术了。我在心里为他祈祷,希望他平安顺利。大约二三十分钟后,小姐姐给我送来一个密封的小瓶,里面装着两个带血的小球,那是花子的子孙根呀。我感叹着接过来,这件纪念品值得好好收藏,花子从此真成了三德子了。我在心里为那两个小球默哀了一秒钟,然后装进随身携带的小包里。花子手术完后,需要等一段时间才能从麻药中醒过

花　子

来，我于是坐在大厅里等他。太阳透过落地玻璃照进来，暖洋洋的，花子正在经历他猫生中的重大事件，而我是这一事件的见证者和参与者。我希望他醒来后不要过于悲伤，更不要怨恨我。根据我"长痛不如短痛"的人生原则，这个事件是有价值的，可以帮助他跳出隔段时间就来一次的性欲折磨循环，从此他可以像得道高僧一样，弃绝凡俗情欲，过上清心寡欲的安稳日子，也有机会更好地发挥他的聪明才智。坐的时间有些久，我在医院门口逛了逛，顺便去旁边超市买了点东西。等我回来的时候，花子已经苏醒过来，被放在大包里，戴着头罩，搁在我刚才坐的座位上。我看了下时间，大约是三点五十。我凑上去看他，喊他名字，他弱弱地应了一声，我赶紧表扬他勇敢坚强，并安慰他一切都过去了。医生让我们又等了十分钟观察一下，没什么事，我就带着花子回家了。遵医嘱，晚上八点花子才能喝水，晚上十点才能进食。

　　回到家后，花子迫不及待地从大包里钻出来。他对喇叭状的头罩非常不适应，老想着弄掉它，但医生提醒一定要戴着，免得他舔舐伤口，因伤口不能沾水，否则会影响恢复。花子戴着头罩在厅里走了走，往日熟悉的路线变得困难重重，头罩不时碰着障碍物。他看上去像个醉汉，歪歪扭扭地走着。我担心他扯着伤口，便把他放到阳台上，他试图钻进蒙古包里，可是被头罩卡住了。我帮助他进去，可是他在里面转来转去也不舒服，又钻出来。蒙古包放在阳台西边的高台上，

七

他烦闷地跳上跳下，又倒退着走，还试图用牙咬头罩，总之这个异物严重干扰了他的生活。我知道他很难受，但也不能迁就他，只好任他在那儿折腾。我出去到小区门口的菜鸟驿站取了一个快递，回来的时候，发现蒙古包被掀翻在地上，阳台的其他东西也东倒西歪。阳台静悄悄的，有一种作妖后的诡异氛围。我悄悄去察看，发现花子趴在平时放蒙古包的高台上，大概是折腾累了，所幸头套还在。他显然被这个喇叭头弄得心烦意乱，我没去理他，他接下来一个周都要跟这个大喇叭共生共存呢。忍耐吧，花子，这是你的必修课，一个周才能结束，希望你中间不要出什么幺蛾子哦。

大概是戴着头罩，花子的听力和视力都受到影响，所以我接下来的几次偷看他都没有发现。我没给他开灯，卧室的门也虚掩着，活动尽可能不出声音，造成我不在家的假象，他大概以为我外出工作了，一直比较安静地趴在那儿。这对他的伤口恢复是有好处的，所以我乐意当个戏精。

晚上八点，我去阳台给花子送水。他见了我，轻喊了一声，赶紧从台上跳下来。我把水碗给他放在碗架上，可是他不肯喝，戴着头罩先去了客厅。他似乎多少适应了这个大家伙，走路不歪歪扭扭了，只是仍然不舒服，要甩下来。我赶紧制止他，告诉他这是医生的嘱咐。他在厅里转了一圈，我把他抱回阳台，把头罩暂时摘下来，想让他喝点水，他还是不肯喝，我怕他缺水，便按着他的头到水碗里。他仍然拒

花子

绝,硬挺着脖子,像头小犟驴。他趁着没头罩,赶紧舔他的右腿,我这才注意到,他的右腿因抽过血还绑着绷带呢。我用剪刀给他剪掉,他立刻觉得舒畅了,用舌头不停地舔梳,我也帮他揉揉,活络一下。医生特别嘱咐不要让花子舔手术的创口,所以我又给他戴上头罩。他走到客厅里,跳上平时睡觉的沙发上,似乎有些认命地趴在那里,把头罩悬在沙发外,这样他会舒服一些。我用小碟给他盛了点水,搁在他的下巴处。他感受到了我的关心,看了我一眼,伸出灵巧的小舌头,一舔一舔地喝着。喝完后,我用纸巾给他擦下巴沾的水珠,他也乖顺地配合,把下巴抬起来。随后,他安静地趴在沙发上睡着了,似乎找回了熟悉的家的感觉。九点半左右,花子到书房里叫我,看上去舒服了一些。我随他到沙发那儿,他躺在上面,跷起腿给我看他的伤口,我赶紧安慰他,一边抚摸他的头和背,一边夸赞他今天表现勇敢。他似乎被安慰到了,仰起头让我摸摸下巴,露出享受的表情。到了十点,我拿了一根易消化的猫条给他吃,他立刻表现出食欲和好胃口,很快就吃完了一根,意犹未尽地看着我。我又给他拿了一根,他很快又吃完了。我让他歇一会儿再吃,不能一下子吃太多,毕竟从早晨六点之后就没吃东西了。他吃完猫条,明显有了精神,开始玩起玩具来。过了大约半小时,我给他用小碟又喝了一些水,并且吃了几块肉干。看他狼吞虎咽的样子,估计恢复会很快。不过他开始对头套感觉难以忍

七

受，不停地用腿脚去踢腾。我警告他务必遵照医生的嘱咐，否则感染就麻烦了，但他似乎听不进去。十一点左右，花子去猫砂盆里上了大小便，算是饮食排泄回归正常。他的伤口颜色变成暗红，不像刚手术完的鲜红色，说明没有新的出血现象，术后恢复状况良好。下午医生曾嘱咐，如果回家后出血较多，要回医院处理，现在看来，花子的确是比较省心的。希望他晚上睡一觉，明天起来恢复得更好。

术后第二天，花子在经历了最初的手术痛苦之后，头罩的烦恼越发突出了。对他来说，这简直就是个刑具，妨碍他自由行动的枷锁，所以他不断挠蹭舔抓，希望能脱离这难耐的辖制。早晨起来，我给他摘了头罩，让他吃喝完又赶紧给他戴上。他躺在沙发上，我陪在旁边，苦口婆心讲了一番"小不忍则乱大谋"的道理，还给他按摩推拿，帮他减轻不适。他渐渐安稳下来，我拍拍他，让他安静地待着，我去书房工作一会儿。大概刚过了十分钟，我听到大哥一声惊呼："花子把头罩弄掉了！"我赶紧跑过去，果然花子的脖子和头光溜溜的，头罩不知怎么被他弄下来，滚在一旁。我吓了一跳，赶紧查看他的伤口，果然湿乎乎的！因为舔舐，原本结痂变黑的个别地方又出现了新的红色。我呵斥后又给他套上，严厉警告他不能弄掉头罩，否则他伤口感染就麻烦了！他似乎也知道做得不对，一声不吭地趴着。我担心他再次弄掉，毕竟有了成功经验，会激发他的斗志，所以找来弟子规

83

花子

戒尺,在他旁边坐下监管,只要他有抓挠动作,就用戒尺敲一下,几次下来,他逐渐老实了。我叹了口气,又苦口婆心地劝说他忍耐的重要性,忍一时舒服长久,不忍一时痛苦长久,他必须要明白这个辩证法的意义。似乎我的陪伴让他不那么难受了,他慢慢放松下来,躺在沙发上睡着了。可怜的花子,幸亏我这周事情比较少,可以多陪陪你,希望你顺利渡过这次难关吧。人生在世,猫生在世,都不易呀。

八

花子现在算是半个病号了，生活以静养为主。病号们通常靠着身体的弱势获得一种精神的强势，这是宇宙间诸多微妙的平衡关系之一。病号们通常也会得到一种被关照的特权，当然前提是有人愿意给予他们这种特权。作为一个养妈妈，我有义务关照我亲爱的养儿子，于是花子每天中午晒太阳按摩陪伴的时间比以前大大延长了。他比以往更加享受这个时刻，除了充足的爱意之外，这个时间段因为旁边有我监护，他可以不用戴那可恶的头罩了。头罩圈着他的脖子很难受，所以他尽情地利用机会释放脖子。按摩完准备午觉时，他侧躺在我的身边，身子紧贴着我的腿，头朝外伸着，脖子以上悬在空中，要不是我把手放在他的腰腹上拦住，他会慢慢往外出溜甚至滑下去。所以过段时间，我不得不把他的身子往后拽拽，他显然对我有百分百的信任，完全不担心自己会掉下去。周围是那么安静，偶尔窗外的树上有几声鸟叫，

花　子

我们俩就这么相亲相爱地在暖洋洋的日光里睡着了，任时间缓缓流逝而去。这些延长了的午间亲密时光大大减轻了花子的不适感，睡醒后他伸个大大的懒腰，我让他吃点喝点，然后给他戴上头罩，把他放到阳台的敞口布窝里，告诉他安静休息，我要外出或者去工作，给他买好吃的。他便很听话地趴在那里，说服自己与那个看上去有些可笑的大喇叭刑具和睦共处。

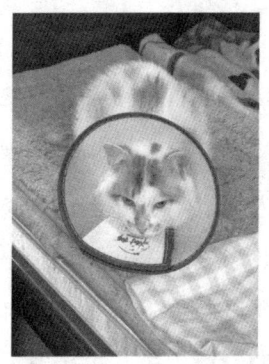

2023 年 2 月 28 日，术后静养中

花子恢复状况良好，这或许得益于他胜过术前的好食欲。术后第二天，他中午连吃了两根猫条，又吃了一些冻干，晚上又要求加吃一根猫条，外加一些冻干和干粮。到了晚上，他精神就明显好转，自己在地板上开始踢球玩。我怕他影响伤口恢复，便阻止他活动过头。术后第三天早晨，他五点就在阳台上喊，我想他大概是饿了，便抱着优待病号的

八

心理，起来给他吃了点东西，陪他稍微玩了一会儿，又让他睡了。最近我们小区北门相邻的街道上开了早市，是便民工程的体现，颇有些儿时乡村赶大集的热闹，即使不买什么，单是逛一圈也是很有趣的，花子手术前我曾去逛过几次。现在趁他睡着，我悄悄出门去早市看看。

刚出小区门，便听到市场特有的鲜活声，整整一条街从东到西都摆满了摊位，目测有好几百米。菠菜、韭菜、芹菜、苔菜、白菜等各种蔬菜恨不能滴着嫩汁招揽着顾客，颜色鲜艳得亮眼，有的还带着泥土，我忍不住买了好几种。其他各种肉蛋瓜果、鱼虾海鲜、布匹衣服……样样都明明白白地摆在架子上或摊在地上，任凭你左挑右选，是普通超市购物所没有的畅快体验。鲫鱼们在大水盆里蹦跶，顾客指认哪条，老板现场刮鳞装袋；西红柿们散漫地摊在地上，有一种天真的自然美；生肉摊的女老板手里拿着亮闪闪的尖刀，麻利地应顾客要求切下一长条弹力十足的五花肉；卖鸡蛋的面前摆着普通鸡蛋、乌鸡蛋、鸟蛋般的微型鸡蛋，还有腌好流油的熟鸡蛋，都装在一个个朴拙的篮子里，你不买点都觉得对不起那勤勤恳恳的母鸡；紧挨着鸡蛋，一辆小货车挂着横幅卖各种熟肉制品，居然还有我小时候爱吃的剔骨肉；旁边的海鲜摊上既有冷冻带鱼、鲅鱼，也有新鲜海参、海贝等；海鲜旁边，带泥脆嫩的小鲜葱和山东大汉般的章丘大葱紧挨着摆在一起，似乎要让来来回回的顾客们评判，分出个高下……

花 子

要不是记挂花子,我一定会逛到早市收场。正准备离开,一个拉横幅卖潍县传统热粽子的大娘热情地向我推销,于是买了几个豆沙馅的和黄米红枣馅的尝尝;接着又看见一个现场制作鸡蛋灌饼的,是大哥爱吃的,等待鸡蛋灌饼烙熟的过程中,我耳边似乎响起花子哀哀的叫声,待一手交钱一手交货后,赶紧拎着两大包东西回家了。

一进门,果然听到花子在喊我。我洗洗手去了阳台,他看见我,露出欣喜的表情,也不再叫了。我赶紧给他摘下大喇叭头罩,让他吃喝了一番又重新戴上,花子这才算正式开始了新的一天。他照例在家里各处巡逻了一圈,可惜头罩影响他钻沙发底下等自由活动,跳上跳下也没那么方便,不过他走路已经平衡感很好了,似乎接纳了头罩这个异物的共处,甚至能灵活地踢小棒棒玩了。等我吃完早饭准备工作的时候,我把他放到阳台的敞口窝里,告诉他要支持我工作,这样才能给他买好吃的,他痛快地叫了一声,便去窝里趴着了。我顺便嘱咐他,医生提醒一定要静养,这样才有利于身体恢复,对此他也听进去了,除了中午吃东西、我陪他晒太阳按摩外,他整个上午和下午都安静地趴着,大喇叭头默默放射出抵抗荒诞的意义。晚上他除了偶尔下地活动活动,也基本遵医嘱,连叫声也变得很温柔。我表扬他既有一颗勇敢的心,又有一颗忍耐的心,是世界上最棒的好猫猫。

静养的效果是明显的。术后第四天,花子的伤口处基本

八

消除红肿，变得暗黑萎缩，显示出手术对他身体的改变。本来我还对花子失去生儿育女的能力有蜘蛛丝儿那么一点遗憾，不过当我听母亲说小白（其实它是只公猫，在这点上母亲比宠物医院的医生更权威）这两天因为参与争夺老婆大战，导致屁股被咬掉了一大块皮肉，我便为花子感到万分庆幸。有得必有失，有失必有得，这是历久弥新的处世箴言。小白现在基本不在小院里待着，吃了饭就天天出去浪。不光小白，大白和大黄都出去浪了，它们都是公猫。现在只有小晚还在小院待着，小晚也是只公猫，花色是常见的橘色，眉眼普通，去年冬天因为来得最晚，所以父亲给它命名小晚。据父亲说，最近差不多每天都有一个小男孩蹲在小院外门看小晚，小晚也认得他，有所回应。小男孩说，小晚原本是他家养的猫，从收养流浪猫的地方免费抱来的，只是因为有一次咬伤了家人，他爷爷就坚决不让养了。我去看望父母的时候注意到，小晚大概因为曾是家猫，所以喜欢紧挨着家门口蹲坐着，透过落地玻璃门呆呆地看着屋里，两只手下意识地在地上做着踩奶的动作。母亲可怜它，除了一日三餐的流浪猫粮，有时还喂给它点儿特别的食物。花子有时也会轻轻咬我，虽然出于猫对主人的爱意，不过他下口没轻没重，有一次还咬出了红印，所以我就以小晚的遭遇警告他，咬伤主人的猫咪是要被推出去的。他似乎也听得懂，讪讪地低下头。有时张狂起来，忘了小晚的教训，于是换来我一巴掌。他把

花子

脖子一缩,耳朵抿低,装出一副可怜巴巴的样子。

花子自从手术后,没再像从前那样从胸腔里发出雄性气质的歇斯底里的吼叫声,我也不担心他扰民了。每天临睡前,他虽然也会趴在窗前叫一阵儿,但分贝降低很多,苦闷度也降低了很多。手术时医生曾说,猫咪术后也可能会有发情表现,不会一下子停止。看来,花子的确需要一段时间才能体现绝育带来的绝欲效果。不过他除了手术当天晚上乱尿了一次外,没有出现新的乱尿行为,家里那种奇怪的味道也消失了,说明手术是很成功的。而且,他变得比术前更温柔了,也更黏人了。他本来便是一只性情温和亲热人的小猫咪,如今愈发惹人爱怜了,不像有些猫主人抱怨养了好几年的猫仍对自己爱答不理的。

术后第五天,花子行动基本就很自如了,可以轻松地跃上沙发,也可以灵巧地踢球。不过我提醒他遵医嘱,仍以静养为主,他玩了一会儿,便很听话地去沙发上趴着了。因为戴着头罩,吃喝不太方便,这几天他明显有些清瘦了。开学后我外出的时间变多,出门前我把他放到阳台上的窝里,告诉他在家里安静等我,他也听得懂,很乖巧地趴着,并不挣扎,大眼睛温良地看着我,似乎提醒我外出狩猎要注意安全。据说在猫咪的世界观中,主人外出都是去狩猎的,它们在家里一边等待一边记挂着主人的安全,直到看到主人回家才放下心来。花子即使戴着头罩,我外出回家后一开门,他也能

八

立刻捕捉到我的信息,大声地在阳台上喊我,我赶紧去给他开阳台的门,并告诉他我安全回来了。他则一脸欣喜地从猫窝里出来迎接我,眼睛睁得大大的圆圆的,那种等候已久的喜悦是真实而感人的。我给他换换新水,补充点新粮,并表扬他看家有功,让他的等待不落空。这样的互动时刻是美好的,甚至可以清理外面世界带给我的一些小烦恼。

花子术后第七天,清晨四五点钟,我听到他在阳台上因戴着头罩不方便吃喝而弄得瓷碗叮叮当当的声音,便挣扎着起来帮助他。水碗被头罩碰洒了,我把地面清理了一下,给他换了新水,又加了一些冻干。他开心地围着我,舔我的脚趾,还在地上滚来滚去。我陪着他玩了一小会儿,把头罩摘掉,方便他吃喝。他蹲在饭碗前,狼吞虎咽地吃冻干。投喂孩子的老母亲们最爱看到的场景就是孩子扎扎实实头也不抬地吃饭,感觉自己发射出的爱心被完全接收到了。等花子吃喝完,我又给他戴上头罩,把他抱回窝里,告诉他我需要再去休息会儿,他也可以再睡个回笼觉。周末早晨的懒觉是安稳的,我一气儿睡到八点才起来。打开阳台的门,花子赶紧从窝里跳下来,到厅里例行公事地巡逻去了。一周前他经历了身体和精神的双重痛苦,今天他已经成了一个活泼健康的小可爱了。他虽然还戴着头罩,虽然失去了一个重要的身体部件,但按照我"能失去的都是不必要的"类阿Q法则,花子在失去蛋蛋的同时也得到了不受周期性情欲困扰的平静,

花 子

符合得失平衡定律，未尝不是一件好事。

下午我发短信问医生除头罩的事，医生让我拍个花子伤口的照片传过去，看后他建议再戴一两天就可以了。虽然花子晚上大幅度踢球显示他没什么事了，但想到这关系到他的余生健康大业，多戴两天也可以，哪怕是为了心理安慰。我跟花子说了医生的意思，鼓励他再坚持两天，并跟他承诺，下周二晚上临睡前就给他摘掉。他没有表示异议，好像已经习惯了跟头罩共存的生活。

转眼到了周二，因为我一早要去学校开会，下午才能回家，担心花子自己在家时间太长，戴着头罩饮食不便，我便临时决定出门前给他摘了头罩，把水碗和饭碗都加满，告诉他在家乖乖听话。他睁着圆溜溜的大眼睛，似乎有些不太习惯我这么早就出门，或者奇怪我为什么不给他戴上头罩就走了。上午是研究生的预答辩，从八点半一直到十二点，学生们的论文仿佛麦子和稗子掺杂在一起，导师们需要费力地帮忙把稗子薅出来。到中午时，大部分同学的麦地里虽然一片狼藉，但收拾收拾还算是片麦子地，接下来二十天要加紧修补，迎接外审；个别同学的麦子地因为稗子太多，直接被否掉了。简单吃了点盒饭，我在室外走了走，下午又接着参加学院大会。新学期似乎任务很重，院领导号召大家拿出奉献和牺牲的精神。我因为太累，竟然靠着墙睡着了。明天是三八节，学院领导给每位女老师发了一枝鲜花，我在掌声中

八

醒来,并在懵懂中接过了鲜花。学院还给女老师们准备了套圈取物的娱乐活动以及一大包纸巾、一大包瓜子和花生。男老师们虽然没有鲜花,但纸巾和瓜子花生都是有的,显示了他们作为配角的务实精神。这样内容丰富的三八节活动是我参加工作以来的第一次,我在受宠若惊之余有点忐忑,或许这是对奉献和牺牲精神的提前鼓励?

　　提着两大包礼物走在路上,全世界都知道我是某个节日的主角之一。等我回到家的时候,已经四点多了。我刚进门,花子便听到了,在阳台上大声喊我,一声接一声,我简单收拾了一下就去看他。他迫不及待地蹲在阳台门口,我一开门他便嗖地跑了出来。没有了头罩的禁锢,伤口也痊愈了,他完全恢复了自由,开始跳上蹦下,钻沙发底下,跑到钢琴上,在地上打滚儿,如同出笼的小鸟。我在沙发上休息一下,让他也过来陪着,但他趴了一会儿就跑了,不再像前两天戴头罩的时候那样珍惜在沙发上陪我的安静时光。我休息完去书房待了一会儿,听到他在厅里发出怪叫声,心想他是不是又开始捣乱了,出去一看,果然他跳上了饭桌!他显然仍记得我的禁忌,嗷的一声从饭桌上跳下来,缩着脖子抿着耳朵箭一般窜到沙发底下藏起来。我找出弟子规戒尺,敲打着沙发,命令他赶紧滚出来!他待了一会儿,有点怯怯地出来了,一看我要抓他,撒开腿便跑向里屋。等我追过去,他又躲进阳台,我堵住他,拍了他两巴掌,然后把他扔进窝里。他灰溜

花子

溜地钻进久违的蒙古包里，又转过身探出头来看着我，似乎觉得我有些小题大做。或许他只是逗我玩呢，不过我累成这样，可没什么心思陪他玩捉猫猫。这套训诫程序走下来，花子这才算真正度过了绝育手术这个坎儿，恢复了以往的日常生活。前一个多周那种母慈子安的平静日子只不过是生活中的一个小插曲，生活真正的面目是相爱相杀的。唯一值得庆幸的是，花子不会像以前那样乱撒尿了，这意味着他的猫生获得了一种免于情欲苦闷的自由。

今天的空气中充满了一种女性主义的气息。微信群里一大早，朋友们互献虚拟鲜花，不亦乐乎。我庆幸昨天学院领导体现了文学院应有的浪漫气质，让我今天在其他学院的微信好友面前抖了一下，收获了一波羡慕。不过数学院的直男院长把本学院女老师拉了一个群，简单粗暴地每人发了一个红包，也让我很羡慕。经过来自几个学院的微信好友一讨论，原来一大包纸巾是学校工会统一发的，其他礼物则是各学院的特色，有的学院还发夏凉被。在我看来，一束鲜花加一个红包是完美的礼物。无论如何，大家都可以写一篇《三八节有感》的小作文了。起床后，我先去早市上买点菜，发现多了两家卖鲜花的，大多是朴素价廉的本土小型草花，形状各异模样鲜嫩，惹得各路大娘们纷纷掏钱。大娘们对小花没有什么抵抗力，间接说明平时各路大爷们鲜有献花行为。中国大爷永远是你大爷。买了东西回来，花子已经连声高叫了。

八

我给他清理了一下猫砂盆，换了新水新粮，刷毛按摩，饭后又在沙发上陪玩了一会儿。没有了头罩的辖制，他神清气爽地吃喝玩耍，我也可以重新亲亲热热地把他抱在怀里，他紧紧依偎着我，用舌头舔我的手以示感激。大哥最近学习很上进，情绪管理也到位，并应我的要求每天按时给我在"蚂蚁森林"浇树，这意味着他每天会想起我并把我的事放在心上，还答应等我老了，他开着车带我去远方看我种的各种树；花子手术顺利结束了，对我爱意逐日加增，恨不能时时让我陪着他，但也懂事贴心，知道在我工作外出的时候安心等待……作为中年老母，我每天可以平静安稳度日，心脏在它的窝窝里不受搅扰，不上也不下，其他器官也都正常运转，这些都比可见的礼物更宝贵。总之，我要满怀感恩，开开心心地祝贺自己节日快乐。

九

花子脱离了情欲的辖制,获得了空前的自由,专心致志地玩耍,同时"作"的能力也大大提高了。他开始在家里飞奔,有时从厅里忽然发力,百米冲刺一般,一气儿跑到卧室,蹿上大床,在我的呵斥中蹦下来,冲到阳台,准确跳进平时磨指甲的椭圆形猫抓板窝里,然后在里面来个一百八十度的转身,头和屁股快速掉个方向,再以百米冲刺速度折回厅里。如果我没跟上他,他还有可能一下子跳到高高的饭桌上,然后啊呜一声再跳下来,在我惩戒他之前一溜烟儿地钻到沙发底下,得意地藏起来。花子的举动充分说明,这个世界的问题是层出不穷的,消灭了一个问题,并不会因此太平无事,而只是出现了另外一个问题。当然,问题和问题还是有所差别的,花子目前单纯多了,除了残留的情欲导致他偶尔还会发出一阵短暂的怪异叫声之外,他的气质基本属于清新自然型的,颇为契合当下初春的景色。

九

　　惊蛰之后，气温忽地升上来了，仿佛沉寂了许久被点着的柴火，一下子冒出了火苗，烧热了整个世界。惊蛰后第五天，气温飙升到二十九摄氏度，不少年轻人都穿起了短袖，不过天气预报说很快就会降温，且一下子降二十摄氏度左右。清明节之前的天气变化不定，忽冷忽热类似疟疾之症，这也是常有的。窗外的花树没想那么多，趁着天热，一下子就开了，白玉兰、红玉兰、迎春、连翘……一树树，一丛丛，热闹非凡。有些虽然没开花，也一下子冒出来一树的嫩叶，比如窗外的几棵海棠，绿得亮眼。花子每天都会趴在大沙发上看风景，当然他最喜欢的是我陪他一起看风景。他趴在我的身边，两条胳膊伸得老长，身体极度放松，阳光照在他身上，摸上去暖乎乎的，肉乎乎的。我给他按摩掏耳朵的时候，他把下巴搁在我腿上，舒服地眯着眼睛，发出咕噜咕噜的满足声。我困意上来的时候，跟他说一声，他也陪着我睡一会儿。如果他醒了我还睡着，他会下去溜达一会儿，再跳上沙发陪我。这些时候的花子是个乖乖猫，像个贴心的小棉袄。当然他也有不贴心调皮捣蛋的时候，看我因为工作或者其他原因不理他，便上蹿下跳制造声响，甚至故意跳上饭桌或者拨拉掉桌子上的小盒子惹我追打他，成了一个典型的猖狂小猫。这个时候的他眼睛乌黑发亮，又圆又大，透着狡黠，用实际行动诠释了什么叫"积极关注＞消极关注＞不关注"。我想起搬家前在小院里种树的故事，邻居家和我们

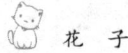 花 子

家都种了一棵石榴树,但邻居家平时不大住人,即使有人也不关心院子里的花木,他家的石榴树处于野生状态,不像我们家的石榴树定期修剪、施肥和浇水。那野生的石榴树仿佛赌着气,一连几年都不开花也不结果子,而我们家的石榴树也仿佛铆足了劲儿,不辜负我的看护管理,每年八月十五都应着节气结了一树大石榴。有一年,因为邻居家的石榴树有一根树枝爬过矮墙耷拉到我们家,我用剪刀剪掉了过长的一段。没想到它居然在那根树枝的尾端结了一个特别大的红石榴,八月十五的时候也耷拉在我们家这边,显得很突兀,大脑门上似乎写着"我也能结果子"。花子现在至少要得到消极关注,哪怕换来一顿弟子规戒尺的惩戒,也不能接受被忽视。不过有了花子的陪伴,每天我的活动量也增加了,总体是有益于身体健康的。

2023 年 3 月 13 日,午后开心一刻

九

春风并不都是温温柔柔的，这两天降温伴随刮大风，简直有摧枯拉朽之势。树枝摇摆幅度大到令人担心会折断，娇嫩的玉兰落了一地，窗户即使关上了，风也吹着奇怪的哨子从细缝里挤进来。花子有些害怕，看不到我便不安地叫。我抱着安慰他，陪他玩球球，告诉他门窗都很结实，大风不会把他卷走，更不会把他卷到半空再摔成猫酱。在他有限的猫生中，还没经历过这种早春的大风呢，去年他出生的时候，已是温暖和煦的 5 月了。

对花子而言，不再需要追求两性关系的猫生可以省下大量时间和精力，也可以更加从容安稳地吃喝玩耍。从这个角度，我多少理解了那些为了事业而选择单身的人士。两性关系大概是这个宇宙中最令人难以捉摸的关系了，充满了种种不确定性甚至破坏力，尽管也有建设力。连所罗门那么有智慧的人，特别是作为一个拥有七百妃加三百嫔的经验丰富的帝王，在《箴言》里都对这一问题表示困惑，何况凡俗之辈。花子年纪轻轻就超越了两性烦恼，假以时日，必将成为一个"智猫"。

花子最近在应答方面，信息有了明显的丰富度和层次感，基本能做到有问有答，声调和含义也听得出差异，从而大大增强了我们之间交流的乐趣。如果他想提出某个请求，除了声音的表达，也会辅以肢体语言。比如他想吃猫条，便会蹲在放猫条的柜子前，一边哼哼一边舔嘴，若我问他"你

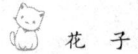 花子

想吃猫条吗",他会很快发出肯定的声音,仿佛在说:"是的,是的,我想吃。"等我拿出猫条来,他则高兴地扭着身子。我蹲在他面前,把猫条里的肉泥挤出来,他闭着眼睛,熟练地用小舌头一舔一舔地吃掉,吃完了还意犹未尽地用舌头在嘴边转一圈,连黏着的渣渣儿也不浪费。我拿着水碗给他换新水的时候,他开心地一路跟着,还不停地用头蹭我的小腿,表示他喜欢喝干净的新水。等我把换好的水碗搁在碗架上,他赶紧蹲在碗边,小舌头吧嗒吧嗒地喝好长时间,喝完了也舔舔嘴,满意地看着我。我说:"吃完喝完就去玩吧,花子是个好宝宝!"他得了表扬,更开心了,在我脚边躺下来,翻来覆去地让我摸摸他,在物质满足之后再加盖个心灵幸福的小印章。他特别喜欢我跟他鼻子碰鼻子的小互动,那是我们俩爱意的独特表达方式,类似亲密的贴面礼。他的小鼻头湿湿的,凉凉的,有露珠的质感。有时候我坐在沙发上午休,朦胧中感到他凑上来,用鼻子蹭我的脸,给我的小憩时光加点温柔的佐料。

与花子相比,父母小院里的那几只发情期的流浪猫最近过得很不平静。我前天去的时候,看到它们睡觉的一个纸箱子里有大片的血迹,后来发现是大黄的肚子被撕掉了一大块皮,露出鲜红的伤口。它从外面回来,饭也吃不下,就躺在纸箱子里闭着眼睛蜷缩着。此前大白、小白的屁股都受过伤,大黄本来是最安静的,一直不参与小院外部的两性战争,看

九

来这两天也失了定力。唯一没受伤的是小晚,它每天都蹲在小院内门口,面带忧伤地透过玻璃看着屋内,大概对家的渴望胜过了异性的吸引。作为一只曾经的家猫,小晚因为咬伤主人而付出了被赶出家门的代价,这肯定是它一生最大的痛苦。父亲说它是极其聪明的,也常常单独给它一些额外好吃的,它因此更专注于待在门口。每次我去,一喊它"小晚",它也立刻答应,还接着说些我听不懂的话,我有时也给它梳梳毛,抚慰它一下。

窗外的树木次第开花了,花子每天都会拿出一段时间来欣赏。他安静地坐在窗边,背影也算得上是一道风景,两只三角形的耳朵加大小两个毛茸茸的圆球再加一条轻轻甩动的长尾巴,跟窗外的美景相得益彰。有时我抱着他一起赏花,并絮絮叨叨地指给他看:"最东边的那棵是紫叶李,开花最早,现在它还没开完呢,粉白色的小花好看吧?它旁边的是樱花,它们俩是同一天从南山花市买来种下的,个头也差不多。樱花已经长出花骨朵了,马上要开了,重重叠叠的花朵你一定会喜欢的。"花子安静地听着,似乎听得懂。樱花旁边是两棵常青的桂花树,一棵是长相矜持的金桂,一棵是自由散漫的四季桂,也都是在南山花市买的。它们俩紧挨着种在大厅落地窗外中间的位置,这样一年四季都可以看到绿意。四季桂是我相中的,去年种下后就名副其实地不时开花,新枝叶也长得比较多。相比之下,金桂一直不太舒展,没开过

花 子

花,新枝叶也不太多,老爹却说它胜在严谨。惊蛰之后,金桂似乎决心要突破以往的旧形象,每根枝条都咕嘟一下子冒出了很多暗红色的新芽,新芽很快又变成新叶子,一个周左右个子便蹿起来,甚至超过了四季桂。反观四季桂,依然是自由散漫的样子,顶端不慌不忙地抽出一些嫩绿色的小芽,小芽慢慢变成小叶子,对我的催促也不怎么放在心上。两棵桂花树中间靠里的位置,去年春天我还种了一棵芭蕉,从济南附近的莱芜网购的。花店老板人很实在,给我挑了棵粗壮的好苗邮寄过来。去年夏天它长势旺盛,不断抽出绿色的大卷轴,每个大卷轴展开就是一片巨大的叶子,满足了我小时候对铁扇公主芭蕉扇的渴慕,也欣赏到雨打芭蕉的美景。去年冬天,芭蕉叶子和树干都慢慢干枯萎掉,现在它只剩下一小截枯干,不过等天气真正转暖,它会重新发芽的。我跟花子说:"金桂是老爹的树,四季桂是老妈的树,大哥喜欢樱花树,这棵大叶子芭蕉树就算是你的树,在窗户正中间,位置是最好的。"花子用脸蹭蹭我,表示同意了。四季桂的右边是一棵石榴树,也是去年刚种的,居然也结了几个果子,在中秋节的时候摘下来应景。石榴树西边便是几棵海棠树,有的地方也冒出花骨朵了。海棠树的里侧,我们去年种下了两棵树状月季和十来棵欧月,曾开了极美丽的大花。还有几棵牡丹月季,种在墙边,开花真的如牡丹般大小,艳丽之至。另外还有枸杞树、柿子树、无花果树、香椿树、紫荆树……

九

都是按着心意种下的，今年也都长出新叶，正酝酿开花或结果。我把这些都指给花子看："花子，你去年深秋才来，今年你陪老妈从春天开始，一直到冬天。咱们春天看花，夏天乘荫，秋天看果，冬天看乌鸫它们来吃果子，好不好？"花子紧紧地挨着我，表示他很期待。

中午吃完饭，我和花子坐在沙发上，发现今天花子有点特别，使劲儿贴着我，用两只手抱着我的右胳膊，把头埋在我的手心里，还不停地舔我的手。我想大概他是被上午的赏花时光感动了，但他一会儿又舔我的衣服，表现出很欢喜的样子。今天有点凉，我穿上了原本打算贮存起来的花棉袄，换下了前几天穿的毛衣外套。那个外套是个粗毛的，而花棉袄最外层是纯棉布，很柔软细腻。我意识到，原来花子不太喜欢那件毛衣外套，而喜欢这件靠着很舒服的花棉袄呀。怪不得这几天我们俩在沙发上的时候，他老是咬扯我的外套，我还以为他只是一般性的调皮呢。我把花子环在沙发一角，他也欢喜地把头搁在我胳膊上，不时地舔舔我，舔舔花棉袄。看着窗外的花树，我跟他聊起天来，表扬他是世界上最可爱的小猫咪，聪明又伶俐，勇敢又坚强，是上天赐给我的好礼物，他明显很享受这表扬。我又追忆起他来家之前所受的苦，严厉地批评那些曾经伤害过他的坏人，他们怎么忍心伤害一只这么可爱的小猫咪呢？他们一定会受到报应的！花子把脸埋在我的手心里，似乎感受到以前的痛苦，又

103

花 子

似乎庆幸自己脱离了那种痛苦。我向他保证,以后一定好好照顾他,保护他,不让坏人伤害他。这样絮絮叨叨的甜美时光,我想花子一定会记在心里的。一会儿他把头露出来,我们一起看窗外花树,我再次跟他说起大哥的樱花树,老爹的金桂树,老妈的四季桂树,他的大叶子树。他静静地看着,听着。我看到芭蕉树还没什么发芽的动静,便提议:"花子,大叶子树还要等些日子才发芽,要不把老妈四季桂树右边的那棵石榴树作为你的树吧?"没想到我话音刚落,他就发出一声突兀的拒绝声,声音很高,有点破裂,还带着弯度,像极了一个人不满意时的鼻音。我惊讶地拍拍他:"花子,原来你不想要石榴树呀?那还是把大叶子树给你吧,正好在老爹的树和老妈的树中间。"他紧接着又发出了低一点的声音,听上去像是说:"好,行。"我不禁笑起来:"你真是个有想法的小猫咪呀,还知道反驳呢。"他接着又发出了一声更低的叫声,似乎在说:"当然了。"不过这次的声音里一点不满都没有了,说完他就安静地趴在那儿,继续看窗外。我感觉花子今天在情感表达方面有了很大进步,有了对话的能力,还用肢体语言传达出对我衣服的喜好,以后好好培养,潜力还是很大的!我有点困了,拉过旁边的小毯子,盖在我和花子的身上,这是我要小憩一会儿的习惯动作。花子接到信号,便赶紧靠着我,尽到他陪伴的责任,在我耳边发出咕噜咕噜的催眠曲。在百花渐开的春天,拥有一只聪明可心的小花猫，真是人生的一大幸事呀。

2023 年 3 月 24 日，上午晒太阳

　　花子最近越来越悟到语言表达的重要性，向着"语言是存在的家园"方向努力，存在感也因此大大增强了。异质文化在交流中存在种种障碍，语言渠道不通畅是一大问题，这也是我从小仰慕公冶长的原因。传说中的公冶长不仅听得懂鸟语，也懂其他动物的语言。据说公冶长某一天偶然经过屠宰场，听到猪们打算开个庆祝大会。公冶长对此很惊讶，群猪既然进了屠宰场，有何可庆祝的？他随即问旁边树上的乌鸦，乌鸦告诉他：昨天张李二屠户在如何杀猪一事上出现争执，且张屠户早欲独霸屠宰场，便借酒醉把李屠户打死了。因官司争执不下，张屠户忙于内外打点，一天没顾上杀猪，还将宴席上的残羹剩饭喂了猪，所以苟延残喘的群猪便打算庆祝延生之福。这个跨界故事令我颇感兴趣，如今我有了花子，似乎获得了一条进入猫界的通道，说不定某天走在路上，遇到一群流浪猫，也能听懂它们交谈的内容。至于鸟,我小时候曾专门花时间去树林里听它们的叫声,至少知道鸟不都是在唱歌。它们和人一样,经常在一起聊天,有时也开会商量什么事情,甚至会激烈地吵架。大鸟会教训小鸟,它们也有家庭琐事,有七情六欲。可见不少人有时会想当然,以为鸟一叫便是唱歌,便是天下太平。

花子对待表扬的态度,说明表扬的功效具有普适性。每当我摸着他、抱着他或者揽着他,说他是世界上最可爱的猫猫时,他都一脸享受。为了报答我的肯定,他还用湿漉漉的小鼻子蹭我的鼻子,用双手紧紧地抱着我的胳膊,爪子则努力收着以免抓伤我,仿佛表示我也是世界上最可爱的主人,跟他是绝配。前几年有个教授用实验证明水、植物等都会对人的赞美发生积极的回应,出现美丽的形态或者美好的长势,对咒骂则出现相应的负面反应。虽然最近有人说这个实验是骗人的,但我宁信其有,毕竟相信了至少没什么坏处。从心脏到嘴巴这一段路径,真诚的表扬首先滋润的是表扬者,邪恶的诅咒首先也会毒害发出者。用循环论来说,爱别人的爱最后都会回到爱人者本身,恨别人的恨最后也都会落到恨人者头上。年轻时我很强调公义,待人待己都比较苛刻;随着年岁渐长,我愿意更多学习慈爱的功课,宽以待人的同时,对自己无力做到的事情也给予宽容,知道局限性在哪里,不去纠结,而把更多的

花子

时间和精力用在有能力做的事情上。真理固然重要，智慧也很重要，而在真理和智慧之间，爱是最大的润滑剂和助推器。

上午我刚写下上面这段温馨的人生感言，中午花子就用实际行动告诫我，不要过于理想化彼此之间的关系，也不要高估自己爱的能力。中午小憩的时候，我希望花子能安静地陪着我待一会儿，然后我怀着满足的心情去学校开例会。不过他显然不想这样，或许今天中午的阳光很好，他想去窗边的几盆花那儿自由地玩耍，扒一扒花盆里的土找找有什么新奇的东西，爬一爬大桂树把身子吊在上边的枝条上荡悠悠，所以他对我把小毯子盖在身上揽着他很不情愿，几次要挣扎着从大沙发上下去。我沉浸在上午营造的爱的氛围中，觉得有些失望，强迫他再陪我一会儿。不料他发了飙，翻身用爪子扣住我的手，有一个尖指甲甚至刺破了我的手背。尽管并不厉害，也没出血，但我赶紧去卫生间洗了好几遍手，又喷上消毒液，这才有些懊恼地继续去小憩。花子似乎也觉得自己有些过分了，见了我就躲进沙发下面。等我准备外出时，我想把他抱起放回阳台，但他担心我惩戒他，东躲西藏，好不容易才被我抓住。我做了几个深呼吸，决定还是以慈爱待他，便用温柔的话安慰他，告诉他我要出去工作，他在家里听话等我。他感受到了我有些虚浮的爱意，没有再挣扎，只是略微有点困惑。

虽然有类似上面一些不太和谐的小插曲，但总体不影响我和花子的深情厚谊。每天晚上临睡前，我都把他从客厅抱回窝窝里，一路上还给他唱睡前小调。他幸福地紧紧贴着我，有时还发出满足的叹息声。我告诫他早晨八点前不要叫我，他基本也能做到，静悄悄地在阳台上忍耐着。我把窗帘拉得严严实实，他看不到我，但一旦我离开床，他灵敏的耳朵立刻就能捕捉到声音，并随即大声喊起来，提醒我赶紧把他从阳台上解放出来。我拉开窗帘的时候，他开心地立起身子，热切地看着我。我表扬他听话懂事，紧接着就是清理垃圾、擦屁屁、梳毛毛、换新水、吃早餐这套程序。最近应他的要求，除了干粮和肉冻干，一天还享用三根猫条，他的身上明显肉乎乎的了。早晨从一根软糯的猫条开始，这是对花子忍耐等我起床的奖励，也是他的幸福时刻。吃猫条的时候，花子先找好位置蹲下，然后全程闭着眼睛，配合我的挤猫条动作，小舌头准确地一舔一舔，很快一根猫条便只剩下空壳。吃喝完，我给他打开房门，他急不可耐地冲出去，先冲到客厅和饭厅巡视一圈，再跑到阳台那儿，欣赏一下窗外的风景，然后再慢悠悠地四下逛逛，找找可心的小玩具，爬爬大桂树，跳到钢琴上散散步，在沙发底下钻来钻去……总之，新的快乐的一天开始了。

花 子

2023年4月5日，和大桂树一起玩　　2023年4月5日，上午看风景

值得一提的是，昨晚大概两三点钟，通常打雷下雨都不会被吵醒的我，忽然被一个声音从梦中唤醒。我猛地睁开眼，果然听到有谁在轻轻地喊我："妈——妈——"声音圆润婉转，饱含深情和温柔。我辨别了一下，声音来自阳台，一定是花子！大哥如今不会这么喊我了，他已经变声成功，喊我"老妈"的时候带着一股小伙子的雄浑劲儿和一副无事不登三宝殿的气势。花子大概睡不着，想在深夜表达对我的爱意，所以一遍遍小声叫我。我感动了一下，确定没有什么状况，又接着睡着了。进入毕业季，临睡前我总要处理学生的论文及相关事项，身体疲乏得很，不想起来去看花子。实际上，这不是花子第一次在深夜喊我了。我以前觉得猫咪高冷、疏离、不忠诚等，如今这些刻板印象因为花子都得到了改变。猫咪跟狗狗相比，或许没有那么热情，但它们对主人

的爱也很深沉。单单想一想，夜深人静之时，一只睡不着的小猫咪为了不吵醒主人，老老实实地趴在窝窝里，可是忍不住柔声呼唤着视为妈妈的主人，还模仿人类幼崽的声音，这种情形真是令人心头一热呀。

2023年4月7日，我是乖猫猫　　2023年4月7日，安静的乖猫猫

花子原来的猫抓板窝被他抓得起了不少纸屑，磨指甲的功效减弱了，所以我前几天从淘宝下单新买了一个。我把旧窝拿走换成新窝，他赶紧跳进去，一上手就欣喜不已，反复摩擦了好几次，开心地跑了，一会儿又回来继续摩擦，在窝窝里还麻利地来了个一百八十度的大转身，弓着身子抓个不停。另外上个周我见他老想着在沙发边上磨头，大概头和身子也痒痒，又给他买了个立体猫抓板，他一开始不知道怎么用，今天忽然开悟了，侧着身子摩擦摩擦，舒服得很。现在

花 子

养猫养狗的人多起来,猫猫狗狗们也为拉动经济做出了贡献,单是猫粮、猫玩具、猫用具等,就有很大的消费市场。花子不需要穿衣服,吃的东西也不算复杂,更不需要像小朋友一样写作业进辅导班,只要不生病,日常的消费还是可控的。相比成长过程中花的钱能堆成一座小山的大哥来说,花子的消费真的是毛毛雨。我很庆幸花子身体健康,当流浪猫的那段经历也没给他留下什么病痛,反倒让他有了吃苦耐劳的本钱。整体来说,他算是非常省心的小猫咪了,尤其对我这种第一次养猫的菜鸟主人来说。从通俗的视角来看,花子难不成是来报恩的?当然,花子享受了来自全家的关爱,这一生也是幸运的。那天我和花子在沙发上玩,大哥走过来,我问他:"大哥,你喜欢花子吗?"大哥很肯定地说:"喜欢啊。"我赶紧摸着花子的头,加强一下:"花子,你听见了吗?大哥也很喜欢你!"大哥平时总是忙学习或其他,不怎么和花子在一起,花子似乎不太确定大哥对他的态度。这次大哥当面向他表白了,他明显也有些激动,把脸深深地埋在我的手心里。每次花子做出这个动作,我就知道他被感动了,并体会到一种无以言表的幸福。花子是个情感丰富的小猫咪,有时候我真怀疑他是一只小猫精呢。

最近花子很喜欢我送给他的"封号之歌":"聪明又伶俐,勇敢又坚强,帅气又大方,热情又善良,就是小花子,我的好猫猫!"中午在沙发上小憩时,花子趴在我的身边,我一边给他按摩一边唱"封号之歌"。他开心地抬起头,用湿润的小鼻子碰碰我的鼻子,算是对我的回应。当我在胸前搭上小毯子闭上眼睛时,他知道我要休息了,便很靠谱地执行守护任务,脸朝前看着窗外,留意外面的动静。通常我午休半个小时,如果超时了,手机闹钟响了我还没反应,花子就有些不安地动起来,有时还会立起身子,把脸贴到我脸上闻一闻,确认我有没有问题。有时则咬我的衣服,舔我的手,提醒我该起来了。等我睁开眼,他知道任务完成了,便跳下沙发自己去玩了。我照例表扬他,肯定他的照顾之功。

马瘦毛长,这个现象也适用于其他生物。花子刚来家时,因为体弱消瘦,看上去毛很长,调养几个月之后,逐渐变胖了,毛看上去没那么长了。不过做绝育手术之前的那段时间,因为饱受情欲之苦,影响食欲,身体消瘦,浑身毛发有"衣带渐宽"之感。手术之后,他摆脱困扰,开始踏实生活,好好吃饭,并趁机提出要求,每天早中晚各一根猫条,加上冻干等营养,他逐渐粗壮了起来,摸上去肉肉的,软软的,滑滑的,还暖暖的,手感很好,的确有被撸的价值。他毛短了不少,似乎有些被皮肉吸收了,但油光锃亮,在太阳底下闪闪发光。另外,他整个身体变长了,走起路来大腿粗壮有力,身体扭出波浪般的质感,粗壮了一圈的大尾巴高高地擎着,颇有些花斑豹的威严气势了。

花子作为家庭成员的存在感越来越强了。这学期是毕业

花子

季,我有时连周末都要给学生看论文,顾不上花子,因此培养老爹作为照顾花子的备胎,从喂猫条到铲大小便,逐渐熟悉各个流程,花子因此也与老爹更加亲热了。周末老爹在大茶几上铺上纸练习写毛笔字,花子就趴在旁边的沙发上歪头认真地看着;老爹在长沙发上午休,花子也赶紧躺到他身边。大哥也越来越喜欢花子了,有空的时候还抱着花子来回走,或者像《狮子王》中老猴子高举辛巴那样举起花子。大哥一米九多,伸直长胳膊一举,花子都快够到天花板了,可他一点也不害怕,还兴奋得很。花子对大哥的房间特别好奇,有时大哥的房门关着但没上锁,他居然能立起身子按动把手,把门打开溜进去,跳到电脑桌上或飘窗上甚至床上。大哥的房间有很多新奇玩意儿,他进去了就不想出来,被赶的时候还躲到桌子底下,尽可能多待一会儿,不得不出来的时候,一路上磨磨蹭蹭,东闻闻西碰碰。我警告他,大哥房间里电器很多,被电到的话就没命了!他看我不像是开玩笑,才灰溜溜地离开。

厨房也是花子很好奇的地方,看到我进去了,他也赶紧挤进去,到处巡视一番。如果看到我在吃东西,他就可怜巴巴地看着我,用舌头不断舔嘴巴,表示自己也想吃。我告诉他,我能吃的很多东西他不能吃,吃了会呕吐或不舒服。他似乎听得懂,就不再坚持了。厨房里东西杂多,可以满足他探奇的愿望,我离开厨房时喊他,他常常不肯走,躲在冰箱或柜子的后面,但看到我要关门了,他也赶紧跑出来,看来他更在乎的是和老妈在一起。

每天晚上,花子都会用他特定的方式表达自己是否想回窝窝里睡觉。通常十点半左右,我会问他:"花子,咱们睡觉觉吧?"他显然是知道"睡觉觉"的意思的,如果不想睡,看到我向他走来,便抿着耳朵撒开腿就跑,一溜烟儿地钻到沙发底下或者躲在窗帘后面,我便给他延时一会儿,但最晚到十一点,否则会影响我们休息。有一天他怎么也不肯睡,十一点了还躲着不肯出来,我只好用弟子规戒尺把他从沙发底下赶出来,跟老爹合力捕住他。他挣扎得厉害,我担心被他抓伤,用小毯子把他兜头裹住,强行塞回窝窝里。如果他玩累了,趴在沙发上或地板上,眼睛眯眯着,听到我说"睡觉觉"的时候,蔫蔫地看我一眼,原地不动,我便知道他真想睡觉了。他安静地等我把他抱起来,头歪在我胸前,我边走边给他唱专属睡前儿歌,是大哥小时候所用的睡前儿歌的微调版,只把其中的名字换成了"花子"。他发出轻微的叹息声,那叹息声中有幸福和满足。老爹提前给他去阳台上打开电暖气,当下天气虽然转暖,但晚上温度依然较低,所以花子仍然可以享受电暖的福利。等走近阳台,花子抬起头,老爹把手放到他鼻子边,他照例碰一碰,算是道一声晚安。我把睡前儿歌唱完,也跟他碰碰鼻子,然后送他进窝窝。他顺从地进去了,又赶紧转过身来,露出头看着我,等我跟他说:

花子

"睡吧,好花子,今天玩得很开心,明天再玩。"他露出委屈巴巴的神情,不太情愿独自在阳台上待上一整晚,一直等我把窗帘拉上,他还在窝窝门口向外巴巴地看着,似乎一定要让我对他有些愧意才行。

有了花子,每天的时间变得分明了,早中晚都有一根猫条清清楚楚地摆在那里。花子用自己的方式填满了我工作之余的生活缝隙,在我照顾他的同时,也以自己的方式照顾我,真算是一件贴心的小棉袄了。

十一

花子最近成了抱腿猫,也喜欢玩藏猫猫的游戏。早晨醒来,我给他打开阳台的门,走一套清理和投喂的固定程序,这期间他除了吃喝,便一直跟着我,像个小跟班,还喜欢抱着我的小腿,我一走他一扑一抱,简直要长在我的腿上。白天和晚上,我在厅里活动的时候,他也喜欢抱着我的腿,似乎从中感受到无限的乐趣。晚上老爹回家后,我们俩在客厅里散步时,花子很开心地跑酷,特别喜欢从北边的饭厅一气儿冲到南边客厅的窗边,肉乎乎的身子一纵一纵地,耳朵朝后抿着,拿出百米冲刺的劲头儿,一猛子钻进窗帘里,然后找个自以为很隐蔽的地方藏起来,露出鼻子、嘴巴和小手手而不自知,颇有点掩耳盗铃的气质。我陪他演戏,装作找不到他,四处喊他,"花子!花子!"他一动不动地趴在那儿,得意于我的找不到,等我发出担心他的声音时,才忽地跳出来扑到我腿上,一副"逗你玩儿"的神态。这种游戏他乐此

花 子

不疲,一遍遍地演习,大概与他善于捕猎的天性有关。

花子每天很期待也很享受和我在沙发上的亲密时刻,等着我用软纸给他清理眼角的分泌物,用棉棒掏掏耳朵,亲亲他的小鼻子,按摩头顶、下巴、两腮……最主要的是享受我对他的夸奖,听到我说"聪明又伶俐,勇敢又坚强,帅气又大方,热情又善良,就是小花子,我的好宝宝"的时候,便发出满足的咕噜声,还用舌头舔舔我的手,表示他很认可。我趁机给他灌输支持工作才能买好吃的道理,这样等我抱着他去窝窝的时候,就比较容易把他在窝窝里的孤独时光转化为支持工作的富有意义的坚忍时光。我把他送进窝窝,他通常会紧接着转身出来,可怜巴巴地站在窝窝边看着我,圆圆的大眼睛有些忧伤,跟刚才在沙发上共处的开心样子完全不同。我鼓励他说:"花子,支持老妈工作哟!支持工作才能买好吃的呀!"他这才打起精神来,嘴巴一咧,回应我一声"嗯"。等我转身,他还站在那儿看着。我关上门的时候,听到他窸窸窣窣地进窝窝的声音,那声音都带着一股子寂寥的味道。他大概不知道,如果可能,我也愿意每天只撸撸猫、放松地干点自己喜欢的事啊,可惜不能。

这两天花子忽然不愿吃冻干了。我在他的碗旁边发现一些洒出来的冻干,在卧室和卫生间里也发现几粒,是他踢着玩滚到那儿的。我利用他吃饭的时候批评他浪费粮食,没想到他当着我的面,把手伸进碗里,灵活地挑出冻干扔到地板

十一

2023 年 4 月 19 日，午后晒太阳

上，我这才意识到他不想吃了，而不是故意浪费。正好剩下的冻干也不多了，以后就不用再买了。猫条他依然很愿意吃，干粮也还可以，只是吃得不多。我想他可能觉得口味太寡淡了，便打算最近给他买点新的食物调节一下，沙发午休的时候也跟他说了这事。但他似乎不愿意等，主动找机会换口味。我们吃晚饭的时候，他先是蹲在旁边哼哼，不停地舔嘴巴，示意分享点给他，并趁我们不注意跳到饭桌上，一个劲儿地往盘子上凑，被赶下去也很不甘心。我跟他解释，我们吃的面食蔬菜不适合他。但他不听，大概今天晚饭里有鱼，他闻见味儿了，不肯离开饭桌。老爹起身给他找了个小碗，盛了几小块放在桌子腿边，他把嘴伸进小碗里，试探了几下，便美美地吃了，吃完了又哼唧着要，于是又吃了一块，这才满意地舔舔嘴巴，去沙发那儿玩了。我看着那个小碗，心想以

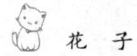 花 子

后这就是花子的第二个饭碗了,他算是给自己开辟了新餐道,成功地分享了大饭桌。

  最近天气不太正常,先是沙尘暴,紧接着又是阴天下雨,天气一再降温,高温也不过十几摄氏度,低温才几摄氏度。往年过了清明就升温很快,五一前后甚至能达到三十摄氏度左右,今年却极为反常,过了清明又穿起了棉服,开启了暖空调,集中供暖3月中旬就停了。据说沙尘暴是从北边蒙古国那儿过来的,北京更厉害,黄沙漫天。网友苦中作乐,过起了第二十五个节气——"立沙",还配了标准的英式英语加以介绍,戏称"立沙节气"的风俗之一是吃土。济南虽然是非典型立沙,但也有几天是阴沉沉乌昏昏的,透着一股子邪乎劲儿。今天终于晴天了,蓝汪汪的,飘着几朵俏皮的白云,太阳也出来了,照得树叶绿得发亮,人心里也感觉透了亮。气温明显上升了,隔着窗玻璃都感觉暖洋洋的。去年春天我和老爹种的十几棵树状月季、欧月以及牡丹月季都长出花苞来了,有的花苞是一簇好几朵,可以想象不久就有赏花的乐事了。去年种的两棵芍药也经受住了寒冬,前几天冒出的花骨朵今早绽开了第一朵大红花,似乎一直等着出太阳呢。花子平时爱蹲在窗前看风景,去年春天和夏天的花期他都没赶上,今年他可以美美地大饱眼福了。

  我摆在书桌的日历本上周就标注花子该驱虫了,也该剪指甲了。早晨起床后,我跟花子打了招呼,今天会带他去宠

十一

物医院,顺便放放风。中午等他吃了猫条,喝了水,我找出斜挎包,把他装在里面就出门了。他似乎不习惯外面的环境,有些害怕,把身子和头都紧紧地藏在包里。我安慰他,只是出来溜达溜达,顺便看看医生。他慢慢放松下来,把头探出包外,外面的声音很丰富也很清晰,鸟叫、小孩哭、狗叫、车辆跑……他一时不太适应,平时在家太安静了,他生活在保护罩里,似乎忘记了以前的流浪经历。等进了宠物医院,来到医生所在的房间,他大概记起了上次来做绝育手术的事儿,又害怕起来,拼命往我腋下钻,我把他从包里抱出来,轻声安慰他,抚摸他。医生给他称了称体重,4.76公斤,怪不得最近总觉得他肉乎乎的,抱着也沉甸甸的。医生先给他剪了指甲,有一段时间没剪,他的指甲长长的,还带着尖尖的弯钩,难怪最近几次把我的手抓出伤痕。这次医生给他换了大猫的驱虫剂,每支管的剂量比以前增加了。花子趴在桌子上,我抱着他的头,医生很熟练地拨开颈部和背部的毛,露出皮肤,然后把药水挤在上面。花子还没等害怕呢,驱虫环节就结束了。时间虽短,费用却不低,毕竟宠物医院也是医院。我把花子装回斜挎包里,跟医生打个招呼就走了。回去的路上,花子就放松多了,露出脑袋东看看西瞧瞧。路边草坪里的小野花开得正起劲儿,黄艳艳的,被阳光一照,刺进眼睛里。进了小区,一只大喜鹊在路边树上大声叫着,花子抬头看看,或许他俩认识,说不定就是我们家窗户外大树

花 子

上的大喜鹊呢。我喊它:"大喜鹊,你好啊。"大喜鹊又叫了一声,就像它也认识我。等进了家门,花子从包里跳出来,很快就恢复自在了,在厅里跑来跑去,似乎在用肢体语言表达:哎呀,还是家里好啊!

自从老爹参与给花子铲"地雷",花子对老爹明显亲热起来,每天晚上在门口等着,老爹一开门,他赶紧迎上前去,然后在地上打滚儿求摸摸。晚上我和老爹在厅里散步的时候,花子也安心地在旁边跑酷或者摆弄玩具,参与到其乐融融的家庭氛围中。铲"地雷"的时候,花子表现出充分的感恩之心,毕竟小猫咪都是很爱干净的。他看着"地雷"被铲除并倒进马桶里冲走,便开心地撒欢儿跑,似乎在庆祝大扫除。以我的人生经验,你给一个人或一个动物喂吃的,固然有爱心在里面,但这爱心远不及你给他铲粪来得更深厚。在这个世界上,铲粪之爱绝对是真爱,这一点没什么可质疑的。鉴于我每天都给花子至少铲三次大小"地雷",花子一定深深地感受到我对他的关爱,而且目前还没有另外一个人能超越,所以他发自内心地叫我一声"妈",也是理所应当的。

转眼到了 4 月底。有很多工作的时间节点都卡在五一之前,所以 4 月底来了个集中大爆发。最近我简直称得上是夜以继日地工作,睡梦中有时也在斟酌问题。其中各路学生们的论文,每天要占用我相当一部分时间和精力。尽管我已经反复强调初稿不是草稿,但有些学生仍然坚持初稿就是草稿,

十一

里面夹杂着诸多低级错误，我有时候需要咬着牙拿出推土机的精神才能继续推进批改。4月底也是今年国家社会科学基金项目申报的截止日期，我在"死线"（deadline）到来之前把反复修改、觉得再无可改的文档标注了郑重的"最终版"提交上去，希望今年的"打枣计划"到期见枣。还有我的短篇小说集，本来定于去年年底出版，可惜当时出版社的编辑们都躺在家里"治阳"，春节过后才爬起来上班，应付积压成太行王屋的一大堆活儿。好在前天编辑小哥告诉我一切都搞定了，包括校对、封面等，5月份就能见书了。这意味着5月份我也将成为一个奢侈品的拥有者，在教学科研家务之余还能出个小说集，我少年时代的作家梦在中年时总算有点影儿了。大哥5月底也迎来了艰难的考试季，半个多月不在家，花子每天负起陪伴老爹老妈的任务。我封花子为"二宝"，不用上学不用写作业不用考试的二宝，吃喝玩乐兼职陪伴，这样的二宝生活连我都很羡慕。花子很喜欢我叫他"二宝"，这意味着他跟大哥在一个维度上了。大哥不在家，趁着我进大哥房间扫地拖地的空当儿，他赶紧挤进去，到处闻闻，上蹿下跳，对大哥的一切都表示好奇，每次都要拖走才肯罢休，毕竟大哥房间里奇奇怪怪的东西很多，跟外面客厅日常活动地带的那些刻板家具的风格完全不同。或许猫咪的天性就是研究型的，对世界充满了好奇心和探究心。单凭这一点，花子绝对胜过了我指导的很多研究生对待学术的态度。

花　子

今年的五一节是疫情之后的第一个小长假,全国各大名胜景点人满为患,我们自觉地不去凑热闹,除了五一那天陪父母去孟子故里看了看,其他时间基本都在市里或家里活动。沾了我和老爹放假的光,花子得以自由活动的时间增多,不用像往常那样以支持工作的名义按部就班在窝里趴着,所以他的开心指数越发上升,连交流的能力也增强了。有时候他趴在沙发上,看我们走到他身边,便发出带有明显情感色彩的长叫声,虽然我不能像公冶长那样听得懂其中的意思,但我知道花子刚说了一句完整的话,配合着他的肢体语言,大概也能知道他的意思。有时候喊他喝点水、吃点东西或者擦屁屁,他应答如流,婉转有调,惹得我和老爹发笑。他自编自导自演的玩耍小剧情也增多了,还不时邀我入戏,我封他为"花导演"。我和老爹在饭桌前吃饭,他也积极参与。大哥最近不在家,花子先是试探性地跳到大哥的椅子上,仰着头,大眼睛骨碌碌地看着桌子上的饭菜,眼馋得用舌头舔着嘴唇。我告诉他:"花子,这些面食和蔬菜你都不能吃,吃了会肚子疼。不要眼馋,你能吃的我都给你放在阳台上了,快下去吧。"他却不肯,执意看着,趁我们不注意,一下子跳到桌子上,惹来一顿呵斥和驱逐,只好悻悻地跳下去。我和老爹在茶桌那儿喝茶的时候,他则喜欢在对面的沙发上趴着,看着看着就困了,大眼睛慢慢变小,有时候一只眼闭上了,一只眼还睁着,似乎在睡觉与参与家庭生活之间艰难地

十一

挣扎着,等终于熬不住了,才完全闭上睡着了。有了安全感和满足感,他常常睡得肚子朝天,小手手朝半空弯着,或者身子完全摊开,如水银泻地,一副放松酣畅的样子。我看着他,想到去年这个时候他快要出生,接下来有几个月的流浪生活在等着他,期间有不少艰难和惊险,而他一直坚持到深秋才进家过上稳定安逸的生活,便觉得生命的相交是很神奇的事情。花子是性情温良的小福猫,我的生活也因他多了很多乐趣,所以这算得上是一段双向奔赴的生命奇遇了。

2023年4月21日,晚间钢琴时光

今年或许是因为闰二月的原因,天气一直不热甚至偏凉。以往到了五一,都穿短袖凉鞋或者裙子,今年却始终没上三十摄氏度,高温不过二十摄氏度出头,低温则因为不时降温或下雨而徘徊在十摄氏度左右。我比较怕冷,平时在家的时候都要开开空调提提温度,花子更怕冷,所以他在厅里活动的时候很渴望开空调。墙角的大空调一开,他立刻就开

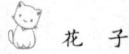 花子

心起来,跑到空调旁边的沙发上趴着,或者好奇地立起身子,两只手按在沙发扶手上,盯着大空调琢磨。暖风吹到他身上,长而滑亮的毛发起伏着,他那种舒服劲儿,作为旁观者都能感觉到。有一天早晨,我没有及时把大空调打开就去洗漱了,花子蹲在空调旁边的沙发上不停地叫,等我过来的时候,他一边扭头看我一边回头看大空调,示意我赶紧开开。我按下遥控器,大空调嗡嗡地启动了,热风吹出来,花子就不叫了,开心地在沙发上享受起来。看来,追求安逸舒适是一切生物的本能呀,而且一旦开始,就很难停下来。我希望天气早点变暖,最近几个月家里的电费居高不下,花子也有份儿,晚上睡觉都开着小电暖呢。我担心他冻感冒了,毕竟去一趟宠物医院的费用比电费贵多了,还要搭上照顾的时间和精力。有失必有得,有得必有失,那就让花子继续吹几天热风吧。

2023 年 4 月 24 日,午后看风景

十二

　　五一过后,天气逐渐转晴,气温也升上来了。经历了前段时间的阴雨湿冷,每天早晨起来看到明晃晃的大太阳,感觉心里亮堂堂的。这几天月季花盛开,树状月季、高枝欧月、丛生牡丹月季……朵朵硕大如斗,花色不一,形态各异,宛如一群仙女下凡,每天我都要靠近欣赏一番,拍照或视频留念,对她们的美貌惊艳不已,又自惭形秽。仙女们更难得的是香气怡人,令我忍不住凑近闻香,却又不敢过于造次。这些月季都是去年春天种下的,我和老爹专程去南山水库旁边的花卉基地买的,种的时候颇费了些力气。去年她们便开得很盛,疫情期间给了我很多安慰,今年依旧按时开放,如同守约的佳人。看着这些花,我理解了中学课本里的那个爱花老头灌园叟,要是有恶霸来把我小院里的这些花给糟蹋了,我也会跟他拼命的。

　　前段时间我网购了一个结实美观的不锈钢晾衣架,大哥

花子

帮忙组装起来,放在小院里备用。如今在这些花的旁边支起架子,搭上被子,让阳光晒透并杀菌,小院的功能就更完善了。我从阳台偏门进进出出赏花、晒被子和衣服的时候,花子通常都安静地趴在大沙发上看着,似乎也在体味岁月静好的感觉。花子的入镜,让我的业余生活变得更可心了。收拾完之后,我陪着花子在沙发上看看风景,一边给他按摩一下,他开心地咕噜咕噜地低吟着。最近他的肉感更强了,摸上去温软舒适。这样的时刻,让我心怀感恩。疫情让很多人离开了这个星球,我们还在此安然寄居,每一天都值得珍惜。

花子最近探索精神增强,以前没去过的高处也总想看看。比如饭桌前的高低柜,他对上面的零碎东西也很感兴趣,用小手轻轻一拨便拨到了地上,于是我只好找来弟子规戒尺教育他一番。他跑到沙发底下躲起来,等我去干别的事了,再偷偷跑出来,或者忍不住再跳上去,再拨拉一番,换来又一轮惩戒。等我失去耐心,生气地把他拎到阳台上关起来,他才可怜巴巴地老实一阵子。不过他很快又在阳台上发现了新乐趣,跳到放各种猫零食和小用具的高木台了上,把他看不顺眼的都统统扒拉下去,自己则舒舒服服地趴在上面,等我开门的时候再给他一阵教育。这样的场景还真让他有了点调皮二宝的气质,而我的生活也越发地充实起来了。

花子最近表达能力也明显增强,特别是互动应答环节长进不少。每次我抱他进猫窝,照例嘱咐几句:"好孩子,老

十二

妈要去工作了,你在窝窝里休息一下,多支持才能买好吃的呀。"我把他送到窝边,拍着他的身子让他进去,他进去后总是一个快速转身,又钻出来站在窝门口,歪着头温柔地看着我,没有了以前的哀怨之色,懂事地轻声应答"嗯",有时还一边答应着一边退回窝里,以显示自己是多么懂事。我冲他竖起大拇指:"花子真棒!"晚上临睡前,我唱着儿歌把他送回窝里,嘱咐他安静休息,早晨不要叫我,而要等我自己醒来,要不然我休息不好没法工作,他看着我,也轻声应一下"嗯"。这样有来有回的时刻是温馨美好的,也说明生物之间的互动交流有益于彼此健康。花子有时躺在沙发上,紧挨着我,我一边给他按摩,一边问窗外树上的小鸟:"小鸟儿啊,你们说,花子是不是世界上最可爱的小猫咪?"小鸟们喳喳叫着,我拉它们入戏:"你们也说是啊!对啦,我的花子真的就是世界上最可爱的小猫咪呢!"花子开心了,长长地重重地"嗯"一声,再舔舔我的手。

  小区院子里有不少流浪猫,最近有一只白底黑花猫经常从窗边默默地走过,去年它和妈妈及兄弟姐妹常一起爬窗边的大海棠树玩,今年却只有它自己了,像个独行侠,鼻子以上的黑毛颇似戴了个乌眼罩,增加了几分江湖气息。花子每次见我从阳台侧门出入小院,没有丝毫要出去玩耍的意思,甚至赶紧撤身离侧门远一点,所以我一点也不担心他会偷偷溜出去,也许以前的流浪生活给他留下了极深的阴影,他极

花 子

度珍惜目前室内安详无忧的日子。刮风下雨时,他常默默地蹲在落地窗前向外看着,似乎庆幸自己可以不必再受风吹雨淋之苦。听说有些被收养的流浪猫会脚踩两只船,白天出去玩,晚上回来吃和睡。这种渣男气质花子一点儿也没沾染,他一旦得偿所愿过上安稳有爱的生活,便一心一意待在家里,不愧是我心目中最可爱的小猫咪。

今天去宠物商店给花子买猫条的时候,顺便买了个逗猫棒。回到家,我把逗猫棒插在两个沙发中间的缝隙里,花子一见便冲过去玩了起来。为了咬掉逗猫棒头上的几根彩色羽毛,他手、脚、嘴并用,甚至不惜用身体去压,锲而不舍地扑、抓、咬,逗猫棒上的小铃铛发出清脆的叮叮声,激发着他的斗志。他玩得很投入,连老爹下班回来喊他都听不见了,平时他都是赶紧迎上前去求摸摸。我们吃饭的时候他也在战斗,以往他是一定要积极参与的,虽不能上桌,也要坐在椅子上,把头搁在饭桌边,露出可怜巴巴的表情,今天一直等我们吃完,他还在对付逗猫棒呢。我和老爹喝茶的时候,他终于消停了,累得趴在沙发上。我过去一看,逗猫棒的四五根羽毛只剩下一根了,战利品们就在他身边横七竖八地散着。他这时才注意到老爹,抬起头冲着老爹轻喊了一声。老爹过去摸摸他的头,他满意地歪倒在沙发上,享受大战过后的舒畅。晚上临睡前,花子又玩了一会儿逗猫棒,他留着最后一根羽毛始终不扯下来,颇有几分"我留着你是为了逗你玩"

十二

的心态，逗猫棒于是变成了猫逗棒，花子也成了有主体意识的玩家，这大概源于他作为一只猫咪的捕猎本能。我意识到玩具对于花子的重要性以及对于我自由时间的重要性，有了新鲜玩具，花子就可以自娱自乐，不用老缠着我了。由此可见，宠物们对于拉动内需是一股不小的力量，吃的用的玩的都需要花费，主人们因此多了些挣钱的动力，工作的积极性自然也提高了。

朋友因最近搬家送给我们一个跑步机，放在客厅靠阳台的落地窗那儿。跑步机进家门前那天早晨，为了腾空儿，我和老爹把窗边的大桂树搬到外边小花园里了。花子平时很喜欢在大桂树那儿玩，有时候趴在大桂树的花盆里晒太阳，有时候则立起身子挂在大桂树上，嘴里咬着大桂树的叶子玩。自从他来家后，大桂树便一直在阳台边上陪着他。乍一搬走，花子很不适应，绕着阳台转圈圈，嘴里还哼唧着，颇为失落。我安慰他，等天冷了再把大桂树搬进来，最近大桂树叶子长斑了，需要出去晒太阳呼吸新鲜空气。听我说大桂树还会进屋，花子便不再哼唧了。等跑步机进了屋，花子的好奇心上来了，围着转呀转，还跳到上面磨指甲。中午晒太阳的时候，他发现跑步机比大桂树的花盆更宽敞舒适，便忘了大桂树，舒舒服服地换着姿势躺在上面，跑步机的跑带还有按摩效果呢。不过看到我坐在沙发上午休，他还是很尽责地跳到我身边，紧挨着我趴着，安静地陪护。等我醒来，表扬

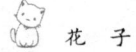 花 子

并爱抚他一番,他才从沙发上跳下,又去跑步机上躺着享受了。跑步机和大沙发离得很近,花子陪护我的时候显示出了高度的自制力和责任感,单凭这一点,他就是个很靠谱的小猫咪,也值得我一天喂他三根猫条了。

天气热起来了,这个周高温超过三十摄氏度,总算有点夏天的味道了。树荫浓密,花影深深,花子的大叶子芭蕉树也终于发芽了,并很快抽出小卷轴。小卷轴一两天便伸展开,嫩嫩的,在热风里招摇,太阳一照亮得晃眼。第一个小卷轴变成叶片后,第二个小卷轴也跟着冒出来,一天后便又伸展开,为第三个小卷轴做准备。花子每天蹲在落地窗前看他的大叶子,似乎要把所有的变化都记在心里。或许他还记得去年深秋来家的时候,大叶子树仍高高地立在窗边,今年他可以完整地见证大叶子树新的轮回。我陪着他蹲在窗边,跟他聊天:"花子,看你的大叶子树,每天都在长个子,陪着你长大,这是老妈特意送给你的树呢。"他安静地看着,似乎很满意这棵属于他的树。大叶子树的左边是老爹的金桂树,右边是老妈的四季桂树,金桂树的左边是大哥的樱花树,四季桂树的右边是正在开花的石榴树。花子的大叶子树位于落地窗的正中间,很符合他是全家小宝贝的居中位置,难怪他那天坚决不肯要石榴树作他的树呢。

窗外刮大风的时候,有时候力度很大,树们被吹得东倒西歪,要不是柔韧度好,怕是要被吹折了。硕大的月季花们

十二

则娇嫩得多,开了一阵子的大花本来就有些松动,大风一吹便谢了,只留下一个光秃秃的花蒂。刚开的、小一点的欧月抗风能力还比较强,在狂风中坚韧地摇摆着。花子趴在大沙发的扶手上看着窗外,听着风声,似乎感受到了风的力量。他身子匍伏着,两条腿分得很开,紧扒着沙发扶手以增加防固效果,两只手也紧抱着扶手,一脸的严肃。他或许想起了以前在外面流浪时的艰难。我摸着他的头,安慰他不要怕,只要待在屋子里就风吹不着雨淋不着,没什么可担心的。他稍微放松了些,过了一会儿便下地玩他的玩具去了。

2023年5月15日,安静的美男子

江湖上一直流传着"狗是忠臣,猫是奸臣"的说法,以及"狗不嫌家贫""谁家有好吃的就去谁家的薄情猫"这些褒贬色彩明显的评价。收养花子之后,我明白有些说法不过是刻板印象,经不起实践的验证。猫和狗都是人类的忠实朋

花子

友，没必要厚此薄彼。和我父母同住一个小区的侄子收养了一只中华田园狗，是从附近一个收养站托运过来的，跟花子这只中华田园猫都算是幸运儿。那只狗叫豆包，名字跟它的土狗气质很匹配。它一身极短的棕黄色的毛，四肢有力，肌肉发达，浑身上下动个不停，两个耳朵总支棱着，眼睛大而突，与其说是心思单纯，不如说是莽撞懵懂。有时它会跟着我侄子去我父母的小院里玩，总是一副饿佬儿的样子，见什么都想吃，连猫食都不放过。有一次我给它买了一袋火腿肠，它眼巴巴地瞅着我，勉强等我把火腿肠的外衣扒掉，便张嘴吞掉一半，差点把我的手指都吞进嘴里。因为它胃口强壮，长势很快，几天不见，便又大了一号，也越发显得莽撞了。每次它一去小院，那几只流浪猫都远远地瞪着它，表示对它搅动安静氛围的不满，胆子大一点的还会突然窜过去打它。作为一只本地土狗，豆包自然是忠诚的，有一次我侄子在小院里待的时间有点长，它不耐烦了，竟自己跑了。找了一圈才发现，它在自家门口趴着呢。据邻居说是它自己坐着电梯上楼的，显然不是个路痴。

与杂食的豆包相比，花子在吃东西方面要谨慎得多，连猫条中的小硬粒也要用小舌头灵巧地吐出来，但他吃得不多，挑剔也因此不算什么毛病，倒透着一小股精致高雅的气息。猫咪作为一种肉食动物，以前吃不上肉的家庭自然很难喂养，它们为了生存只好到处寻找可居之所，如此在江湖上

十二

竟以讹传讹地成了"奸臣""薄情寡义势利之徒",猫咪们也算是尝尽了不被理解之苦。好在现在很多家庭只要想养猫就能养得起,不但那些出身高贵的品牌猫,就连不少朴实无华的流浪猫都有了栖身之所,它们也能极力回报主人,显出完全不输于狗子的深情和爱意。

在这一点上,我可以拿花子对我的依恋和关照为例,说明猫咪情感的深度和浓度绝非江湖传言。花子作为一只猫咪,有晚上捕猎的天性,但他为了不影响我休息,常常努力遵守睡前对我的承诺,硬生生地忍住不出动静,一直熬到早晨七八点钟,听到我起床的声音,才在阳台上发出热切的呼喊。这种为了所爱之人牺牲自我的精神,怎么能说是薄情寡义呢?中午难得的休闲时光,他还要顾及我的身体休养,看到我在大沙发上闭目小憩,即使玩得很开心,也要立刻跳到沙发上,趴在我身边陪护。有时候我睡过了头,他担心我有什么状况,便趴在我脸上轻轻地蹭,用鼻子试探我的气息,或者用舌头舔我的脸,看到我睁开眼,他才放心去玩。猫咪的这份忠心极为难得。最近网上有一则新闻,说一只猫咪看到主人晕倒在地上,便使劲咬主人的脚,直到把主人咬醒,算是救了主人一命。我倒不指望花子有救命之能,他每天的陪伴和依恋便有很好的精神按摩效果了。大哥长大了,翅膀硬了,准备远走高飞闯荡世界,我又欣慰又失落,一只软糯可心的小猫咪适时补位,充当二宝的角色,简直就是人生一大福利。

135

十三

据说过于舒服的日子容易产生行为沉沦，正如著名的"25号宇宙实验"所展现的那样。花子最近食欲有所下降，对猫条也不太感兴趣了，往往一根猫条吃不完就扭头走了，或者吃的时候态度挑剔，边吃边用舌头把稍微硬一点的吐出来。我于是暂停了几天猫条，让他只吃干粮，偶尔吃一根的时候，他便没那么挑剔敷衍了。或许他是想换换口味，不过我暂时不打算给他吃罐头啥的，一来价格不菲；二来吃得太多营养太好，他很容易变成一个大胖子，如今他身材已经有些臃肿了，我决定让他陪着我减减肥。去年疫情严重期间，我欣然听从一位老中医的"强吃强喝疗法"，身体是扛过来了，肉却留下来好几公斤。

花子作为一只典型猫咪，对家里所有的窝窝、洞洞都表现出强烈的探究兴趣，要么钻进去查探，要么把手伸进去掏索，没有他抠不到的地方。掏出来的东西常常作了他新奇的

十三

小玩具，比如一个小球，一个笔帽，或者一个从饭桌上滚落的小坚果。这些玩具都是他辛苦发现的，玩起来自然也很理所当然，用手灵巧地拨拉着，满屋子追着跑。每天有了他的深度巡视，我完全不用担心家里有隐藏的老鼠或蟑螂。偶尔有个小黑甲虫，被他在某个角落发现了，扒拉玩了一阵子之后就送给我。据说向主人献小虫是猫咪对主人的爱，就此而言，花子也算是为照顾家庭做出了贡献，有了一种神奇小保镖的气质，没有白吃饭。

这两天天气舒爽，不冷不热，窗外的小鸟们叽叽喳喳，常常是一对对的你追我赶，似乎是谈情说爱准备繁衍后代了。白头翁年纪轻轻就打算白头到老，一对对恩爱得很。花子看着它们，嘴巴里咯咯作响，似乎是在隔空用意念撕咬它们。我劝他不要那样，小鸟们活着也不容易，每天要自己辛苦觅食。书房外有一棵叶子浓密的粗壮栾树，正中间的树杈上有一个结实的大鸟窝，窝主是一对硕大的灰喜鹊，自前年我们搬来便一直很和睦。上午我在书房工作，花子坐在阳台飘窗那儿朝外看风景，两只大喜鹊在临近窗户的树枝上大声而热烈地谈论着，虽然听不懂它们在说什么，但语气中充满着欢喜。花子嘴巴里又发出咯咯的声音，或许在磨牙，发泄不满，身子还不断扭着，尾巴不断甩着。我劝他不要影响大喜鹊，安静地欣赏风景就好，等过段时间冒出一窝小喜鹊，这对大喜鹊可就没这么逍遥了。花子这一辈子虽失去了谈情

花 子

说爱的乐趣，但也少了情欲折磨之苦，不必每隔一段时间就焦躁发狂。我希望花子能明白得失道理，安心过好这一生，鱼和熊掌都想吃的人或猫，恐怕什么都吃不好。

最近毕业季，学校事情多，特别是指导各路学生的毕业论文反复修改，总算都过了关，只剩下最后的答辩环节了。通过指导论文，可以很清楚地看到学生们不同的做事方式，有的很靠谱，每个环节都很主动，一点儿也不用催，在截止时间前发来有关材料，还很贴心地提醒老师查阅并感谢老师的指导；有的很不靠谱，催好几遍才动弹一下，理解力也有问题，其实主要是不上心，明明是自己的论文，搞得像给老师写的一样；大部分学生是催一催能起点反应的，但缺乏主动性，也缺乏追根问底的研究精神。通过这些学生，可以大致推测出社会职场的众生相，毕竟他们很快就要成为职场中人了。跟他们相比，花子算是颇有主动性的了。所谓主动性，在我看来，就是不用别人敦促就能自己发现问题，进而去解决问题。花子的主动探究精神和锲而不舍的劲头儿，若是能用在学习才艺上，应该会有一番成就。

周一去学校处理了一堆事儿，回家后累得躺在床上。平时我不到睡觉点儿很少会躺着。花子看见了，明显很不安，赶紧跑过来，立起身子扒着床边，把脸凑到我脸上闻闻，似乎在确认我有无问题。我心里一阵温暖，轻拍他的头："好花子，不用担心，老妈没事，只是有点累了，躺一会儿就好。"

十三

但他依然不放心,噌地跳上床,扑到我身上,又使劲儿闻了闻,确认我真的没什么问题,才跳下去玩去了。我在视频上看到,有些猫狗能从主人身上闻到一些病情,并用自己的方式提醒主人,花子大概也具备这种能力。他这份关爱的心意让我很感动,觉得没有白疼他。

今天是5月24日,大哥的生日,花子也跟着过生日。大哥前天有事去广州了,说是等回来再补过生日,不过走之前买了一个新手机,算是提前享用了生日礼物。如果不是花子在家里填空,这个生日还真有些失落呢。我只大概知道花子是去年5月份出生的,所以便让他随着大哥,体现二宝的跟班特质。花子平时很喜欢我叫他二宝,尤其是我说到大哥外出闯荡江湖、他作为二宝在家陪伴老妈照顾老妈的时候,他总是很得意地赶紧舔舔我的手。今天我特意起得早些,不让他苦等。起来后先清理了猫砂盆,又给他梳了几遍毛,除旧迎新,花子很享受地在地板上翻滚着。接下来换新水新粮,花子吃了一根猫条后便高兴地冲到厅里玩耍起来。老爹还没出门上班,他因此也得到了老爹的爱抚和抱抱。上午工作之前,我多陪了他一会儿,让他在沙发上享受按摩加表扬的双重奖励。中午小憩的时候,因为天热,我转移到不靠窗的长沙发上,刚躺下,花子便跟过来,似乎有些不解,我告诉他:"花子,天热了,以后咱们在长沙发上午休。"他听懂了,轻盈地跳上长沙发,在我的脚边躺下来,找了个舒服的姿势便

花 子

陪我一起睡了。等我醒来的时候，花子还在我脚边睡着呢，热乎乎软乎乎的一团。我坐起来摸摸他，他也醒来，打了个充分的大哈欠，翻滚着身子靠着我又玩了起来。他一会儿把下巴搁在我腿上，一会儿又搁在我脚上，还四下闻闻，似乎很满意这种新的午休方式，因为终于实现和老妈躺在一起睡觉觉的愿望了。等我工作的时候，抱着他去阳台，他很顺从地钻进窝窝，叫了一声，表示对我工作的支持。

按照猫界的时间表，花子现在应该是十几岁的追风少年。人间一年猫界十几年，不同时空的交错颇有点神仙小说的味道。回想跟花子一年的相识，还真让我感慨不已呢。花子去年一同出生的几个兄弟姐妹如今都不知所终，跟花子关系最密切的一个短毛小花去年就不见了。小花是只母猫，长得很清秀美丽，希望它已被收养并温柔以待。小白算是见面比较多的，在我父母的小院里生活了将近一年，自上个周却没再回来。现在小院里只剩下了小晚和前不久来的一只小橘猫，形影不离地吃住在一起。父亲说最近有一只恶霸黑猫不时来小院撕咬几只小猫，大概想独占小院。小白作为小院中最强势的领头猫，抵抗得最厉害，受伤也最重，或许是外出躲黑猫去了。小晚与世无争，最大的愿望就是能进家，不过因为它有咬伤主人的前科，只能在门口蹭点家猫的福利。其实父母常常额外优待它，吃鱼的时候给它留点，还给它一些能吃的肉，算是对它的安慰。黑猫连柔顺的小晚也不放过，

十三

有一天把小晚头顶的一撮毛给咬掉了，小橘的屁股则被撕掉了一块皮。黑猫又坏又狡猾，总是趁深夜来搞破坏，一听到屋里有动静便跑了，因此至今也没得到惩治。相比之下，花子算是个小福猫了，自从进了家便生活无忧，每天只负责吃喝玩乐，还索要人陪。最近他发明了一个方法，如果我老是待在书房不肯陪他玩，他便跳上钢琴，把搁在上面的空气净化塑料小瓶踢到地板上，发出"嘭"的一大声。这虽不会造成什么危害，但会引起我的消极关注，出来呵斥并顺便安抚他一下，这也算是一种生存小技巧了。

老爹今天一早提着行李箱出差了，家里只有花子陪着我。花子似乎意识到了自己的责任，我在电脑前坐下，他便紧随着进了书房，先是坐在阳台上看了一会儿风景，然后便跳到书桌上，在我立起的电脑屏幕后面侧卧，露出头和大尾巴，大尾巴一甩一甩地显示其存在。我摸摸他，他把脸朝向我，似乎在安慰我，不要觉得孤单，有他陪着呢。日历表上显示今天花子该驱虫和剪指甲了，我工作了一会儿，便带他去附近的宠物医院。花子一个月没出门了，有些胆怯。我一边走一边摸着他的头，轻声安慰他，他这才敢把头从斜挎包里露出来东张西望。平时他在家里，风吹不着雨淋不着，连小鸟的叫声都是隔着玻璃听到的，他算是在一个半虚拟的状态中生活，如今吹着真实的风，照着真实的阳光，听着真实的鸟叫，世界变得有些神奇而陌生。等进了宠物医院，听着

花　子

大狗小狗的叫声,他又有些怕了,把头缩进包里,紧紧地贴着我。我轻拍着他,让他放松。温和的胖医生正在接待一只小白狗的男女家长,那小狗大概误吃了什么东西,要做手术取出来。胖医生安慰家长:"猫狗经常会误吃东西,有吃小球的,有吃毛线的,还有吃针的。上次有一条大狗竟然吞了一条秋裤,我们从它嘴里往外拽啊拽,拽了好一阵子还没拽完呢。"女家长吃惊地叫起来:"天呐,狗怎么会吃进秋裤?"这个疑问对在场的其他猫狗家长来说颇有代表性,但胖医生一脸平静,似乎没觉得不可理喻,毕竟大千世界无奇不有。那小白狗个头很小,浑身小卷毛,乌溜溜的黑眼珠,可怜兮兮地趴在女家长身上,估计秋裤是吞不下的,但也要抽血化验做手术,切开肚子取出来,可有罪受了。花子至今还没吞吃必须动手术才能取出的东西。我希望他继续保持严肃谨慎的吃东西习惯,他吃猫条都要把小硬粒吐出来,显示出他对自己也对家长高度负责任的态度,是个值得表扬的好孩子。医生给那小白狗家长开交费单,光是化验费就好几百,换成一大包美味零食不香吗?等小白狗走了,我带花子进去,医生先给称了称,4.3公斤。最近花子食欲一般,没怎么增重,不过也是好事,吃得太胖出了毛病还要费心费钱治疗。剪指甲和滴虫剂的时候,花子都很配合,于是交上费用我们就跟医生道别了。回去的路上,花子明显放松了,把头露出来四下看,有人从旁边路过也不害怕。走到家门口的时候,

十三

两只大灰喜鹊在树上追逐并大声喊叫,似乎就是平时在窗前秀恩爱的那两只,花子把头埋起来,不想搭理它们。它们叫的声音的确太响了,毫无顾忌地嘎嘎叫,向全世界宣告着它们的爱情,很像校园里某些站在十字路口拥抱接吻的戏精情侣。等进了屋,花子从包里灵巧地跳出来,像条小鱼回归了熟悉的大海。玩了一会儿,我把他送回窝窝,他很乖巧地进去趴下,打算美美地睡上一觉,下一次外出放风要等一个月之后了。

前几天父母回老家了,给院子里的流浪猫投食喂水的任务就落到我头上了。但毕业季工作十分忙,我没法每天去小院里喂猫,灵机一动从淘宝上买了一套自动投食和喂水的小装置。现在的物流真是发达,跋山涉水几个省,两三天就到了。小装置很方便,安装好后把猫粮和水备足,一个周都不用担心了。我基本上每两天去一次小院,第一次去的时候,小晚和小橘都在,它们很快适应了自动饮水和吃食的生活。第二次去的时候,小橘就不见了,只剩下小晚,看见我,欢喜地喵喵叫着,从小院角落凑上来。我给它把碗里的水清理出去,让干净的水流下来,它很懂事地赶紧去喝了。猫粮随吃随往下落,它当着我的面吃了一些。我表扬它聪明懂事,嘱咐它好好待在小院,不要跑出去,免得被坏猫或坏人伤害。临走的时候,它恋恋不舍的样子让我很心酸,伙伴们都走了,它难免孤单。今天傍晚我去看它,它还在,喵喵地冲我说着

花 子

话,我给它换了新水,又多拨了些猫粮下来,它很乖地吃了喝了。我表扬它是忠诚有用的看家护院猫,给它按摩了全身好一阵子作为奖励。它很享受地躺着,不断翻来翻去让我抚摸,感受着有人疼爱的幸福。我其实已经把它当作一个编外毛孩子了。我答应下次来的时候给它带点好吃的,鼓励它继续好好看家护院,不让坏人进来,并告诉它姥姥姥爷有事回家了,过一阵子就会回来的,让它坚持等着。它似乎都听得懂,情绪明显好了,脸上的表情舒展开来,不再是一副苦瓜脸。我看着它又吃喝了一些,天阴沉沉的,天气预报说明天会下雨,我一边抚摸一边告诉它,下雨就躲进姥爷在屋檐下搭建的结实小屋里,不要淋了雨。交代得差不多了,我跟它说再见。它没有再像以前那样可怜兮兮地趴在门口,而是找个地方休息去了,或许听进去我的话,安心地尽它看家猫的职责了。

小晚的性格跟花子有很大不同。花子是活泼可爱型,心思单纯,常常调皮捣蛋;小晚则是安静沉稳,心思细腻,气质有点忧郁,这大概与它被弃养的经历有关。花子虽然也曾是流浪猫,甚至被坏人虐待过,但它没进家之前,先是跟着亲妈和兄弟姐妹在小院共同生活,像个愣头青似的多吃多占,靠着活泼单纯亲热人的性格赢得大家的偏爱。后来虽然经受了一周的黑暗生活,但也因此获得我的同情,火速被收养进家,从此如母亲所言"掉进了福窝里",不但吃喝无忧,还

十三

一直享受着全家人的关爱,完全覆盖了那一小段黑暗日子,性格愈加明朗活泼,还常常仗着二宝身份惹是生非。相比之下,小晚大概一直没走出被弃养的忧郁期,但它却是极聪明的,很有眼力,父母平时都肯定它这一点。如今它得到了我半个家长式的认可,被封为有用的看家护院猫,希望它早点走出往日阴影,每天开心生活。

十四

　　昨晚喝茶有些晚，一夜梦境活跃，早晨便起晚了。好在是周末，老爹把花子先放出来，并给他清理了猫砂。花子看到我躺在床上，并没有像往常一样开心地跑到厅里去玩，而是围着我有些不安地哼哼。我摸摸他的头，安慰他："花子，你去玩吧，老妈没事，只是有些困，再睡一会儿。"他这才离开。不过一会儿便转回来，又围着我转悠，还跳到床上轻声叫着，似乎仍是不放心。我只好起来，叠好被子，又去了趟卫生间。他趴在卫生间门口等我，见我出来无恙，这才高兴起来，躺在地板上打滚儿。我给他洗了碗，换了新水，他趴在碗边吧嗒吧嗒喝了好长时间，似乎今天的水格外好喝，那圆滚滚的花身子看上去很有喜感。我感觉到花子对我的关爱之意，心里颇为感动。万物有灵，一只小猫咪也如此重情重义，不枉我平时细心照顾他。准备早饭的时候，花子也赶紧挤进厨房里转悠，看到我们吃水果，他也想吃，不停地哼

十四

哼。我说："花子，你不能吃，我们吃的很多东西你都不能吃，否则会生病的。你能吃的，老妈会给你的。"但他表示不听不听，坚持哼哼，还着急地扒着橱柜要看上面的食物。我给他在小碗里放了一颗蓝莓，放到地板上，他闻了闻，舔了舔，确实不想吃，这才不再坚持了。饭后老爹在客厅桌上铺开纸写毛笔字，花子蹲在桌边认真看着，老爹拉开抽屉找东西，他赶紧跳进去，还磨蹭着不肯出来，什么事儿都要积极参与。我们喝茶的时候，他到了平时睡上午觉的时候，眼睛睁不开了，便趴在对面沙发上睡着了，体内的小生物钟还挺准时。大哥不在家，花子真的像个存在感很强的小二宝呢。我和老爹都称赞他性格和顺，不像有的猫咪戒备心强，不太亲热人。力的作用是相互的，花子的好性格为他赢得了过安稳日子的机会，何况他还是个知恩图报的小暖男，于是越发得招人爱怜了。

本周连续几天都是阴雨绵绵，雨虽不大，但渗透力强，园中的花木都喝饱了。这样的天气对麦收却是十分不利的，我想起小时候在农村抢收的场景，称得上是争分夺秒，晚上人们都在持续作战。希望今年能有个好收成。花子坐在落地窗前，有些忧郁地看着外面，或许他想起了以前流浪时阴雨天气的难受。我蹲下陪着他一起看雨："花子，外面下雨了，千万不要出去呀，这种天气对小猫咪可不友好呢。"他感觉到我的善意，长长地"嗯……"了一声。有新生不久的娇小麻

147

花子

雀在细雨中找吃的,花子立刻发现了,尾巴快速地摆动,整个身子处于捕猎前的紧张状态。我制止他:"花子,不要吓唬小麻雀。它下雨天还要自己出来找吃的,不像你可以吃现成的。"他在我的抚摸下放松下来,眼睛却依然紧盯着小麻雀。民以食为天,凡有气息的动物每天都在努力活着。

今天研究生论文答辩,一大早我就去了学校。临走之前,我把花子放出来玩了一会儿,备好了充足的粮和水。花子感觉到我有事,所以我抱他进窝窝时,他很顺从地进去了。据说小猫咪把主人的外出视为狩猎,它们会在家耐心地等候主人狩猎归来,也会记挂主人的安全。我嘱咐他在家安心等我回来,他"喵"地叫了一声,算是答应了。经过三年的学习,我指导的两位研究生顺利完成了学业并通过了论文答辩,了却了我一桩心事。今年专业学生总数多,答辩一点多才结束,老师们简单吃了盒饭,又聊了会儿天。等下午回到家,把花子从窝窝里放出来,伺候着吃喝了一番,我便累得躺在沙发上睡着了。大哥凌晨坐飞机回来,这几天也很累,一直在房间里休息呢。朦胧中只有花子精力旺盛上蹿下跳,还踢倒了东西发出噪音,不过我也顾不上管他了,先让他猖狂一会儿吧。

研究生答辩后的第二天,是本科生论文答辩,又是一个沉甸甸的任务。从春节前分配了毕业论文任务之后,我便按照时间节点不断敦促几个学生完成各项任务。事实证明,积

十四

极敦促是有效果的,毕竟有积极性的人并不太多。我们小组成员都提前完成了各项任务,答辩也都顺利通过。每个学生的论文都被我逼着增删数次,几易其稿,批改意见从内容到格式,甚至包括标点符号,我自问算得上是业界良心导师了。学生论文"致谢"部分五花八门,除了感谢老师、家人、朋友,有的还感谢陪伴自己的阿猫阿狗,那我也可以感谢一下花子。他常常在我批改学生论文的过程中,趴在我桌子对面的椅子上,或者干脆躺在电脑后面的桌子上,无声地提供情绪支持。如果我坐的时间太长,他还会用各种动作提醒我该起来活动活动了,包括卖萌撒娇求摸摸。所以这届学生的论文指导中,也应该有花子的一份功劳呢。

花子平时对家里各个角落都很熟悉,都算作是自己的领地,即使是我不允许他上的饭桌、茶桌、橱柜、钢琴等处,他也拿出癞皮狗的精神,趁我不注意就跳上去,满足一下占有欲。目前家里还有一个地方是他没能占有的,他也因此充满向往,那就是大哥的房间。大哥个人隐私意识很强,平时我和老爹进他房间,一般也要敲敲门,提前示意一下。尽管他不锁房门,但实质上还是有边界意识的。大哥房间里有各种稀奇古怪的东西,电器电线也很多,加上大哥不喜欢花子碰他的东西,花子的好奇心就更强了。每次大哥出入,若房门没关严,他都赶紧挤进去体验一下,被驱赶时极不情愿,尽可能拖延时间,东瞅瞅西闻闻,等到大哥失去耐心,对他怒吼时才颠颠地

花 子

跑了。昨晚临睡前他几次钻进大哥房间,大哥刚收拾好又被他弄乱了,于是大哥便发飙了,还殃及池鱼,把我说了一通,大意是我没有管好花子,纵容包庇花子,所以这账是要算到我头上的。我听了颇有些不高兴,心想你大概忘了你小时候有多捣乱,我刚收拾好你就弄得一团糟,现在居然要跟我算账了。但我克制自己没翻旧账本,默默抱着花子去阳台了。花子大概觉出形势有些不妙,也知道自己闯了祸,安静地趴在我怀里不吱声,很顺从地去窝窝里睡觉了。唉,这世界有两个人就有江湖,花子既然介入了人类社会,作为二宝,以后要收敛的地方还多着呢。不过今天早晨大哥情绪稳定了,又大度地称花子为"兄弟",还问候兄弟昨晚睡得怎么样。花子看了看大哥没吱声,或许他还有点心理阴影呢。

连续下了几天雨,加上学校有事,我四五天没去小院看看了。今天下午有点儿空,我便带着一袋冻干去看小晚。本以为小晚上次接受了我给它的"看家猫"封号,得到了我好一阵子的爱抚和表扬,这几天会乖乖地在小院看家,谁知去了之后才发现,小院里一只猫也没有,猫粮倒是吃了不少。我四处喊它也没有回应,大概也出去混江湖了,这着实令我有些失望。不过我想它大概晚上会回来吃东西睡觉,便给它又倒了半袋子猫粮,换了些清水,希望它回来的时候吃好喝好。在院子里等了一会儿,仍不见小晚的身影,我便锁上门走了,冻干留着下次见面再吃吧。小晚的离去,标志着去年

十四

春天这一批出生的流浪猫,除了花子被收养,其他都离开小院回归流浪猫的世界去了。不过只要它们回来吃,我就会一直给它们提供猫粮的。小晚的离去,或许也证明了"见面才是情"的朴素道理。感情是在日复一日的相处中才会保持的,"两情若是久长时,又岂在朝朝暮暮"这种话,也可能是浪子为了急于脱身制造的借口。回到家看到花子,觉得他分外可爱,特别是叫他一声,他便热情地回应一下,亲亲热热地贴着我的腿磨蹭着。等我蹲下来,他赶紧把湿漉漉的小鼻子贴上来碰碰我的鼻子,又倒在地板上露出圆滚滚的小肚子让我抚摸,我的心立刻就温暖柔软了。我抚摸着花子绸缎般丝滑的长毛,感觉这些天疲劳的褶皱都仿佛被抚平了,深情终究还是没有被辜负呀。晚上跟父母通电话的时候,说起小晚的事,父亲说小晚离开也有可能是被恶霸黑猫吓跑了,没有人管制,黑猫就为所欲为了,而小晚为了保命只好躲出去。如果是这样,那小晚就要等姥姥姥爷回来才能恢复正常生活。

下透雨之后,各种花木都长势旺盛,夏荫浓密了。花子每天坐在客厅的落地窗边看风景,大叶子树又从根部发出两棵新苗,翠绿的叶子不断地抽卷、伸展,似乎是在记录着每天周边的大事小事,记录了一些就卷一个新轴出来,然后展开给花子和树上的小鸟们看。花子对三棵大叶子树很满意,经常一看就是好长时间,坐累了就趴在跑步机上。偶尔会有一只黑花野猫从大叶子树下经过,花子赶紧立起身子贴到玻

花子

璃上,或许是打个招呼,或许是提醒野猫不要破坏自己的大叶子。有时我蹲下来陪他一起看大叶子,我们聊着天,互相应答着,感受自然和宁静带来的喜悦。这时候的花子颇有几分灵性和慧气,令人见之忘俗。

但花子也有固执惹气的时候,提醒我不要美化他,最典型的就是登高拨物,大概物件坠地时的那一声清脆带给他一种极大的满足和快感,有时候他甚至当着我的面就跳上钢琴或桌子往下拨拉。我批评他,他还不停地反驳,语气带着不满,仿佛在说:"哼……不嘛……我就要拨拉……我喜欢……我不听不听……"或许这个动作对他有一种特别的意义,而不是我理解的搞破坏或拆家的意思。我警告他,再有这种举动就要回窝窝反思,他对"回窝窝""反思"这些词是理解的,于是跳到地上跑开了。有时他利用我午间小憩的机会搞事儿,先是陪我睡一小觉,趁我没醒跳上钢琴,把最上层放置的一些小物件拨拉到地上,享受那"嘭"或"咚"的一声,等我起来教训他时,他则一溜小跑躲到沙发底下去了。不过今晚我对他的这个举动有了新认识,起因是晚饭后我和老爹喝茶时,发现花子一直趴在钢琴下面,斜着身子把手伸进钢琴底部的缝隙里一个劲儿地掏挖,最后终于掏出一个小袋子,里面是大哥的几支考试专用铅笔。这小袋子前两天我还看见放在钢琴上,不知什么时候被他拨拉掉了。他费劲儿掏出来后很兴奋,转着圈地玩儿,然后就要用嘴叼着放到沙发底下

十四

藏起来，被我中途夺下，他显得很不高兴。由此我想，他拨拉下来的那些东西大概都是他看中的，先弄到地板上变成自己的玩具，等玩够了再藏到沙发下面或其他藏宝之所。

　　花子融入家庭生活意愿的浓度日益增加，特别是看到我们吃饭，便在一旁哼哼唧唧舔嘴唇，如果不理他，便寻机跳上饭桌，甚至直扑盘碗，被呵斥也不肯下去，除非把他抱下去。即使被告知不能吃他也不肯相信，直到拿来小碗盛一点给他放在地板上，他闻一闻，拨拉拨拉，确定不能吃才离开。有时看到我进了厨房，他赶紧跟进去，哪怕葱蒜也要尝尝。我掐一点儿放到他鼻子下面，他一闻便被熏住了，吃了一惊才算完。如果不让他亲自试试，便扒着橱柜不肯放弃。有时我想，对花子来说，可能我们对他的限制行为都很奇怪，包括不准上饭桌，不准动这动那的。他或许会觉得，平时老妈动不动就抱着我，亲亲我，难道桌子以及上面的东西比老妈还金贵吗？怎么就不能靠近呢？躺在饭桌上跟躺在沙发上有啥区别呢？老妈那么爱我，为什么全家各地方各物件我不可以都参与分享呢？我打算找个时间跟花子讲讲边界感的问题，连我都在学习"体面地退出"这门中年父母的必修课，他——一只小猫咪，哪能放飞天性要风得风要雨得雨呢？

十五

今天是六一儿童节,鉴于所有人都应该保持单纯可爱的赤子之心,这个节日也属于所有人,大人们更应该趁这个节日去去心灵污垢,恢复一下本来面目。一大早,花子就在阳台上喊我,一声声饱含着不把我叫醒决不罢休的劲头儿。不过昨晚我睡得晚,一时醒不了,虽然知道他在叫,但还是把他的叫声隔在梦乡门外了。等我起来的时候,花子已经有点偃旗息鼓了。拉开窗帘,看到他可怜兮兮地蹲在窗户边,一脸幽怨。我打开阳台门,他赶紧跑进房间,转了一圈才回到阳台跟我打招呼。通常每晚临睡前他上蹿下跳地玩一阵子,便去猫砂盆里潜伏一会儿埋下"大地雷",喊我给他清理后,一身轻松地入睡,但昨晚直到临睡前他也没有完成这个任务,大概一早埋下,自己嫌有味,便喊我起来清理。我表扬他是个讲卫生的好孩子,并跟他解释我太累了,所以起晚了。他大度地原谅了我,吃了根猫条之后,便开心地跑到厅

十五

里玩了。

今天出太阳了,室内外都很亮堂,但阳光并不毒辣,气温不太高,二十几摄氏度,体感非常舒适。花子在窗边的跑步机上趴着,看外面的风景,一副惬意的样子。我去小院里拔拔雨后新长出的杂草,剪剪开败的月季花枝,扶正那些被雨打风吹弄歪的花树,微风拂面,鸟鸣啾啾。走到花子所爱的大叶子树那儿,我拍了一张照片,打算让花子看看。一扭头,花子正在窗户里面温柔地看着我呢,我冲他摆摆手,他抬起下巴向我示意。我想象以后退了休,不必再外出工作,每天侍弄一下花草,写点喜欢的东西,身边有一只温顺可心的小猫咪陪着,真是值得向往的生活啊。有花子陪伴,我大概率会成为一个慈祥的老奶奶吧。有些老奶奶面相不善,甚至带着戾气,我希望自己长成一个可爱的老儿童,即使不能给这个世界提供有益的东西,至少不要污化这个世界。

早饭后,休息了一会儿,我去跑步机上慢跑了十几分钟。去年为了抵抗病毒,我本着强吃强喝的保命精神,呼呼增了快十斤。眼看着夏天到了,应裙子们的要求,我决定多少减点重,但不打算强求,毕竟开心最重要。花子本来躺在跑步机上,我把他抱到旁边的沙发上,然后开机活动。花子一开始只是好奇地看着我,后来他的科研精神上了头,便跳下沙发,蹲在跑步机旁边安静地观察了一会儿,继而伸出手,

花子

试探着摸摸行进中的跑步带,发出沙沙的声音,还起到磨指甲的效果。发现没什么危险,他便大着胆子把手放在跑步带上,感受那种滑动的新奇。我跑得差不多了,减速之后从跑步机上下来,把花子抱上去,扶着他,也让他感受一下。基于对我的信任,他一点儿也不害怕,快速地挪动着脚步,算是尝了尝鲜儿。等我松开他,他便随着跑步带滑下来,像坐滑梯一样。虽然有点懵圈,但这个新体验还是给他带来了很大享受,算是老妈赠送的儿童节游玩项目了。

最近毕业季事情比较多,从学校回家后觉得比较累,我就在床上或沙发上休息一下,花子注意到这个现象,表现出了二宝应有的孝心。我躺在床上的时候,他立刻跟过来,跳上床在我脸上闻闻,似乎要通过望闻问切诊断一下我的状况。我抚摸着他的头,安慰他:"花子,老妈没事,就是有点累了,躺着休息一下,你去玩吧。"但他不肯走,要么躺在我身边,要么趴在我脚下,一直陪着我。直到我起来,他才放心地跳下床去玩了,还表现出很开心的样子,又是跑又是跳,似乎在庆幸老妈真的没事。大哥最近在家备考,也表现出大宝的爱心,不愧又长了一岁。昨天晚上我回到家,一进门,大哥就说:"老妈,我给你做了碗高汤面,你快吃吧!"我一看,果然饭桌上有一个大碗,还贴心地用盘子盖着,我热情洋溢地表扬了大哥的孝心。大哥说是他自己调的高汤,味道还真不错呢。尤为难得的是大哥把锅也洗了,虽

十五

然厨房洁净度有限,不过我已经很满意了。吃完饭,我坐在沙发上休息,大宝在自己的房间里学习兼捣鼓些莫名其妙的新兴玩意儿,二宝在我身边安静地陪着,作为中年老母,我甚感欣慰。

  能否提供情绪价值,有时要看花子的心情。今天上午临时有事需要外出,我打算把花子送回阳台去,没想到他有心电感应,本来趴在卫生间门口,一看到我出来撒腿就跑,一溜烟儿钻进沙发底下去了。我先是好言好语跟他讲道理,让他配合我的事情,但他根本不听,我越说他越往里钻。文的不行,我只好动武,用戒尺往外赶他,他居然跟我玩起了游击战,很快就消耗完了我的耐心。看到沙发底下藏不住了,我又追得紧,他便往卧室方向跑,跑到半路忽然意识到这个方向是错误的,又赶紧掉头跑,终于在半路上被我捉住,狠狠地敲了两下,扔回窝窝里去。我严厉批评了他几句,勒令他今天面壁思过,便匆匆走了。中午回家的时候,他听见我的声音,似乎忘了自己的过犯,照常大声喊了起来。我开始没理他,先吃了点饭,准备午休的时候还是心软了,去阳台放他出来。他欢喜地叫着,跳下来围着我转悠,我想到人无完人、猫无完猫,于是就原谅了他。给他吃喝完,我便躺在沙发上午休一会儿,他很乖巧地趴在我的脚边,软糯糯的一团,完全没有上午那乖张的样子。我叹了一口气,跟个毛孩子生气实在是有失水准,毕竟是亲养的呀。

花　子

　　花子每天都保持对生活的热情和对未知的好奇，这一点我觉得难能可贵，至少比许多流于生活表层甚至对生活失去兴趣的人要好多了。我教过的不少学生都缺乏问题意识，他们最大的问题就是没问题，只满足于背背答案。这些学生将来如果在职场被人工智能抢走工作机会，我一点儿也不奇怪。相比而言，花子的探索精神至少可以保证他在有生之年是不会被人工智能宠物替代的。他每天忙着发现家里的新事物，不断加强在家庭生活中的融入度。最近他很喜欢研究马桶，每次我给他清理猫砂放进马桶冲走的时候他赶紧跑过去，趴在马桶边上认真观察冲水过程，甚至表现出也要上马桶方便的意图。我每天在跑步机上跑步的时候，他通常先是躺在沙发上看着，等看得眼热便跳下来，在旁边伸出手不断拨拉跑步带，发出"沙沙"的响声，或者仰躺着把手伸进跑步机下面蹭履带，倒不失为一种磨指甲的好方式。等我跑得差不多了，把速度放缓，扶着他也在上面跑一会儿。他快速地挪动着手脚，感受着跑步机的神奇，满脸兴奋。看他脚步有点乱了，我便松开手，让他像坐滑梯一样快速溜下来，那懵圈的样子很好笑。

　　花子跟我的互动能力也日益增长。如果我在书房待的时间久了，他就过来喊我去厅里陪他玩儿，或者自己玩累了就趴在电脑后面陪着我。我不时伸手摸摸他的小脑袋，他则表现出满足的样子，大尾巴一甩一甩的，仿佛在说："真好呀，

十五

真好呀,我陪着老妈,老妈也陪着我。"他的应答能力也有所提高,善于通过不同的语调和语气表情达意,有时还加上肢体语言,比如我问他想吃猫条吗?他一边嗯嗯地答应着,一边用舌头不停舔着嘴唇,还拿两只圆溜溜的大眼睛紧紧地盯着我,浑身上下都表达出要吃猫条的热切意愿,生怕我不能接收到他发出的信息。我去给他拿猫条的时候,他赶紧跟上,一边小跑一边蹭我的腿,似乎在说:"要吃猫条啦,太好了,太好了!"

天气逐渐热起来,但较之南方动辄三四十摄氏度的高温,今年济南的气温算是十分宜人了,都进入 6 月份了,却很少超过三十摄氏度,基本都在二十几摄氏度,稍微一热还下场小雨调剂一下。昨晚有些闷,临睡前忽然来了一阵短平快的雷阵雨,雨过后马上就凉爽了不少。作为曾经全国闻名的"四大火炉"之一,济南近几年一直表现温和,冬天不太冷,夏天不太热,空气质量也不错,宜居性逐渐增强。花子生活在这种福利中,越发地像个小福猫了。不过这两天大哥在家时间比较多,又喜欢在客厅靠窗的大沙发上休息吹风,占了花子熟悉的领地,花子多少有些不适。昨晚大哥坐在沙发上听歌,我和老爹饭后在厅里散步,花子去了阳台后好长时间没出来。老爹去找他,回来悄悄告诉我花子在床上趴着呢。我过去一看,花子独自趴在床尾,一脸的落寞。他平时很少上床,除非我累了躺在床上休息一下,他会在床尾陪着

花 子

我。我猜是大哥占了他的位置,特别是占了他陪老爹老妈散步的机会,他有些不开心呢。但他似乎通过趴在床上这种方式给自己找个补,也算是有点小心机了。我把他抱起来,陪他说说悄悄话,他似乎感觉好些了。过了一会儿,大哥回自己房间了,他赶紧跑到沙发上趴着,又跑到跑步机上趴了一会儿,还躺在窗户边的地板上吹着风舒服地翻来覆去打滚儿。等我和老爹散步时,他又跳到钢琴上趴着,每次我散步靠近他的时候,他都伸出小手来抓我一下,享受那种突袭的乐趣,如此才完全找回了熟悉美好的感觉。作为一个类二胎,花子也多少感受到了与大哥之间的不兼容性,毕竟任何的资源都是有限的。

昨天是周六,中午和学生们一起吃个便饭,欢送今年毕业的两位研究生。每年的这顿饭,都是我最开心宴请大家的,又安全送走了一届学生,仿佛艄公划着船又一次载客安全抵达港口。随着教育部对研究生教育要求的日益提高,导师们责任重大,学生一天不毕业,一天就不得轻松。饭后我抱着学生们送的一大束花回到家,正陪着老爹的花子一看我拿着花,马上凑上来,左看看右闻闻,好奇得很。我感慨道:"花子,你可真幸福,不用写论文,连一笔作业都不用写,只要舒舒服服地在家吃喝玩乐就行。"花子一听,赶紧躺在地上,露出肚子让我抚摸,似乎是为了加强一下他的小幸福。

十五

2023 年 6 月 10 日,欣赏老妈的花束

周末只要老爹在家,花子就不用按点去窝窝里躺着,而是可以充分地在厅里享受各种自由玩耍。这儿跑跑,那儿躺躺;一会儿去玩玩球,一会儿去磨磨指甲;困了就在沙发上或者某个角落里眯一会儿,惬意得很。不过他还是最享受和老妈在一起的时刻,早晨我给他吃喝完,又梳梳毛解解痒,陪着在沙发上坐坐,我揽着他,给他擦擦眼角,照例表扬他是"聪明又伶俐、勇敢又坚强、帅气又大方、热情又善良"的可爱小猫咪,他满意地用鼻子碰碰我的鼻子,还伸出舌头给我舔手舔胳膊,带刺的舌头堪比小刷子。饭后我和老爹喝了一会儿茶,便去书房处理工作,花子赶紧跟着我进了书房,在阳台上欣赏了一会儿风景,又趴在书桌上陪着我工作,像个可爱的小书童。

这个周开始,天气真的热起来了,高温每天都超过三十五摄氏度,中午称得上是暴晒,窗外的花草都晒得卷起

花 子

叶子或耷拉脑袋，可怜兮兮的。花子虽然喜欢暖和，但这种天气他也开始找凉快地方。蒙古包他已经不进去睡了，蒙古包旁边有个敞口的布窝窝，他也不愿待在里面，前天早晨我打开阳台，发现他把布窝窝踢到地板上，自己趴在布窝窝腾出来的凉台那儿。我把布窝窝给他收起来，此后他就一直在凉台上休息。一楼比较凉快，家里基本不用开空调。我属于怕冷但不太怕热的类型，冷的时候有暖气，热的时候倒是可以忍一忍，夏天也不必担心吹太多冷气得空调病，而且夏天的炎热通常不像冬天的寒冷那样持久，一天之中虽然中午高温，但早晚多少会有些凉气。书房在北边，炎热的气息就更弱一些。花子也感觉到这一点，最近他明显喜欢到书房里来玩，趴在书桌上陪我。我抽空摸摸他的头，理理他的大尾巴，表扬他支持我工作，他趴着趴着便睡着了。有一只温顺的小猫咪做伴，烦琐僵硬的工作时间似乎也变得有弹性了。

十六

花子自从享受了中午陪我在床上休息的时光,便对大床产生了特殊的依恋。有时候他在厅里玩累了,便静悄悄地独自去床尾待一会儿,体会一下大床的舒适和特有的温馨。我看到后没打扰他,同时猜测他大概很渴望晚上也能在床尾休息。这几天晚上他有时会跳上阳台东边的橱柜上,把上面的东西统统扒拉下来,制造声响引起我的注意,不过我还是打定主意让他在阳台休息,因为他晚上还要进行吃喝拉撒这一套程序呢,难免制造出更大的声响。况且按照我不喜纠缠的性格,我还是愿意每个个体都保持一定的独立性,都享有一定的独立空间,细水长流才能天长地久。因此我打算有空的时候好好跟他谈谈知足常乐的道理,以及节制作为一种美德的重要性。他不一定能听进去,但重要的是我要给自己一个把他晚上关在阳台的理由。

看花子的脸久了,我知道他开心的时候和郁闷的时候完

花 子

全是两张面孔。他最开心的时候,是我外出回来,一边喊着他的名字一边去阳台找他。他听到声音从窝窝里出来,满脸的欣喜,欢快地应答着,从高台飞跃而下,尾巴摇摆着,仰着头看着我。等我蹲下摸摸他,表扬他在家里听话等老妈,支持老妈外出工作,是世界上最懂事的小猫猫,这时他脸上的笑意简直要往下淌。每天早晨我打开阳台放他出来的时候,他的脸色也是很好看的,开心地叫着,围着我转圈圈,在地板上打滚儿,等吃喝完之后便一溜儿小跑去客厅窗户那里看他的大叶子树了。我早饭后陪他在沙发上玩玩,表扬他"聪明又伶俐、勇敢又坚强、帅气又大方、热情又善良"的时候,他闭着眼睛躺在我的身边,满脸的自在享受。听到我肯定他是世界上最可爱的小猫咪、全家都爱的好乖宝时,他神采飞扬,手舞足蹈,还抬起头跟我碰碰鼻子,让我沾沾他的顶流气质。但等我说要工作了,让他去窝窝里休息时,他便耷拉着脸,露出不满足的样子。我把他抱回窝窝旁边,让他支持工作,他皱着眉头,两只大眼睛幽怨地看着我,脸拉得长长的像个苦瓜,勉强"嗯"一声,一直巴巴地看着我关上阳台门,把苦瓜脸深深地印在我脑子里,让我带着负疚感去努力工作。

花子对大哥的房间有很深的执念,看到门开着或者没关紧,便赶紧挤进去,飞快地钻到飘窗的西南角。大哥在那里堆放着一些有特色的东西,形成一个隐蔽的窝窝,可以说是

十六

最能满足他探险心理的一个角落,即使被戒尺赶出来,也能在里面磨蹭享受一阵子。昨天晚上他似乎铁了心,连续几次挤开门缝钻进去,大哥的怒吼也无法制止他,最后被我揪住尾巴拖了出来,吱吱地叫着。我罚他在阳台上关禁闭,直到老爹晚上十点回来,他才得了一个求情的机会,被放出来在客厅里溜达。他看准了我不会真的惩治他,所以跟没事似的又跑到我脚前转悠。大哥似乎也觉得对他有些过于严厉了,解释说怕他在自己房间里撒尿,对房间里的电器不利。我跟大哥解释,花子自从春节后做了绝育手术,就不会随地大小便了,大哥这才表示以后允许花子到自己房间里玩玩。花子似乎也知道大哥对他态度的改变,大哥在客厅里走动或坐沙发看手机的时候,也不再躲避,而是坦然地从大哥身边走走跳跳,为自己作为家中不可忽视的一员而自得。

昨晚刚下过雨,燥热舒缓了不少。下午有点空,我把花子安置在阳台,便去父母小院看看,他们还在老家没回来,我也好几天没去了。推开院门,一只半大的花狸猫从墙边的猫窝里跑出来,是我以前没见过的一只流浪猫,样子长得很好看。因为第一次见面,它对我有些害怕,但看到我清理自动猫粮器,并往里面倒新的猫粮,它便远远地看着,没有离开小院,似乎要等机会过来吃。不过还没等它过来,一道黄影子从院外冲过来,对着它呜哇呜哇地说了一通,花狸猫有点不好意思地站在那儿,还往外退了两步。那呜哇呜

花子

哇的声音听上去有些不满,似乎在提醒花狸猫离远点。我正纳闷这是哪只强势的小黄猫呢,那黄猫便跑过来,一点也不怕我,我边倒猫粮它边凑过来吃,看样子饿极了。我这才发现,原来竟是小晚。大概它淋了雨,毛发清洗了,原先棕黄色的毛变成了亮眼的黄毛。我叫它:"小晚,是你吗?"它赶紧喵喵答应着,低着头猛吃,一边吃还一边感叹:"啊哦,啊哦……"似乎在说:"真好吃,真好吃……"小晚不愧曾经是家猫,表情达意的能力很强。我让它慢点吃,不要着急,还有好多呢。上次我倒的猫粮今天来的时候已经吃光了,看样子最近来小院觅食的流浪猫不少,下雨天找吃的也不容易。上次来小院的时候我给小晚带了一袋冻干,可惜没见到它。我起身进屋拿出来,小晚还在埋头吃猫粮呢。我给它倒了一些在碗里,它立刻欣喜地大口吃起来。我问它:"小晚,冻干好吃吗?"它边吃边"啊哦,啊哦"地答应着,一会儿就吞掉了。我轻轻拍拍它,让它慢点吃,又倒了两次冻干给它,它始终闷头猛吃,看样子最近受苦了。吃着吃着,它忽然发出"呜呜"的护食声,还边吃边抬头看。我往小院外门那儿一瞧,原来是花狸猫眼巴巴地在那儿瞅着,小晚是在宣示主权呢。小晚在危机感中把冻干都吃了,肚子也饱饱的了,躺下来让我摸摸它,陪它玩玩。它乖巧得令人心疼,翻来覆去地蹭着我,闭着眼睛享受着难得的时光。它明显瘦了,摸上去很骨感,身材也更修长了。我表扬它是懂事有用的看家猫,

十六

嘱咐它在姥姥姥爷回来之前要好好看家，等下次来的时候再给它带好吃的。玩了一会儿，我便跟小晚道别了。临走时，我看到花狸猫小心翼翼地跑到门边，趴在自动喂猫器那儿吃猫粮，小晚没有阻止它，大概解决了先来后到以及主次身份问题，小晚就认可花狸猫的存在了。我希望花狸猫跟小晚做个伴，在小院里共同安稳生活，流浪猫之间的情谊算得上是这世间很珍贵的东西。母亲曾告诉我，今年春天大白在离开小院的那个傍晚，特意抱着每只小猫亲了亲脸才恋恋不舍地走了。当时小院里至少有五六只流浪猫，大家共同熬过了一个严冬，经常挤在一个窝窝里抱团取暖睡觉，叠罗汉也不嫌压得慌，有的实在挤不下，屁股尾巴还露在外面。其实小院里有好几个猫窝，但它们不肯去，都愿意挤在一起。在将近一年的共同生活中，它们结下了深厚的情谊。如今这批去年或前年出生的流浪猫都能独立生存了，一个个先后离开小院闯荡江湖去了，只剩下小晚还时常回来。我希望小晚能留下来，毕竟它曾经当过家猫，江湖生存能力会弱一些，小院这种半江湖的环境还是很适合它的。

回到家，花子听见我的声音，便在阳台上大声喊叫起来。我把他放出来，看着他开心自在的样子，想到他去年春末夏初作为一只流浪猫来到这个世界上，也是经历了一番命运的波折，好在苦尽甘来，如今不必担心生存问题，风吹不着雨淋不着，每天吃喝无忧，还可以享受亲亲抱抱，跟小晚

花 子

　　它们相比，着实算得上是一个大大的幸运儿了。

　　花子虽然调皮，但作为猫儿子，对老妈的关心还是很真实的。有时他在厅里玩得专注，我去了厨房或卫生间，他看不到我，便大声喊起来，听到我的应答才会安心。如果我在卫生间里待的时间比较长，或者在里面洗澡，他守在门口开始着急，也许是担心我在里面发生不测，便大声喊叫并且撞门，我赶紧回应他，让他不要着急，在外面安心等我，他才平静下来。等我出来了，表扬他关心老妈，是个懂事的好宝宝，跟他碰碰鼻子，他便又开心地跑去玩了。这些时刻虽然是微不足道的，但也让人暖心，一只小猫咪的爱是不懂得遮掩的，那么直白坦率。说实在的，我们这代人小时候还真缺乏这种爱的表达教育课，以至于现在表情达意常常曲里拐弯，甚至很难为情，显得情商比较低。歌词中说"爱要大声说出来"，在这一点上，花子可以做我的小老师呢。

　　今天是夏至，在这个一年中白昼最长的日子里，我和花子不到中午都昏昏欲睡了。花子昨晚两三点钟便不停地在阳台大声叫唤，我几次制止他都没什么效果，幸亏我睡功比较强大，呵斥他几声便又回到梦中，继续那些发生在平行时空中的离奇剧情，不过因为他的声音持续不断，多少干扰了我剧情的流畅度。早晨六点多钟，他叫得越发急迫，听上去嗓子都哑了，还伴随着扫荡柜子上杂物的声音，我只好爬起来给他打开阳台的门。他真是个戏精，我一开门，他马上终止

十六

那种不无悲惨的叫声,温柔地叫了我一声,然后赶紧跑进房间里转悠,享受不被隔离的温馨气息。阳台上一片狼藉,柜子上的东西全被折腾到地板上了,连蒙古包也被踢了下来,猫碗里的猫粮吃见底了,猫砂盆里也聚了好几个小"地雷"。总之,阳台上散发着一种被弃绝的浓厚气息,而破坏者已经若无其事地玩耍去了。玩了一会儿,花子蹲在房间门口叫着,边叫边扭头示意他要出去。我一打开门,他赶紧扭着粗壮的腰身跑出去了,一副被监禁许久终得释放的样子,大尾巴高高扬着,像面快乐的旗子。

这两天预报没有雨,且有高温警示,院子里的花草有些蔫儿,耷拉着脑袋,我趁着上午还比较凉快,便插上水管挨个浇了浇。这几年因为一直住小院并坚持种花种树,我的工具比较齐全,还专门网购了一个工具小木屋,大哥帮我组装好后,我把大小工具都放在里面,整齐又实用。浇水的工具是一整套,包括十几米的水管和有多个浇水模式的花洒,把接水管插到小院的水龙头上,便可以很自如地浇水了。高温暴晒的天气之下,花草树木一两天便干渴得很,需要时常浇水,不过等雨季到来之后就省事多了。我浇水的时候,花子就趴在屋内的窗边看着,像啦啦队员一样提供场外支持。等我浇到属于他的大叶子树的时候,他在落地窗里面冲我喊叫,大概是表示特别的谢意。我冲他摆摆手,意思是不必客气。花洒便于把高处的枝叶也喷上水,浇完后所有的树叶都

花 子

亮晶晶地支棱起来，水滴沙沙地落下，似乎是喝饱了之后欣喜的声音。小院回馈给我的喜悦是充盈的，春华秋实夏荫冬素，每个季节各有其美，树们花们比许多纷杂的人事可爱多了，和它们在一起，我感受到一种宁静而深刻的幸福。

浇完树回到屋内，花子迎上来，绕着我的脚踝转圈圈，他柔软的毛发让我心里涌起一阵温柔，我陪着他在沙发上休息了一会儿，照例送出了标语般的表扬词，他倒是不觉得重复，每次听都开心接纳，闭着眼睛一副享受之至的样子。我在跑步机上活动时，他在沙发上趴着昏昏欲睡，等我准备工作的时候，便把他抱回窝窝，他眼睛都睁不开了。我也好不到哪里去，边看材料边打盹儿，好在今天是一年中白昼最长的，多睡会儿也没什么大不了的。

截至本周，这学期我的教学任务全都顺利结束了，该毕业的本科生和研究生都安然送走了，只剩下放假前的两周考试了。我的身心都得了空闲，准备给花子好好写写成长日记，争取明年出版个小集子，为我和花子的共同生活留个印记。以后我打算继续写下去，毕竟这种写作不需要绞尽脑汁去虚构，有现成的新鲜材料，只要稍微加加工就可以。花子，你也要继续努力不断有长进呀，要有点作模特儿的自觉性，最好有点特殊才艺什么的，让咱们的集子有点吸引力。要知道，这个世界上既不缺猫，也不缺给猫写东西的人，咱们的小集子要想出版后不那么快成为废纸，主要取决于你的

十六

表现是否独特呀。

今年的端午节紧挨着夏至,花子早晨五点多钟便开始在阳台上喊叫,多次制止也不听,似乎铁了心要早点出来过节。不过我太困了,在时断时续的梦境中又拖了一个多小时,等到快七点才挣扎着起来给他开了门,收拾一地狼藉。他的叫声戛然而止,没事儿一般进了房间,仿佛那一两个小时的嘶叫跟他毫无关系。昨晚我跟老爹商量好,一早要去父母小院摘熟好的无花果,所以等花子吃喝完,我便把他抱回窝窝,告诉他在家等我,我外出有点事,一会儿就回来。他虽然不太高兴,但也没挣扎,有点认命地趴在凉台上。昨天我去小院浇树的时候,发现无花果树上结满了又大又饱满的果子,有些已经熟了,且被鸟儿抢了先机,吃得只剩下一小截皮了。我把低处的几个摘下吃了,自然熟的果子鲜美无比,是市场上所卖的果子无法比拟的。高处的我够不着,所以让老爹今早来摘。这棵无花果树是三四年前我亲自栽下的,树苗还是从淘宝上买的,卖家很实在,信誉也很好。几年下来,小树苗便长成了大果树,今年结的果子特别多,像一个个饱满的感叹号。熟好的果子捏一捏软软的,里面有很多小籽儿,我和老爹现场吃了几个,沙蜜蜜的。无花果树是我最爱的树种,浑身都是宝,果子美味,叶子可药用,若是脖子上胳膊上生了小瘊子,掐片叶子流出一股白汁,连着抹几天就掉了。无花果树也是世界上有文史资料可查的最早的树种之一,曾出

花 子

现在失乐园故事中,其叶子作为亚当夏娃的遮羞布被记载下来,而在那之前,其果子当是亚当夏娃的每日食用仙果之一。在我的老家,无花果树也是极受欢迎的日常树种,家家户户都会在院子里种上几棵。因为无花果树给我的印象极佳,所以这些年我住一楼小院,虽然换了几处地方,却都要优先在院子里种上几棵。无花果树对土质的要求不高,不追求花朵的艳丽,只是默默地结果,其朴实无华的气质深得我心。老爹踩着椅子把高处熟好的果子摘下来,但他坚持留几个给鸟儿吃,典型地体现了平时不付出劳动的人容易大方施舍的特有现象。当然,本着"施比受更为有福"的原则,这种举动是值得肯定的,所以我也同意了。我们现场又吃了几个,然后用袋子把其余的装好,准备带回家慢慢品尝。

　　正打算走的时候,小晚忽然从小院旁边跑了过来。它不认识老爹,有些怕他,但见我们在一起,知道没有什么危险,便大着胆子跑到我身边。我赶紧喊它,它也赶紧应答。我拿出冻干倒在猫碗里,它大口大口地吃着,一边吃还一边不放心地四下打量。我安抚它:"小晚,不要害怕,没事的,你快吃吧。"它这才安心吃起来。吃完了,它顺势躺在我脚边,我摸摸它,它翻滚着身子,尽可能让我抚遍全身。它似乎胖了一点,精神也好了一些。我一边抚摸它,一边肯定它看家的功劳,鼓励它继续好好看家护院,承诺有空就来看它,并给它带好吃的。它似乎听懂了,等我离开转到小院前面的时

十六

候,它还一直待在小院里目送我,嘴里一直叫着,好像在跟我说再见,同时也告诉我不要担心,它会好好看护小院的。

路过早市,我和老爹又从西到东走了一趟,买了点蔬菜和水果,感受了一下赶大集的热闹劲儿。不到八点,太阳就白花花的了,湛蓝的天空,没有风,天气预报说今天最高温是三十九摄氏度。回到家,我赶紧去阳台把花子放出来,他欣喜地从凉台上跳下来,擎着大尾巴跑到客厅里去玩了。小猫咪们的可爱各有千秋,不过我暂时不打算收养小晚或其他小猫咪,小晚熟悉的领地在那个小院,它在那儿也有用武之地,况且父母也很喜欢它。其他的小猫咪我也没有精力收养,一个花子就把我缠住了。他现在越来越熟悉家里地形了,没有钻不到的地方,而且参与意识很强,我和老爹吃饭的时候,他在一旁哼哼唧唧,告诉他不能吃也不听,非要亲自尝尝。今天过端午吃粽子,他看到粽子端上桌,赶紧坐到椅子上等着,大眼睛骨碌碌地转着,满脸严肃,显然吃不到是绝不会罢休的。等他尝了尝,知道确实不是他的饭,这才麻溜地跳下椅子去玩了。粽子有各种馅儿,包括我爱吃的豆沙馅和咸蛋黄馅。门口插着一大束新鲜的艾草叶,是刚从早市上买的,散发着在"恶月恶日"保家护院的决心。老祖宗留下来的这些节气文化蕴藏着生活的智慧,每一个节气都像一个驿站,供我们在其中有意义地生息。

临近中午,我收到了一个最想要的端午节礼物,花山文

花 子

艺出版社的编辑小哥给我寄来了两大包新鲜出炉的短篇小说集《鸡鸣村》的样书！我中学时代的作家梦终于发芽了。对我来说，这是教学科研家务之余一个极其珍贵的奢侈品，也鼓励我以后投入更多的时间和精力在写作上。这个小集子写的大都是我儿时记忆中村庄里的人和事，当然"鸡鸣村"和儿时真实的村庄并不完全重合，是被重构了的村庄，里面的人物也都是嫁接拼装而成的，不必担心有一天村里的张老三或李老四来质问我。鸡是村庄里最常见的家禽，所以让它作了代言。我在"后记"中给自己的定位是"中年业余新手"，这既是事实，也可以为小集子的缺憾留个退路。这个小集子没有写猫，但多少写到了狗，因为狗在村庄里是看家护院的标配，其他动物包括鸡、鸭、猪、鸟等。如果明年给花子写的成长记能出版，也算是丰富了我的创作经验。

十七

　　端午节放假三天,气温每天都接近四十摄氏度,好在我的体质很能抗,自小没有经历什么传说中的"苦夏",甚至天越热胃口越好。假期里食物花样多,感觉前两天因为忙碌有点轮廓的下巴又回归浑圆了。大哥却发了狠地减肥,前一阵子忙着考试,顾不上锻炼,于是噌噌长肉,最近立志减重,每天少吃多运动,年轻人代谢快,胖得快瘦得也快,不到一个月竟减了二十多斤,着实令我羡慕。大哥减少碳水摄入,经常吃鸡胸肉、鱼罐头什么的补充能量。花子这两天也沾大哥的光,吃上了金枪鱼罐头,因此对大哥印象颇佳。大哥在沙发上坐着休息的时候,他安静地趴在旁边陪着,营造了一种大宝二宝和睦共处的温馨氛围。白天天热,我工作的时候不再把花子关在阳台,他也很聪明地在厅里找凉快的地方休息,最爱的地方是老爹堆放茶叶盒子的那个角落,阴凉又隐蔽,睡起来很有安全感,不必担心被打扰。中午我在大床上

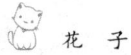 花子

休息的时候,他则依偎着我,一边被抚摸一边听儿歌,享受一下来自老妈的关爱。他的大尾巴轻轻甩动着,仿佛最轻软的云朵掸子,扫着我露在外面的小腿,很有催眠效果,连午梦也是轻柔的。

我在书房工作的时候,花子常趴在电脑后面陪着我。有时候是背对着我,大尾巴一甩一甩的,这是长毛猫特有的颜值体现;有时候是正对着我,脸从电脑后面露出来,实在困了,就闭上眼睛歪着脑袋,听着我打字的声音慢慢睡着了,发出轻微的呼噜声,满脸的安适。不过他有时候也调皮捣蛋,伸出小手蹭蹭电线,碰碰鼠标,甚至想摸摸电脑屏幕。这可不行,我连忙教育他不能动电脑,否则弄坏了会影响老妈工作。他有时候听得进去,便老实地趴着;有时候执拗劲儿上来,非要搞破坏,便被我敲打着赶下桌去。不管怎么说,有一只小猫咪陪伴在书房,书房便多了几分灵动,工作也变得

2023 年 6 月 26 日,小书童的大尾巴

十七

轻松多了。红袖添香固然唯美,但那是有钱有闲男性的福利,对于一个中年职场老母来说,一只贴心的小猫咪才是最香的。

连续的高温暴晒天气对花草树木是致命的,所以我每隔一两天便要去父母小院浇浇树。今天傍晚,待气温稍微降低一点,我把花子抱回阳台便去了小院。种在地里的树们看上去问题不大,但花盆里的植物叶子都耷拉着,可怜兮兮的。我赶紧插好水管,刚浇了一小片,小晚便从院外南边的小树林里跑出来,穿过小院镂空铁门,喵喵地叫着来到我身边。我放下水管叫它:"小晚,你来啦!"它连声答应着,在我脚边躺下来,示意我摸摸它。我一边抚摸它一边跟它聊天,并表扬它守约照看小院,是个懂事的看家猫。小晚得了我的肯定很开心,用两只手轻轻抱着我的胳膊,小心翼翼地敛着指甲不碰伤我。它一定是记得自己被赶出家门的原因,所以很珍惜眼下的怜爱。我陪它玩了一会儿,便进屋拿冻干给它吃,又给它倒了半袋子新猫粮。它闻到冻干的味道,立刻兴奋地爬起来大口吃,边吃边发出"嗯嗯,好吃,好吃"的感叹,乖巧得令人心疼。我给它连续倒了三次冻干它才吃饱了,可见这两天没吃到什么好东西。我安慰它:"小晚,你好好看家,每次我来都给你带冻干吃。"它感激地看着我,我又陪它玩了一会儿才去浇树。它安静地坐在家门口看我浇树,仿佛是一只百分百的家猫。等我浇完了,它不顾地上湿漉漉的,又躺在石板上让我摸摸它,似乎很贪恋我的爱抚。我不

花子

忍心拒绝它,又陪它说了一会儿话,这才起身收拾好水管套装。临走的时候,我看到无花果树上前天没摘的果子又熟了不少,但高处的也被鸟吃了几个,便把完好的熟果子摘下来,装在一个干净的袋子里。小晚默默地看着我做这些事,等我跟它说再见时,它依然待在院子里,像个留守儿童给我施加某些道德压力。我隔着落地窗跟它强调要好好看家呀,它连声答应着。等我绕到小院南门,看到它坐在小院东墙边的一个架子下,我喊它"小晚",它听见了,把头探出来冲我叫着,我再次强调"要好好看家呀",它也连声答应着。走在回家的路上,我心里有了新的牵挂,如今小晚也算是我半个猫儿子了。

  回到家,花子在阳台上大声喊我。我把他放出来,他欢快地叫着,并躺在地板上让我摸摸。我摸着花子,他是柔软饱满的,跟摸小晚的感觉不同。小晚很瘦,都能摸得着骨头。我能理解那些收养了很多只流浪猫的人,不过我的时间和精力不允许我这么做,好在父母的小院作为一个后备基地,我可以为那些愿意去的流浪猫提供基本的猫粮,算是一个兼顾吧。这几年经过观察,我发现绝大部分流浪猫只会在小院里待一年,春末出生后在小院逐渐长大,熬过严冬,春暖花开之后便逐渐回归江湖,追寻自由去了。我能做的就是帮助它们在这一年里养好身子,积累闯荡江湖的本钱。小晚是个特例,它曾经是被收养的流浪猫,因为咬伤主人被赶出来,所

十七

以始终对家庭生活有所依恋,也少了些再次闯荡江湖的魄力。对它来说,小院生活是比较适合的,一日三餐有起码的保障,白天可以在附近自由玩耍,晚上回小院安稳睡觉。我希望小晚能一直待在小院,在某种意义上,这甚至是比完全的家猫更值得追求的一种两栖生活。当然,花子可能不这么想,它现在非常享受完全的家居生活,每次我出入小院浇树的时候,它一点儿要跑出去的想法都没有,闲适地躺在落地窗边,等我浇到他的大叶子树时才爬起来冲我喊几声,表达一下谢意。对他来说,自由的代价太高了,必须避免重蹈覆辙。

  花子今天洗澡了,就在家里,而且是我临时起意给他洗的。下午从学校开会回来,我在卫生间里调好温水打开花洒冲冲脚。正冲着呢,花子跑进来,一边看我冲水一边叫,似乎很感兴趣。我想到每天他不穿鞋子也不穿袜子,光着脚在地板上走来走去,大概也脏了,便抓住他的脚给他冲了冲。他一开始有些挣扎和拒绝,毕竟以前没直接水洗过,只是用干洗手套擦过身子,我也没带他去宠物店洗过澡,担心出现传说中的应激反应。不过温水对花子来说也是一种新奇的体验,他逐渐不再挣扎,我趁机把他的手脚都冲了冲。因为地滑,他歪倒了,身上沾湿了,我索性给他冲了冲背,又冲了冲头、尾巴、肚子……他表现得并不抗拒,反倒有些享受。按说小猫咪都比较抗拒洗澡,花子莫不是个另类?我想起前天看过的一个小视频,里面有只猫咪因为天热,直接跳进水

花子

池,自己打开水龙头把全身喷湿,或许花子也是一只爱洗澡的小猫咪呢。我本来想给他用点沐浴露,不过他浑身湿透后便往外跑,我抓住他,给他裹上浴巾。湿了身的花子变细了很多,毛发紧贴着身子,有点小可怜的样子。等擦了半干后,我又用吹风机给他吹干。他一开始有些抗拒,可能是吹风机的呜呜声让他有点不适应,我安慰他:"不怕,花子,这是吹风机,平时老妈也用它来吹头发,你不是见过吗?"他逐渐平静下来,我先给他把头吹干,他觉出我的善意,便用鼻子碰碰我的脸,表示他听懂了。我给他吹下巴和脖子的时候,他闭着眼睛一脸享受,接下来吹干背部、腹部和大尾巴,最后是手和脚,温热的风吹拂着,毛发逐渐蓬松起来,他找回了熟悉的体感,不过肯定比没洗之前要轻松得多。等我把他放回地面,他开心地跑到厅里的猫抓板上,反反复复抓蹭了几遍,又伸出舌头舔了舔脚上的毛,舔完了便叼起旁边的一个羽毛玩具玩耍起来。我问他:"花子,洗澡舒服吧?你如果愿意,以后老妈经常给你洗啊。"他应了一声,接着追逐着玩具跑了。

对花子而言,幸福很大程度上就是和老妈在一起。当然,幸福也是有层次的,这取决于我对他关注度的高低,关注度越高,幸福指数就越高。如果我喂他吃完猫条,陪他喝了新换的清水,两眼充满爱意地看着他,而且只专注地看着他,嘴巴里说着表扬他的话,手抚摸着他的身子,用软纸轻

十七

轻擦去他眼角的分泌物，或者用梳子温柔地梳理他全身的毛，他则配合地不停翻着身，那算是高级别的幸福了。他也会愉快地给我舔舔手，表示这是双向奔赴的幸福。其他的陪伴也会带来幸福感。比如午休的时候，花子躺在我身边，头枕着我的胳膊，大尾巴轻轻地甩动着，我哼着儿歌，便随他一同滑进了梦乡。醒来的时候，我再轻轻抚摸他，表扬他安静懂事，照顾我休息，他轻咬我的手，努力掌握好力度，既表达了爱意又不伤害到我。还有我工作的时候，他安静地趴在电脑旁边陪着，像个忠心的小书童，似乎脸上也多了点书香气。如果调皮捣蛋，抓挠电线或者咬书，虽会被赶下书桌，但还可以趴在书房的地板上陪着我。另外还有一些比较松散的共处方式，比如我在厅里散步，他在旁边玩耍，老爹下班回来能加入散步那就更好了，他会玩得更开心也更安心。毕竟对小猫咪来说，主人外出狩猎有风险，主人安然回家，那他就可以放下心来尽情地玩耍了。加上其他各种零打碎敲的花式共处方式，以及他自己在阳台上的独处时间，花子的猫生就这样一天天哗哗哗地流淌着。这种日子较之以往的暗黑流浪时代，简直可以说是蜜里调油了。

又到了花子每个月去宠物医院驱虫和剪指甲的日子。不过今天白天太热了，我一直等到太阳落山热气消退些，才把花子装进那个外出专用的斜挎包里，带着他去医院。路上，花子谨慎地把头露出来四下观望，我边走边安慰他："花子，

花　子

不要害怕，咱们就是每个月例行去捉捉虫、剪剪指甲，顺便让你放放风。"不过等进了宠物医院，听到里面的狗叫声，他还是有些紧张，用力地贴着我，把头缩进包里。人不多，我去前台跟护士小姐姐说了一下来的目的，很快我们就被安排到一个房间。我把花子从包里抱出来，他有些不太情愿，不过在我的抚慰下还是顺从地趴在电子秤上称了称体重，4.23公斤。他最近吃得比较节制，加上每天活动，体重保持得不错，我不希望他成为一个大胖子。现在无论是人还是宠物，胖易瘦难，如果不节制吃喝，三高很快就上身。接下来护士小姐姐给他剪指甲，他有些害怕，一个劲儿往我身上爬。好在小姐姐业务熟练，咔咔咔很快就剪完了，紧接着又给花子驱了虫，把外用药液挤在后颈上就完事了。我把包敞开口，他很配合地钻进去。去前台付了费，我拍拍花子，告诉他可以回家了，他开心地露出脑袋。今天我还没外出散步，所以借此机会，我带着花子绕道小区东门，再穿过大半个小区才回了家。小区里树木很多，鸟儿也多，各种叫声吸引花子东张西望。等到了家门口的小院旁，我指给他看平时他从里面往外看的各种树，包括他的大叶子树。换了一个视角观察，他觉得很新奇，安静地左看右看，若有所思。等我们进了门，他从挎包里跳出来，一落地便找回了熟悉的感觉，跑到猫抓板上磨磨指甲，开始了又一段新的生活。

　　昨晚深夜，电闪雷鸣，下起了暴雨。花子大概受到惊

十七

吓,一直在阳台上叫,我只好把他放进屋里。本来以为他会安静地上床休息,可是他不停地在房间里活动,还一直叫,大概希望我起来陪他玩。过了一会儿,我只好又把他送回阳台,好在雨停之后他安静下来,一觉睡到了天亮。今天午休的时候,他倒是很乖巧地跳上床,躺在我身边安静地睡了,直到我起来后,他才下床去玩了。

  通过养育花子,我对猫咪的习性有了更多了解。比如虽然猫咪怕冷,但是天气太热它们也会不舒服。白天热的时候,花子会找阴凉地方休息,晚上喜欢趴在窗户边吹凉风,也喜欢躺在开着空调的客厅里。最近他对洗澡表现出浓厚的兴趣,自从我用花洒给他冲澡后,他便经常溜进浴室或跳上洗手台,我打算过几天再给他洗一次。花子显然对新鲜事物有比较强的接受能力,我也不应受限于关于猫咪的刻板印象,或许他身上能开发出比较多的新领域。最近经过调研,他知道大空调能给他吹凉风,所以一热就跑到空调旁边蹲着,边叫边示意我打开空调。他对抽水马桶也充满好奇,一看到我帮他铲"地雷",便紧跟着去卫生间,两只手扒着马桶边,身子立起来,专注地观察"地雷"被冲掉的过程,倾听水抽走的那个爽利的声音,似乎在研究其中的原理。或许哪天他自己蹲马桶上厕所也是有可能的,毕竟网上视频中有的家猫就会自己上厕所且会冲水。人的潜力是无穷的,重在开发,猫也如此。花子,我看好你哦。

十八

日子一天天过去,花子跟我的感情越来越深厚了。只要我在家,花子就紧跟着我,我在客厅散步,他在厅里玩耍;我在各个房间扫地拖地,他跟在后面看着;我在书房工作,他要么趴在桌子上,要么趴在书房门口或者书房的地板上。我工作的时间长了,他还会一遍遍叫我起来活动活动,陪他玩耍。一看到我站起来,他赶紧跑出书房,跑到客厅或者阳台上,藏在窗帘后面躲猫猫,那调皮的样子实在惹人爱怜。暑假在望,有朋友约我一起去外地旅游,来回大约需十几天,我想了想还是拒绝了,老爹的工作最多只能做到每天早晚照看一下花子,若我外出旅游,花了整天独自在家,天气又热,他会很难受的。若是放在宠物医院寄养,通常是一只猫或一条狗一个笼子,虽然吃喝无忧,但整天趴在里面无异于蹲牢房,我也有点不忍心。因为疫情等原因,花子自去年深秋来家后,我还没外出开过会也没外出旅游过呢。目前花子

十八

已经完全适应了舒适的家猫生活，特别是适应了每天和老妈亲亲热热在一起的二宝生活，我也舍不得长时间离开他。以后外出开会是难免的，不过会议一般两三天就结束了，相信花子能坚持住。由俭入奢易，由奢入俭难，花子以后要学习的功课还多着呢。

　　期末考试第一周结束了。这几天天气炎热，教室里没有空调，只有电扇嗡嗡地搅动热风。因为住在校外，我担心监考迟到，奋力早起格外累，好歹周末休息一下。监考时陪伴花子的时间少，周末我便让他一整天自由活动，算是弥补。中午他先是陪我在床上休息了一会儿，等我起来后，发现他已经不在床上了，原来是跑到厅里沙发上又陪老爹午休去了。外面热浪滚滚，室内吹着空调，他舒服得很。我羡慕他不用上学，不用工作，一边抚摸一边称他是小福猫，他竟然频频答应，还用小舌头舔我的手，表达感激之情。下午稍微凉快一点儿后，我和老爹外出购物，把他放在阳台上，他懂事地趴在那儿，倒叫我有几分不忍。我们购物回来，先去父母的小院那儿看看。我刚打开小院门，便看到一只小橘猫站在院子里，我以为是小晚，喊它却不应答。我正奇怪，小晚呼呼地从院门外跑进来，边跑边喵喵地喊我。我高兴地叫它："小晚！快来，我给你拿好吃的！"它一连声地答应着，跑到我身边，用身子轻轻蹭我。猫桶里已经没有猫粮了，看样子这两天不只小晚来吃猫粮，说不定那只跟小晚很像的小橘猫也

花 子

来吃。我先给小晚倒了一些冻干在猫碗里,它大口大口地吃着,边吃边嗯嗯地叫着,仿佛在说:"好吃,真好吃!"我摸摸它,它赶紧停下来配合我,我于是松开手,"你先吃吧,等吃完了我再和你玩。"它于是又趴上去大口吃。我给它倒了三次冻干,又往猫桶里加了些猫粮,它一直埋头吃,看上去饿得很。我给它换了新水,嘱咐它多喝水,并跟它聊天:"小晚,上次我来,怎么没看见你呢?你要好好看家呀。那只小橘猫是你的朋友吗?等你吃完也让它来吃点,让它跟你做个伴。"小橘猫一直在院门口等着,似乎也饿得很,不过小晚显然不想让它吃冻干,警惕地护着食。我趁小晚吃食的时候,浇了浇院子里的花树,花树们喝饱了清水,连叶子都清新得发亮,一个个都喜气洋洋的。等我离开小院的时候,小晚还在那儿吃着,这两天它一定是饿坏了。我隔着小门喊它,它回过头来答应着,我嘱托它:"小晚,好好看家啊!"它响亮地应答着,真是个靠谱的看家猫呢。

等我们回到家,把花子从阳台上放出来,他伸着懒腰,打了几个哈欠,躺在地板上让我摸摸他,然后开开心心地玩起球球来。跟小晚比起来,花子无疑是舒适的,但猫各有命,花子每天的贴心陪伴也是不可取代的。晚上我给小晚在淘宝上又下单买了几袋猫粮和冻干,等过两天再去看它。

进入这个学期最后一周,只剩下监考任务,暑假在招手了。天气仍比较闷热,虽然天气预报有雨,不过我们小区这

十八

儿只阴天没落雨,老爹上班的市区东部则下了大雨。同城不同雨是很自然的事,我以前还经历过马路这边下雨那边出太阳的奇景呢。没有监考的时候,我除了有要紧的事情之外,一般都让花子在室内自由活动,享受大空调的凉风,而不把他圈在阳台上。他很会享受,爱躺在空调旁边沙发的垫子上睡觉,下面柔软上面凉快,睡得四仰八叉的,甚至打起轻微的呼噜来。不过我午休的时候,他还是很尽责地躺在床尾,大尾巴轻轻扫着我的脚或者小腿。有一只柔软可心的小猫咪陪着,我的梦乡也是温柔甜蜜的。

必须承认,花子唤醒了我部分沉睡的母性。这种母性经历了大哥崎岖不平的青春期和成年后的独立自主后,多少有些粗糙并沉淀了。我本来打算以更年期的名义放飞一下自我,比如假期外出旅游或者出国访学,但有了花子,我变得离开家一天就有点负疚感,似乎把他孤零零地丢在家里是对他不起;倘若把他寄养在宠物店或者让别人代养一阵子,也是很不放心,我几乎都能想象到他每天拉长着脸,无精打采地趴在某个窝窝里,忧伤地想念和老妈在一起的好日子。如此一来,我就没那么随意了。不过人生本来就是不能既要又要,鱼和熊掌不能一口都吃掉,花子是近处的鱼代表,我照顾他,他也照顾我,享受在一起的开心,如此一想,远方的熊掌也不那么香了,况且夏天外出又累又热,若碰上极端天气也是很狼狈的事,还不如在家舒舒服服地搂着花子吹吹凉

花 子

风、看看书、吃吃美食呢。

傍晚的时候,雨仍然没下来,我从淘宝上给小晚买的猫粮和冻干抵达小院旁边的菜鸟驿站了,我把花子送到阳台上,嘱咐他在家等我一会儿,便匆匆去菜鸟驿站取了包裹。我预感到今天会看到小晚,打开小院门,一抬头果然看到小晚从南边小树林急匆匆地跑进来,嘴里还嗯嗯地叫着,似乎在喊我,我高兴地应答它。小晚跑到我身边,先是躺下来让我摸摸它,然后很期待地看着我手里的冻干。我倒了一些在猫碗里,它像以前那样开心地大口大口地吃着,边吃边说:"好吃,好吃。"今天小晚格外亲热我,吃了一会儿便躺下来让我摸摸它,把最脆弱的肚子露出来,眼睛温柔地看着我,我边抚摸边表扬它看家有功,它很满足地翻来覆去滚动着,还小心地伸出手来摸我的手。我知道这对它来说是一段美好的时光,便陪它断断续续地吃完,又玩了一会儿才离开。小晚属于瘦长型短毛猫,脑袋也比较小,如果作为家猫吃得好营养足,可以长到一二十斤;花子属于中等身材,各个部位都比较匀称,虽然有长长的毛发,看上去胖乎乎的,但至今还没超过十斤。它们俩是完全不同的类型,不过都很聪明善良,都是值得疼爱的好猫咪。在我目前的生活路线中,它们俩各占了一个据点,遥遥相望。或许它们以前认识?这很有可能,毕竟它俩是同一年出生的,曾经在同一个小区生活过,只不过花子离开后小晚才正式入住小院,之前它被短暂

十八

收养过,又因故被弃养。总之,冥冥之中它们发生了交集,被同一双手爱抚着。我希望它俩都能长长久久地活着,带着被爱的幸福感好好活着。

　　昨天晚上终于下雨了。我是被花子吵醒的,睡梦中他一直不停地在阳台上喊,大概是因雷声和雨声有所不安。我点开手机一看,才凌晨两点,轻声呵斥他几句让他安静,便又回到梦乡继续平行时空中的连续剧了。在那个时空中,我是一个飞檐走壁的女侠,快意地摆脱了某些江湖高手的追捕,但转眼他们又根据一些蛛丝马迹跟踪上来,令我几多烦恼。花子的叫声不时入梦,增加了气氛的凝重感。早晨六点多钟,这种追捕终于在花子的哀叫声中终止,我醒来后也觉得如释重负。那个平行时空中的我,用紧张激烈换来了这个时空中的我的闲适安详,我不禁对自己暗暗地拱手致意。时间还早,老爹还没出门上班呢,在客厅里做着准备工作。我把花子从阳台上放出来,他一连声地温柔叫我,抱着我的腿寻求安慰,我把他抱起来,站在窗边向外看,雨仍在淅沥沥地下着,花树们都得了充分的滋润,精神饱满喜气洋洋的。花子紧紧贴着我,发出轻微的满足的叹息。我把他放下,给他清理了猫砂盆,用湿巾擦擦屁股,换了清水,又吃了猫条,他这才跑到厅里找老爹玩去了。早饭后我工作了一会儿,眼睛有些睁不开,便补了半个小时的回笼觉,直到花子再次把我喊醒。下雨天睡觉应该是农耕生活带来的基因,本来是一

花 子

种天然的福利,可惜在这个无孔不入的网络时代,哪怕人在天涯海角,也是逃不脱工作的追捕的。这两天接到一个新开发系统的填表任务,要求补录以前所有未登记完整的科研信息,包括十几年前的。我为了迎接一个安详的暑假,昨天靠着空调加持补录了一下午,好歹按要求认真处理完了二十多条,竟然很快就因不合格被退了回来,理由是其中的"非必填信息"也都要填完整!我深刻怀疑了一下自己的理解能力,继而决定先不填了,把这个问题悬置在虚拟世界中吧。没想到系统不肯罢休,昨晚派人追杀我一直到了平行时空,实在可恶。

从淘宝上给花子买的洗澡用品收到了,我决定给他洗个香喷喷的澡。把花子抱进洗手盆里,打开水龙头,调好水温,抹上猫咪专用沐浴露,他一开始还比较配合,后来忽然变了卦,挣扎着往外跑。我一边安抚着一边给他冲了冲全身,便匆匆地终止了此次洗浴活动。花子湿了身,蓬松的长毛毛贴着身子,感觉缩小了好几圈,看上去有些狼狈。我用浴巾给他擦了擦,又打开吹风机给他吹干。他对于吹风干身这个环节倒是不抵触,还有些享受地转来转去配合我给他浑身都吹吹,不时舔舔我的手背以资鼓励。吹得差不多了,我又用他的小花毯把他全包起来揉搓了一会儿,把个别湿的地方也擦干。他舒服地哼唧着,等我松开小花毯,他连忙跳到地板上,先跑到猫抓板那儿"嚓嚓嚓"地磨了一阵儿指甲,然后就一

十八

身轻松地去玩了。我舒了口气便去工作了,没想到一会儿工夫他就闯了祸,趁着大哥不注意溜进房间,弄乱了大哥的一堆稀罕物品,任大哥怒吼也坚决不出来。我拿了弟子规戒尺去赶他,他越发地往里缩,最后被我拽着尾巴才拖出来,大概有些疼,便吱吱地叫起来。我呵斥并敲打了他几下,主要是对大哥有个交代,然后把他关进阳台面壁思过,他在里面哀叫了一会儿,发现没有什么用,便泄气地安静了。老爹下班回来后他才获释出来,在厅里来回跑酷,累了就趴在窗户边吹风,看上去一点儿心理负担也没有。听到我散步时跟老爹告他的状,他还不服气地一次次偷袭老爹,冷不丁从某个角落跳出来扑在老爹的腿上,偷袭成功后便撒开腿跑了,像个犯浑而不改的坏小子。其实老爹最舍不得管教他,真正下得了手敲打他的是严母我。大哥小时候偶尔"脂油蒙了心",说服教育不管用的时候,都是我动用家法予以惩戒的,现在轮到我动用戒尺管教二宝的时候了。《箴言》里说得好,"愚蒙迷住孩童的心,用管教的杖可以远远赶除"。或许是我缺乏足够的耐心,才为自己引经据典找了个借口。

今天偶然听到一首清爽的曲子,名曰"菊次郎的夏天"。我边听边工作,花子在电脑前趴着陪着我,同时享受空调的凉风。他刚洗了澡,毛色亮泽养眼,神态温柔恬静,我对这个书童很满意,伸手摸摸他,又让他枕着我的胳膊躺着,体会一下老妈的爱意,他闭着眼睛一脸的满足,颇有点花美男

花子

的气质,当得起"花次郎"这个好听的名字。不过他只安静了一会儿,便开始放飞自我,在桌子上转来转去,用小手拨拉桌子上的小物件,还牙痒痒地试图咬电线,被我一阵呵斥,简单粗暴地推下桌子。他一点儿也没觉得尴尬,咬着一个小棒棒转圈圈玩,后来玩累了,看我忙着工作不理他,便跳上窗台,半卧着看外面的风景,尾巴闲适地甩动着,应和着外面大树起伏的叶子,衬托着我这个打工人在旁边兢兢业业地干活。午休的时候,花子躺在我的脚边,大尾巴轻轻扫着我的脚踝,很快就把我扫进梦乡里了。他甚至跟着我进了梦乡,在里面一直乖乖地陪着我,一点儿也不添乱。等我醒来的时候,发现他在床角睡得四脚朝天,我叫了他几声都没醒,看样子在梦乡里扎根了。我摸摸他,他才慢慢睁开眼,张大嘴巴打了几个哈欠,看到我下床,便也跳下去玩了。

2023 年 7 月 6 日,书房里的问题意识

十八

小暑很应景,刚早晨七点多,气温就超过三十摄氏度了,连风都是热的。趁着太阳还没太毒辣,我先去小院浇了浇树,像这种暴晒的热风天,两天不浇水,地就干透了。院子西头几棵大树上知了众多,一声声比赛着喊热,嗓子都喊哑了。树底下有一些精致的小圆洞,是前几天下雨时知了龟儿们爬出时留下的踪迹,几个风干的蝉蜕挂在低处的树叶子上。我想起小时候夏天捉知了龟儿和粘知了的趣事,或许哪天也可以搓点面筋绑在杆子上,粘几只知了,炒炒吃。摆弄好水管子,我自西向东开始浇树,保证无论大小都雨露均沾。花树们喝到了清水,一个个精神抖擞起来,在风中纷纷向我点头或招手。在我浇树的时候,花子趴在落地窗前向外看着,等我浇到他的大叶子树的时候,他在窗里面站起来冲我喊,似乎是感谢我的照顾,我冲他摆摆手,他趴下继续安静地看着。大叶子树最近长势旺盛,不断地抽出新的卷轴,展开的同时不断拔高,叶脉清晰流畅,显示出造物主的精心。其他的花树也各有特色,目前花期正盛的是枸杞树,粗壮独杆的枸杞树比我高出一大截,紫色的小花散布在不同的茎条上,花朵的喇叭朝下,花开完了,立刻就结一个头朝下的小果子,起初是绿色的,慢慢变成红色,等柔软了就可以摘下来吃。有一对白头翁夫妇很迷恋枸杞果,每天都来巡视,有的枸杞果刚熟,还没等我摘,便被它们抢先吃掉了。看来这对白头夫妇也知道枸杞的药用价值,打算一起延年益寿。我

花 子

没有驱逐它们,果子谁先得到谁先吃吧,毕竟分享是美德。麻雀最近也经常来,落在地上不知道捡什么吃。灰喜鹊在窗外的大树杈上有个美观结实的大窝,所以每天都能听到它们夫妇的唱和。乌鸫最近却很少见,大概等海棠果子成熟了才会来。花子时常趴在窗户边,看各路鸟儿在树上或树下经过,听它们的叫声,或许他像公冶长一样听得懂鸟语?

傍晚,暑气稍微减轻了一些,我去父母的小院看看,有两三天没去了,那边的花树也该浇水了。等我开门进了小院,小晚嗯嗯地叫着跑过来,我连忙跟它打招呼。装猫粮的自动装置一点粮食也没有了,而且被掀翻了,我相信这不是小晚干的,这两天一定有别的流浪猫来过了。我倒上半桶猫粮,又给小晚倒了些冻干,它啊呜啊呜地吃起来,这时小院门口出现了一只等着吃食的小黄猫,像是上次见过的小晚的同伴,却又不太像,颜色是浅黄色的。过了一会儿,又跑来一只花狸猫,也远远地等着。小晚吃了一会儿,躺下来示意我抚摸它,我陪它玩了玩,它又继续去吃了,看样子这几天流浪猫多,猫粮吃得快,小晚挨饿了。等小晚吃得差不多了,我起身浇了浇树,花树们喝饱水都焕发了生机。这些树都是几年前我亲自栽下的,也是在我的细心呵护下长大的,显然它们都认识我,微风中对我招着手。西头的那棵高大的柿子树上,几年前曾停留着好多麻雀,冬天没东西吃的时候等着我喂食,吃完后给我唱歌,还有的飞到我眼前跳舞,如今它

十八

们都不知去了哪里。等我离开的时候,轮到花狸猫上前吃食了,它虽然有些害怕我,但对食物的渴望胜过了一切,意识到我对它没什么恶意,便大口大口地吃起来。这些可爱的小生命,从它们来到小院的那一刻起,便与我建立了特别的关系,我帮不了它们太多,只是尽可能提供点粮食和水罢了,希望它们都能坚强地活下去。

十九

　　昨天深夜电闪雷鸣，睡梦中，我听到花子在阳台上大声喊叫，似乎有些害怕，便挣扎着起来，把他放进房间。但他进来之后依然不停叫着，还得寸进尺地蹲在房间门口想出去到客厅玩。我低声呵斥他安静，让他上床靠着我睡，他似乎找不到感觉，在房间里一直转悠。我有些累了，便昏昏睡去，朦胧中知道他上了床，还趴在我脸上闻了闻，在我身前身后走走趴趴，又跳下床去了阳台，在猫砂盆里窸窸窣窣了一阵子又返回房间，时而叫几声，见我不理他，便在床头柜上睡着了。其间，他又醒来几次，好在我睡功强大，虽然受到干扰，还是坚持睡到了早晨七点多。老爹睡功不如我，早晨上班早，花子有声音会影响他夜里休息，所以最近挪到客厅大沙发上睡，落个清静。花子听到老爹在外面洗漱的声音，得了仰仗，便跑到我耳边大声喊我，终于把我从梦乡里拽了出来。我给他打开房门，他一溜儿小跑出去了，先叫着索求

十九

老爹的抚爱,然后便开始了一天自由快乐的生活。我预感从此之后,他晚上更不甘心独自待在阳台上了,走一步看一步吧,好在我自幼便持有快速且深度睡眠的绝世神功,打雷下雨都自动屏蔽,如今若不是花子不停喊叫提醒,我也是听不到的。

今天一早,大太阳便明晃晃的,气温很快蹿过三十摄氏度,如果不是地面湿润,完全看不到昨夜风紧雨骤的痕迹。花子也一点儿没觉得昨晚影响我休息,吃喝之后,这儿走走,那儿逛逛,还维持书童的猫设,趴在电脑旁看我工作了一会儿,便睡上午觉去了。最近他迷上了厅里的立式大空调,知道它会吹凉风,稀罕得很,于是把上午觉和下午觉的地点都挪到空调后面的一个小空地,还有窗帘作掩护,既舒适又安全。他靠着一股子探索精神,把全家的地理地形都摸透了,特别是那些犄角旮旯,真正有了当家作主的主人翁意识。

傍晚时分,天气稍微凉快一点儿,我去父母小院看看昨晚的大雨有无什么影响。花木们喝饱了水,都很精神。猫粮还有少许,我又加了半桶,然后清洗了一下自动水桶,重新灌满了清水。今天没看到小晚,也没看到其他的流浪猫,希望它们一切安好。父母打算后天回来,到时候小晚就可以常驻了,我也会常常给它带好吃的。"小晚,你要乖乖的哦。"

老爹今早出差了,要到周末才回来。花子一大早就在阳台上喊号子催我起床,大概听到了老爹起床洗漱的声音。我

花子

挣扎着起来，一看才六点多。昨晚我没让花子进房间，好在他临睡时也没挣扎，乖乖进阳台了。我打开阳台门，他赶紧跑进来，边跑边叫我，还用身子蹭我的腿。我喊他，他也应答得欢快流利。清理完猫砂，吃喝完之后，他便蹲在房间门那儿，急着要出去。门一开，他就跑了，先冲到厅里，找回熟悉的自由感，然后去老爹跟前哼哼着索要爱抚。老爹走后，我给他梳梳毛，陪他在厅里玩了一会儿，他便钻到大空调后面补觉去了。

老爹不在家，花子白天担任小跟班和小书童，书房里开着空调，他大多时候趴在书桌上或书房的阳台上，姿势和方位不断调整，趴了一会儿便睡着了，闲适舒服得很；晚上则显得有点寂寥，因为等不到老爹和老妈在厅里散步而他在厅里玩耍吹风的好时光。我在厅里活动的时候，他有些无聊地趴在地板上，我告诉他老爹出差了，晚上不回来了，让他不要等，早点睡觉觉。十点半左右，他眼睛睁不开了，我便把他抱回阳台。天气有些闷热，我把房间空调打开，这样凉气隔着玻璃也能传导到阳台上。我拉上窗帘，他在阳台叫了几声，便安静下来。尽管我叮嘱他不要早起吵我，他却总是在我还没睡醒的时候大喊大叫，迫切要求早早开始一天的新生活。他的尖耳朵听到我从床上起来的声音，便叫得格外恳切，仿佛正置身于水火之中，一分一秒也不能忍受，等我挣扎着给他打开阳台门，他马上终止嘶吼，瞬间换成温柔可爱的喵

十九

喵声，简直就是个戏精。

2023年7月9日，忠诚的小书童

今天父母从老家回来了，下午我去看望他们，事先把花子放在阳台上，让他藏在阴凉的窝窝里，嘱咐他在家安静等我。饭后，父母展示了从老家带回来的一些老照片，里面居然有一张我大约三岁时的小照，手里提着一个小篮子，看上去并不开心。母亲解释说，当时我有些害怕，但照相的地方离家比较远，去一趟不容易，算是强迫照，小篮子是照相馆里的道具。对此我模模糊糊有点印象，暗自感慨转眼几十年过去了，那时的我尚不知前面铺开的人生之路，如今回首，唯余感恩。小晚今天未出现，直到我离开也没见它的影子，倒是那只小花狸卧在小院的阴凉处，一副坦然的样子，似乎它才是小院的看护者。不过我一开门，它便慢腾腾地起身走

花 子

了,表示它跟我并不怎么熟。其间,还有一只白头翁落在门口,似乎打算吃猫粮,不过因为它不讲卫生,随地大小便,父亲很不喜欢它,开门把它赶走了。随着父母的回归,小院恢复了以往有规律的生活,我也不必担心流浪猫们的吃喝了,只负责网购猫粮即可。

花子这几天因为老爹不在家,更加黏我了,恨不能长在我身上,一眼看不到我便大喊大叫,猫咪的高冷在他身上只是一种江湖传说。无论我在哪里,他都要跟着我,还不时嘤嘤地冲我索要关注力,变成了传说中的"嘤嘤怪"。有时看我不注意他,忽然从我正在工作的键盘上跑过,在电脑屏幕上留下一行莫名其妙的字符,抒发他内心的郁闷。我只好暂时停下手头的事儿,陪他玩一会儿,安抚他无聊的猫生。俗话说"闲愁最苦",难道无所事事的花子比工作劳碌中的我更苦?我不是个热情的人,也怕与各种人事纠缠,如今竟被一只热情的猫缠上了。有时候我需要集中精力工作,不得不把花子送回窝窝,他便睁圆两只无辜的大眼睛,拿出一种极度受伤的吃惊表情看着我,似乎我这样对待他应该良心会大大地痛才对。不过我也不是吃素的,跟他摆道理:"花子,你这么懂事,应该积极支持老妈工作呀!老妈不工作,你吃什么喝什么?"他于是只好低下头,摆出一副寂寥苦闷的样子,从无辜脸变成苦瓜脸,认命地趴下身子,无声地恳求我早点过来解放他。

十九

迷迷糊糊中一夜暴雨，花子在阳台上喊叫，但我太困了，怎么也起不来，早晨七点多终于挣扎着下了床，花子听起来嗓子都快喊哑了。我给他打开阳台门，他瞬间转换了轻柔的语调，让我怀疑他体内备有多套语音系统，可以分门别类地使用。昨晚忘了关窗户，刮进来少量雨水，花子安静地看我擦干净地面的水渍，这才放心地出去玩了。雨停了，但小院里有些积水，花树们这次都真的喝饱了，一个个心满意足的。陪花子玩了一会儿，我便去工作了。花子一看我走了，也紧跟着到了书房，跳上书桌趴在电脑旁，舔梳了一会儿毛毛，翻来覆去打了几个滚儿，玩着玩着便睡着了。中午带着礼物去给父亲过生日，不料又下起大雨来，风也紧，看来老天是要考验我们的孝心呀。等到了父母家，一桌子丰盛的饭菜已摆好了，弟弟一家也来了。我们同唱了生日歌，品尝了大蛋糕，又吃了各种美食，肚子很快就鼓了起来。大家边吃喝边回忆往日乐事，感慨时光飞逝，感恩一年平安。回到家都快四点了，雨又开始淅淅沥沥地下起来，天气预报说今晚还会有大雨大风，不过降温会比较明显。今天唯一的遗憾是没见到小晚，父亲说自打回来后就没见到它，希望这样的连雨天它不要有什么意外。

父亲生日第二天一早，小晚就回小院了，这是母亲电话里跟我说的。据说小晚开心得不得了，不停地在小院地上打滚儿，而且一整天都没离开小院。父亲除了给它猫粮吃，还

花子

给它冻干,又把一些吃剩的鱼骨头给它。我能想象得到小晚的喜悦,父母亲回老家待了五十天,小晚也断断续续坚守了五十天,实属不易。

老爹终于结束出差回来了。周五下午花子趴在过道上,忽然听到门口传来老爹的声音,他马上爬起来跑到门口,眼巴巴地等着。等老爹进了门,他便赶紧上前一连声地打招呼,又歪倒在地板上等老爹抚摸他。老爹表扬他这几天尽职尽责在家陪老妈,他很得意地在地板上滚来滚去。老爹回来了,花子明显开心多了,毕竟老爹从来只会表扬不会批评他,有时候我管教他的时候,老爹也会在旁边给他求情开脱,说他不过是个毛孩子,好好引导就行了。到了晚上,我和老爹一起在客厅里散步的时候,花子又回到了他最自在开心的时刻。他躺在客厅的正中间,这样我们来回散步的时候都要经过他,他伸出手抓一下摸一下,感受老爹老妈都在身边的安全感和幸福感。天气虽然有些热,不过大空调的凉风吹着,他舒舒服服地摊着身子,真是个会享受的小福猫呀。

紧接着是周末,花子更开心了。我和老爹喝下午茶的时候,他躺在沙发上眯着眼睛,吹着凉风一会儿就睡着了。大哥这几天外出搞活动去了,他可以独享老爹老妈的爱。大哥在家的时候,要么在房间里弄出很大的音乐声,要么占着大沙发,多少对花子的自由活动和安静生活有影响。大概每个家庭的大宝和二宝之间都会有点小摩擦,花子应该庆幸自己

十九

是只猫咪，跟大哥之间没有什么实质性的矛盾。况且大哥现在也基本接受花子的存在了，朋友来家里玩的时候，大哥很愿意把花子介绍给他们，花子每次都表现得大方得体，没有吓得藏起来，而是努力站稳了，让大哥的朋友东摸摸西蹭蹭，或者被大哥抱在怀里引来一阵赞美声和羡慕声，表现出了小弟对大哥应有的社交支持。与一般猫咪的怕生相比，花子算得上是个小社牛了。

进入暑假，各路朋友相约出去玩，有去西藏的，有去青海的，有去云南的，还有去海边或国外的，总之都想赶紧抛弃自己熟悉的生活，去远方寻找诗意。有些地方我很想去，可惜来回需要超过一周甚至十天以上，我放不下花子，只好舍弃了。不过当天来回的短途外出是没问题的，前两天朋友约我去泰安旁边的徂徕山，今天一大早，我六点就起床，伺候着花子吃喝完，便出门去了火车站。我们先是坐高铁到了泰安，然后坐出租车去寻找当年李白所在的"竹溪佳境"。可惜徂徕山当地的人对李白在徂徕山的这段隐居经历大多不知道，导致我们在山里转了一大圈，不过徂徕山森林风景秀丽，植被繁盛，一路观光也很值得。最后好不容易才找到那块刻着"竹溪佳镜"几个字的大石头，据说是金代人题写的，左侧有一道溪水，正是竹溪。接下来我们继续寻找竹溪六逸的隐居之处，又颇费了些力气。在一个当地养蜂人的指点下，我们下到"竹溪佳境"巨石旁边干涸的沟壑里，没有台阶，

花 子

完全是野生态,在杂草和石头中深一脚浅一脚,最后终于找到了,可惜没有什么保护措施,只剩下一些残垣断壁,当年的隐居乐趣只能靠想象而得了。返程愈发艰难,我们手脚并用才爬上去,累得坐在路边大石上喘粗气儿,直呼"李白坑人"。其实不能怨李白,只能说徂徕山人的文化旅游意识太欠缺了。中午我们和司机师傅一起在附近农家乐小店就餐,让老板炖了只本地鸡,又炒了两个农家菜,味道很鲜美,因为又累又饿,饭菜一扫而光。晚上回到家,花子听到我开门的声音,连忙跑过来迎接,连老爹正喂给他的猫条也顾不上吃了。我安抚他吃完,他冲着我说了一大堆话,其中信息不外乎想念和委屈。我抱抱他,又陪着玩了一会儿,他这才恢复了自在的常态。

二十

　　因为好长时间没户外高强度活动了,昨天爬山后身体不太适应,今天醒来浑身酸痛,像是参加了一场越野赛,看来应该多加锻炼才行。有人说,身体是灵魂的帐篷。我想,一辈子就分发这么一顶帐篷,有了破洞再修修补补也是破帐篷了,趁着还完好,得赶紧洗洗刷刷,各接口处抹点油润滑润滑。十点钟,我约了小区里的养生店,店里的小姑娘给我用据说是新研发的三伏艾灸产品全身推拿按摩了一下,号称"祛湿祛寒,冬病夏治",膝盖还敷了一层厚药膏。不管怎么说,推拿按摩了一两个小时,感觉舒服了不少。三百六十行,各行有各行的价值。各行之间,说得优雅点,是互养互助;说得粗俗点,则是互吃,毕竟大家都要张嘴吃饭。中午回到家,简单吃了点东西,我又倒头休息了。按摩似乎打开了全身的慵懒气孔,果真是越按越懒了。花子的按摩不用额外花钱,我每天给他免费服务,他过的简直就是地主老爷般的日子。

花 子

下午,我去看望父母,天气闷热,动辄出汗。天气预报说明天开始一周都有雨,气温也会降下来,最高温也不过三十摄氏度出头。路过一家新开张的胶东大包店,各种馅儿都有,刚出锅热气腾腾的大蒸包白白胖胖的,看上去就想咬一口,我每种都买了几个。蒸包旁边还有刚出锅的金黄煎包,有我小时候最爱吃的韭菜鸡蛋煎包,顺便也买了几个。饮食记忆是一门玄学,长大后虽然吃过很多东西,幼时的美味仍无可替代。到了父母家,我刚在沙发上坐下,便看到小晚蹲在门口要吃的。这两天,父亲为了阻止一只恶霸黑猫进院偷吃猫粮,便把猫碗拿进屋里,每次小晚来吃的时候再拿出去。小晚一看到我,有些激动,我赶紧把猫碗端出去,又给它加了些冻干。它边吃边嗯嗯地叫着,我摸摸它,骨头还是有些硌手,希望过段时间它能慢慢调养过来。小晚快吃完的时候,小黄来了。显然小黄跟小晚关系不错,小晚吃饱了就趴在旁边,让小黄接着吃。父亲说小晚一看到黑猫就大声喊叫,一是担心黑猫咬它,二是警示驱逐黑猫,但它对小黄是接纳的,两只猫做伴也是好的。母亲说小晚这几天从早到晚都待在小院里,不再出去流浪了。有了父母的关照,小晚终于苦尽甘来,希望它以后能开心地和朋友在小院待下去。回到家,我把花子放出来,打开空调,他安适地躺着,在习习凉风中悠闲地洗洗脸,梳理毛发。小猫咪们其实要求都不高,吃饱了,有一份关爱,就可以安静地活下去。

二十

　　花子最近仗着我的喜爱和包容，越来越调皮捣蛋了。我在书桌前工作的时候，他除非很困趴在桌子上睡觉，一般情况都是不安静的，要么咬电线，要么掏笔筒，甚至当着我的面把桌子上的小零碎文具拨拉到地板上，我拍打他呵斥他，他一点儿也不放在心上，我往下推他，他扒着桌子边儿不肯走，还发出不满意的哼哼声，似乎我应该毫无原则地惯着他。直到看到我真生气了，站起来要打他，这才噌地跳下去，扭着屁股出去找别的乐子了。花子的行为使得我像个溺爱幺儿子的老母亲，虽说溺爱与杀害实质差不多，不过实施溺爱的同时，溺爱者也得到了乐趣和满足，这大概就是溺爱这种危险行为至今仍未根除的原因之一吧。

　　最近天热，花子躺在书桌上的时候，经常舔脖子下的毛，我忽然意识到，可能毛毛太多太长，蓬蓬着刺挠他，让他不舒服，舔湿了就不会扎他下巴了。今天趁他在电脑旁睡着了，我拿起剪刀，轻轻地把他下巴的长毛剪掉。他很警觉地睁开眼，我一边安抚他一边给他剪，又把脖子两侧的长毛以及肚子上有点打结的长毛剪掉了一些。我想起大哥小时候很抗拒去理发店理发，理发师还没近身，就拼命大哭，搞得我只好趁他睡着，自己用大剪刀给他修剪修剪。如今我又拿起剪刀，给二宝理发了。二宝虽不会哭闹，但会用指甲挠人，所以我也不能过于强迫，只能顺势而为。花子理短了脖子下的毛毛，明显感觉舒服多了，不时靠近我给我舔舔胳膊舔舔

花 子

手，以示感谢。

2023 年 7 月 21 日，剪毛后的小书童

　　花子三伏天披着厚厚的皮毛大袄，所以很喜欢吹空调。以往年份只要不是特别热，我尽量少开空调，以免得空调病，但今年为了花子，我表现出了利他之爱。猫咪既怕冷又怕热，这两天网上有个小视频很搞笑，一只猫很怕热，主人开了一天空调，跟它说关一会儿让空调休息一下，结果刚"滴"的一声关上，那猫便张开嘴，像只小狗怕热似的吐着舌头，还不停地发出"哈、哈、哈"的声音，简直就是个戏精。

　　因为放假在家，白天除非有事外出，我都不把花子关起来，他于是得以常跟在我身边，我工作时他就趴在电脑旁睡觉，有时还把头枕在我的左胳膊上，或者下巴搁在我的左胳膊上，这样我打字的时候也不影响他继续睡。我不忍心把他拨开，他温热的小脑袋传递过来的感觉很奇妙，那是一种小

二十

婴儿般的百分百依赖,作为中年老母亲,我已经很久没有体会到这种情感了。我午休时,他趴在床头柜上,一开始半眯着眼睛看着我,看到我安静无事,他也慢慢合上眼睛,似乎要尽到看护的责任。我在沙发上休息,他便趴在旁边地板上陪着,甚至我进卫生间,他也趴在门口等着我。我去厨房,关上门吃点东西,免得被他盯着。他平时一看到我吃什么,就哼唧着也要。我分给他一点儿,他闻一闻后也不吃,难免浪费,所以我进厨房吃东西时都关上门,在自己家里竟然搞出几分鬼鬼祟祟的感觉。花子看不到我,在外面大声喊叫,似乎有些惊慌失措,弄得我都有点不好意思。我在厨房里回应他一声,让他等着,他这才不着急找了,等我离开厨房,总会看到他趴在门口可怜巴巴地等着,给我的偷吃施加道德压力。

白天如此高密度接触,晚上十一点之后独自关在阳台直到早晨的漫长时间,对花子来说就是个折磨。他有好几个晚上从一两点便开始哀嚎,我从梦中醒来,呵斥他安静,他暂歇一会儿,等我睡着了又开始叫,如此三番直到早晨。要不是我睡功强大,被打断后还能继续沉睡,恐怕一晚上就要被他搅扰得七零八落了。不过我不想晚上也让他进屋,毕竟他夜里吃喝拉撒不停活动,单纯的叫声我还能忍受,就当免费小夜曲了。

花子这几天有点话痨,交流欲望增强,不时哼哼唧唧地

花 子

说些我听不太懂的话,看到我听不懂还有些着急,有时直接把脸凑到我脸上,似乎要跟我掏心掏肺。我借机鼓励他:"花子,说人话呀!你不说人话,我怎么知道你想干什么呀?你看网上不少小猫咪都会说人话,你也可以的!"我从小听惯了公冶长的故事,也羡慕公冶长的本领,如果哪天花子突然开口说起人话来,或者哪天我耳朵忽然开窍听懂花子的说话,我是不会感到奇怪的。

花子当然说不了人话,不过他努力通过肢体语言跟我交流。比如我每天给他清理完猫砂盆,作为一只爱干净的小猫咪,他会用抱腿、碰鼻子等动作来表示他的感激之情。如果他想吃猫条了,便在我眼前喵喵地叫,一边叫一边伸出舌头舔嘴唇。我问他:"花子,你想吃猫条吗?"他赶紧答应:"嗯!"我起身去阳台,他赶紧跟上。我到橱柜给他拿猫条的时候,他眼巴巴地看着,等我把猫条撕开口蹲下,他马上凑上来,伸出舌头一下一下地舔食。我告诉他:"花子,你坐下慢慢吃,不着急。"他听懂了,便坐下来安心地吃,吃得满足的时候还闭上眼睛,似乎在仔细品味,不小心掉在地上的,他也会很节约地舔食干净。吃喝完了,他喜欢去客厅阳台那儿看他的大叶子树,继而等我给他梳毛毛。如果我漏了这个环节,他便过来叫我,把我往阳台那儿引,那儿有他的毛梳子。看到我拿起梳子,他就很配合地跑到我身边,或者躺在我脚下,等我给他左梳梳右梳梳。如果哪个部位想特别加强

二十

一下,便转向我示意,他最爱我给他梳下巴和脖子,使劲儿仰着头配合我的梳理,如果不想梳了,便"嗯"一声,爬起来走了。我去书房工作的时候,他很快跟过来,跳上桌子安静地趴在我旁边,发出"咕噜咕噜"的声音,表示他是个合格的小书童。一会儿他挪过来,把头贴着我的胳膊,或者干脆枕着我的胳膊,表示他想睡觉觉。我摸摸他,"睡吧,好花子",于是他的"咕噜"声变小了,眼睛合上,伴着我打字的声音溜进梦乡,等完全睡着了,就一点儿声音都没有了,成了个大白天睡大觉的典型小猫咪。我在他的身边,他有极大的安全感,睡得四脚朝天。有时似乎梦到了什么,手脚微微颤动,我摸摸他,他便安静下来;有时发出一声满足的轻微叹息,翻个身又继续睡了。有了花子的陪伴,每天的工作变得柔和灵动了不少,虽比不上古人红袖添香的雅致,却另有一番活泼可爱的妙处,难怪很多文人的书房里都有猫咪的影子。

自从有了花子,我们家就变得毛里毛气的,堪称"毛里求斯"国了。地板上、家具上、衣服上,只要是花子经过的地方,都会留下他的毛毛,甚至他没经过的地方,也会有他的毛毛。经过考证,主要是我身上掉下的他的毛毛。他的毛毛似乎是没有穷尽的,每天扫地都会扫出好几团,根本不必担心掉光变秃的问题。困扰人类的毛发问题,在猫界是绝对不会存在的,生发、植发、护发这些产业也是没有机会发展的。花子不但毛发茂盛,而且每天要拿出相当多的时间来舔

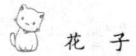 花 子

梳毛毛,这在我看来不但是浪费时间,而且容易吞毛,造成肠胃不适,似乎一身毛发弊大于利。不过既然造物主把他造成这样,肯定有美意在其中,我也就没必要替他纠结了。

昨天晚上,花子进了阳台没多会儿,就电闪雷鸣下起了暴雨。我听见他在阳台上大叫,担心他害怕,便让他进了房间,不过他根本不想陪我睡觉,在房间里跳上跳下,甚至玩起了玩具,充分展现了猫咪晚上捕猎的特性。我软硬兼施,边呵斥他安静,边给他讲道理——要照顾我休息。他一开始还能听进去,努力收敛自己,委委屈屈地趴在床头柜上,一副坚忍的样子,过了一会儿又跑到床上,先是靠着我趴了一会儿,终于还是忍不住跳下床,在地板上窸窸窣窣地搞小动作。我迷迷糊糊地睡着了,猛然被惊醒,原来是他把床头柜上的一个小物件给踢倒了。我生了气,心想你不仁别怪我不义,于是抓起他投放到阳台,关上门继续睡觉。窗外雨声小了,他叫了几声,看到没什么效果,便安静下来。早晨我醒来比较晚,朦胧中听到他在阳台上一遍遍喊我,等我起来给他打开阳台门,他拿出可怜巴巴的样子,我便原谅了他昨晚的冒失。

给花子网购的蓝色弯月小软枕收到了,今天上午我在书房工作,花子赶紧跟过来跳到桌子上,吹着空调,靠着我舒舒服服地躺下。我把小软枕垫到他的脑袋下面,告诉他这是我送给他的小礼物,他一开始还挺新奇地枕着,打着滚儿摆

二十

了几个姿势,我给他拍了几张照片。仔细看照片的时候,我才发现,花子一只眼睛睁着一只眼睛闭着,很明显他是在对我撒娇卖萌。不过等他要睡觉的时候,还是爬过来枕着我的左胳膊,似乎这样更有助于高质量睡眠。时间一长,我的左胳膊有点麻,便拿过小枕头给他垫着,他顺势又无缝衔接地继续睡了。

2023 年 7 月 25 日,舒适的小枕头

中午我不打算做饭了,点了个清淡风的外卖套餐。现在的外卖业太发达了,特别适合我这种不怎么爱做饭的人。我小时候最羡慕的一个人就是我的小学校长,他是县里派驻在我们村小学的,每天的伙食由村里各家轮流派送,我从小立志当老师的原因之一,就是对校长吃百家饭的艳羡。现在我

花子

虽然没当上小学校长,不过也实现了吃百家饭的愿望,可见条条大路通罗马。外卖很快送到了,为了不影响食欲,我先伺候花子吃了猫条,然后把他关进房间,等我吃完再放他出来。说到外卖,总有人会说不卫生不健康,特别是那些会做饭也爱做饭的人,这自然是有道理的。有一次我上完课打车回家,路遇一条美食街,外卖小哥们忙着取货送货,出租车司机是个五十多岁的大叔,感慨地说:"看看,这得有多少人点外卖吃外卖!现在的年轻人,真是不知道自己做饭的好处。他们不去买菜做饭,外卖几口吃完,这样的生活还有什么乐趣?"我忍不住反驳大叔:"他们省下买菜做饭的时间,可以做其他感兴趣的事儿啊。"大叔听了愣了一下,继而觉得我说的似乎也有点儿道理。

今天又到了花子驱虫放风的日子,傍晚炎气稍退,我用斜挎大包带着他去宠物医院。花子一个月没出门了,很好奇地伸出脑袋四下张望。知了在拼命地叫,小鸟们的叫声也比在家里隔着窗户听更清晰,一路上不断有人声、车声,花子似乎对这些声音都很感兴趣,快速地捕捉和辨认着。很快我们就来到了宠物医院,里面只有一只小白狗在等着,它过于活泼好动,花子一进去它便扑过来,追着我们叫,花子有些害怕,把头钻进包里,还一个劲儿地往我怀里靠。小狗的主人呵斥它,它一点儿也不收敛,看上去也不像有病的样子,但它的主人正在跟护士小姐姐沟通它要动手术的事儿,想到

二十

它不久要躺在冰冷的手术台上，我对它便只有怜悯了。跟狗狗相比，猫咪的确是安静的，我有些庆幸没养狗，否则光是每天的遛弯儿和吠叫就是大问题。趁那小狗等医生的空当儿，护士小姐姐先给花子称了称体重，4.26公斤，最近因为天热，花子吃得不多，体重倒是保持得不错，小姐姐接着给花子滴了驱虫剂，又剪了指甲。付完费，我们准备离开医院，那小白狗还在等医生，一见到花子又热情地扑上来，吓得花子使劲往我腋窝里钻，我赶紧带着他离开。过于热情且一厢情愿，无论对于人类还是动物来说都是大忌，这小狗要治疗的地方还不少呢。回家的路上，花子很开心，东瞧瞧西望望，我给他当导游，边走边介绍，约定下个月再出来放放风。等进了家门，花子迫不及待地从挎包里钻出来跳到地板上，像鱼归大海一样，回归了熟悉安稳的生活。

二十一

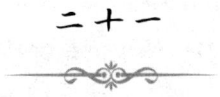

自从买了小枕头,花子睡觉更香了。每天我在书房工作的时候,他很自然地跳上书桌,先是舔梳毛毛,然后在电脑旁枕着小枕头,听着我打字的声音,一会儿就睡着了。或许陪着老妈工作,在他看来也是一种工作。有时候他睡醒了,看我不理他,也会搞点小破坏,当着我的面抓咬电线,追求一种消极关注,我落在他身上的教训自然是象征性的,威胁他不听话就推出去也没有实质意义,权当是课间小游戏了。玩了一会儿,他换了个姿势又继续睡,甚至睡到四脚朝天打着小呼噜,一副"我是老妈亲亲小宝贝、天塌下来也不用担心"的样子。有了花子的陪伴,工作变得有弹性有乐趣了,我不时瞅瞅他摸摸他,仿佛菜里加了调味品,不那么寡淡了,花子不愧是可盐可甜的小书童呀。不过他看似睡得沉,其实警觉性很高,一旦我离开书桌出去喝点水或干点别的,他马上睁开眼,我拍拍他,告诉他我一会儿就回来,他便安心地

二十一

闭上眼睛,等我回来时,果然他还趴在桌子上睡呢。不过如果我离开的时间比较长,特别是躲到厨房里偷吃,他便跑出来到处喊我,那惶惶的语气听着怪凄惨的,仿佛我不小心把自己搞丢了,还要让他费心出来寻找。等看到我从厨房里出来,他立马中止喊叫,跑到我跟前蹭蹭,无言地控诉我的不仁不义。

今天去参加朋友的新书签名会,早晨花子看我又是洗澡又是收拾包,敏感地意识到我要出门,便有了警惕,我一靠近他,他就飕飕地跑了,担心我把他关起来。眼看到了该出门的时间,我有点着急,万一他躲进沙发底下,想捉住就比较困难了。我冷静了一下,拿出表演的潜质,若无其事地进了书房,打开电脑,做出准备工作的样子。花子到底不是老戏骨,一看到我的常规动作,便放松了警惕,跳上桌子准备进入常规睡觉环节,我出其不意抱住他,把他关进房间。当然,我尽量安慰他,告诉他在家安心等老妈,做个懂事的好宝宝,他没有挣扎,认命地趴在床头柜上,倒让我有几分心疼。到了图书展览中心,各种展览摊位挨个摆着,人声鼎沸,仿佛进了农贸市场,只不过各家各户吆喝卖的是书籍,我和朋友在工作人员的引导下来到预定的摊位。新书签名会的主持人有谦谦君子之风,我作为嘉宾参与对谈,会场气氛自由活泼,不似学术会议那般严肃谨慎。活动结束后我赶紧回家,一进门便听到花子的喊叫声,那声音里饱含着等待之苦。有

花子

了花子，我又找到了十几年前初为人母外出时的负疚感。把孩子放在家，即使有人看着，也总觉得不能在外多待，办完必要的事情要早回。如今花子虽然是只小猫咪，却也召唤出了我深沉的母性，作为一个半路被捡回的猫儿子，他实在是太成功了。

花子不但获得了来自老妈和老爹的关爱，最近还成功地挤进了大哥的领地。经过我的积极沟通，大哥了解到花子现在不仅不会随意小便弄坏电器，还非常讲究卫生，便解除了对花子进房间的禁令。花子看到大哥房间门开着，一溜儿小跑便上了飘窗西南那个隐蔽的角落。过了一会儿，大概他自己也奇怪为什么没有被呵斥并驱逐，便有些无聊地溜达出房间，跑到书房陪着我，看来还是老妈这儿香啊。我开他玩笑："花子，怎么不待在大哥房间里了？你不是很渴望那个神秘的角落吗？有本事你一天到晚都在那儿猫着啊。"他不吱声，靠近我睡他的香甜美觉。如此几次进入大哥房间，他的好奇心没有了，大哥的房间变成了家里一个普通的地方，无非都是他的领地，宽容后的大哥也成了他的人，他那强烈的占有欲便消失了。看来，被禁止的事物具有特别的吸引力，就像伊甸园里的禁果一样。日常生活中，脱敏疗法很有效，人如此，猫咪也是如此。我想起小时候奶奶讲的故事，我们村以前有个大富户，颇有管理才能，刚雇了些穷苦人干活，连续一阵子都让他们敞开了吃各种好东西，等吃得差不多了，没

二十一

啥特别的念想了,便能踏踏实实地干活了。

趁着假期,我打算把济南本地的特色景点转一转,一来不用多日外出负疚于花子,二来可以加深对这座寄居多年城市的了解,三来也活动活动减减肥。暑假期间瓜果飘香,所住小区又紧挨着美食街,我胃口大开,近来揽镜自照,大有虎背熊腰之势。我简单地做了一下攻略,打算第一站先去南新街的老舍故居。天气预报说,今年顶厉害的第五号台风"杜苏芮"21日在菲律宾以东洋面生成,28日在福建登陆,将一路往北,并给沿途带来严重影响,山东也在影响范围之内,接下来将会有连续几天的暴雨甚至大暴雨。苏芮是我们青少年时代颇具影响力的女歌手,也不知道是谁给台风起了这么个名字,最近新闻老是给它打广告,我一开始还以为是哪位港台歌星要来开演唱会呢。今天就是28日了,天气预报说中午左右雨会来,不过十一点前还会是晴天。老舍纪念馆九点才开门,早晨我把花子安顿好,便坐车去了南新街。南新街是条小巷子,带着股老济南的味道,沿街都是低矮的老房子,是特意保存历史的体现,紧挨着的是齐鲁医院崭新气派人流不断的高楼大厦,像个财大气粗的新贵。老舍在20世纪30年代曾来到济南的齐鲁大学任教,齐鲁大学旧址现在是山东大学趵突泉校区,就在南新街的斜对面,在我上大学的时候名为山东医科大学。

老舍故居是个不大但挺温馨的小院,里面有几处展室,

花　子

院子当中有棵大石榴树，还结了几个青色的石榴，隐在旺盛的枝叶间。几个展室墙上有很多的介绍文字，着重呈现老舍与济南的关系，特别是他在济南时期所写下的文字。老舍是一个细腻而重情的人，他用文字给济南做了最好的广告，满怀柔情地介绍济南的秋天、济南的冬天……让全国人民都知道济南这座城市的好，这是他对济南生活四年的回报。我看了看他的生活起居痕迹，想到他曾经在这个院子里生儿育女，工作写作之余打水浇花、施肥捉虫，可惜最后是那样的一番结局，不由深深叹了口气："唉，你这个人哪……"这个世界上每个人都有自己的命运，希望他现在活在永恒的安息中，不再有什么痛苦和伤悲。我特别留意到展室中一段老舍的文字："一年之中，只有暑假是写东西的好时候，可以一气写下十几万字。暑天自然是很热了，我不怕；天热，我的心更热，老天爷也得被我战败，因为我有瘾呀。"（《歇夏》）我看了会心一笑，觉得这趟没白来，得了前辈一个大大的提醒。我这个暑假刚过了一小半，还可以奋发写东西，一气虽然写不了十几万字，但几万字还是可以的。写东西的确会上瘾，一旦上了瘾，天热也不怕。跟前辈不同，我不用跟老天爷过不去，因为我有大空调呀。

　　老舍故居展室墙上有一段话，最能显示出老舍和济南的深情厚谊，那是他在《吊济南》中的一段表白："从民国十九年七月到二十三年秋初，我整整的在济南住过四载。在那里,我有了第一个小孩,即起名为'济'。在那里,我交下不少的朋友:无论什么时候我从那里过,总有人笑脸地招呼我;无论我到何处去,那里总有人惦念着我。在那里,我写成了《大明湖》《猫城记》《离婚》《牛天赐传》,和收在《赶集》里的那十几个短篇。在那里,我努力地创作,快活地休息——四年虽短,但是一气住下来,于是事与事的联系,人与人的交往,快乐与悲苦的代换,便显明地在这一生里自成一段落,深深地印划在心中;时短情长,济南就成了我的第二故乡。"老舍幼年贫苦,看重真情,在他从伦敦归国后,济南这座朴实温和的城市给了他工作与生活的温馨与安定,也给了他充沛的写作灵感。这样的一个人,虽然曾经短暂地生活在我们这个城市里,却让这座老城长久地活在文学史中,他实在是值得我们纪念的。"一代过去,一代又来,地却永远长存。"我愿意像他那样,在这座城市"努力地创作,快活地休息"。

刚把老舍故居看完,大约九点半,天就阴下来,很快开始落大雨滴,是那种带着决心从半空砸到地面上、一砸一个土印儿、表示自己绝非等闲之辈的硬心大雨滴,要不是条件不够,这种雨滴其实很想成为小冰雹的,带着股莫名的狠劲儿。我一看惹不起,赶紧告别老舍往外走,一路小跑出了南新街,上了大马路,我眼疾手快拦住一辆出租车,谁知一路往南,天越来越晴,等到了我们小区时,天上还贴着个热乎

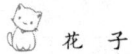 花 子

乎的大太阳呢，真是几里不同天。回到家才十点，我把花子放出来，陪着他玩了一会儿，他则陪着我工作了一会儿。午饭后，我们相亲相爱地休息了，睡梦中我听到雨声雷声和花子的叫声，起来一看，杜苏芮这家伙还真来了，好在没有刮大风，树们只是轻微地摇动着。花草树们倒不会反对杜苏芮的到来，毕竟炎炎夏日喝个水饱是件美事，特别是花子的大叶子树，被雨水洗刷得又嫩又亮，简直逼人的眼。花子蹲在我的脚边，安静地透过窗户向外看雨，若有所思的样子，或许他想起以前当流浪猫时下雨天的悲惨经历？我把他抱起来，安慰他："花子，虽然这种下雨天对小猫咪不友好，不过你不用再担心了，舒舒服服地待在家里，老妈会保护你的。"他似乎听懂了，轻轻地嗯了一声，还用舌头舔舔我以示感谢。

2023年7月28日，和心爱的大叶子在一起

老舍于我有亲近之感,大约还与他也是个爱猫人士有关。透过他的作品,可以看出他对猫的喜爱与深情。《猫》这篇进入中小学课本的短文写于1959年,那时他在北京丰盛胡同的一个四合院居住。老舍在文中记录了家里猫的多面性情,有时热情有时高冷,古灵精怪又活泼可爱。他允许猫在自己的稿纸上走来走去,印下几朵小梅花。那猫是自由出入的,有时一天一夜不回家,猫自由出入的结果是带来一窝小猫。老舍笔下有对那些柔弱天真小猫的怜惜与喜爱,我能感触到他心底的温柔,所有养猫爱猫的人士都算得上是"同情兄"了。《猫城记》这部小说则是老舍在济南时期写成的,出版于1933年,带有对现实的讽喻色彩。他从伦敦回国后,所见所闻犹如不是同一个星球的事,于是便将故事场景设置在火星上,那里的猫人和发生在猫城里的事都令人很不舒服。评判这部小说是个高深的学术问题,非本书意图之所在,我只是隐约感觉那个时候老舍对猫的印象不太好。等到他20世纪50年代末在北京有个舒适的院子,家人和所养的猫都有比较宽裕的生活,老舍就能欣赏猫的机灵可爱了。

　　天热的时候,不少养狗人士会推己及狗,给自家的狗狗剃毛,看上去的确清凉了不少,却也有点凄惶,如同被掳去衣衫的难民。前两天带花子去宠物医院驱虫的时候,我顺便问了一下,猫咪毛多怕热怎么办?护士小姐姐不建议给猫咪剃毛,说容易引起皮肤感染,剪短也不太建议。不过花子的毛又多又

花 子

长,特别是下巴那儿,天一热他就不停地舔,我出于猫道主义,给他把下巴的毛剪短了些,他应该是同意的,至少没有挣扎。但剪刀对他掉下的毛无能为力,即使每天早晨我用梳子从头到脚给他梳几遍,凡他所到之处仍都是毛,有些毛毛甚至像蒲公英似的在半空游走,我送他外号"楚留毛",借用楚留香的名号。因为经常抱他,我身上沾毛是不可避免的。今天上午我坐在书桌前准备工作,老觉得鼻孔发痒,仔细清理后,居然拽出两根花子的白毛毛!对着镜子仔细一看,我的脸上也沾着几根小细毛,这样发展下去,我是不是也该吃点化毛膏了?虽然我没有毛毛恐惧症,不过这种被毛毛包围的感觉也有点不太好。除了扫地拖地工具,最近我还网购了迷你吸毛器,便于清理书桌上的毛毛。花子每天趴在书桌上边睡觉边陪我工作,爱屋及乌,我只能包容他的毛毛,况且正因为有这一身的毛发,抱他的手感才那么松软舒适。此时他就在我的眼前,紧挨着电脑,枕着蓝色的月牙小软枕,打着呼噜睡觉,小肚子一起一伏的,白底黄花的毛毛蓬松着。我摸摸他的头,他一点儿也没醒,继续吹着空调睡大觉,似乎在睡梦中也知道我对他是完全无害的,我是世界上最能给他安全感的那个人。要得到一只小猫咪的心并不容易,毕竟他是极其警觉聪明的,如今我得到了花子的心,粘点毛毛也没什么大不了的。

二十二

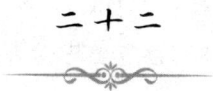

花子今天被关了两次禁闭,都是因为故意捣乱搞破坏,而且反复提醒也不听,像极了逆反期的中学生。根据人猫年龄置换表,他现在大约就是个中学生,正是犯"中二病"的黄金时期。我庆幸的是只要关他禁闭就可以了,不必说服教育去上学、写作业啥的,而且关了禁闭之后,他就变得很老实了,也不会顶嘴或者甩脸子给我看。如此一来,花子算是很好养的类二胎了。

受5号台风杜苏芮的影响,这两天一直在下雨。我咨询了百度,原来台风的名字还有些来历呢。今年迄今为止共有5次台风:1号叫珊瑚,来自澳门,含义是一种水生物;2号叫玛娃,来自马来西亚,含义是玫瑰花;3号叫古超,来自密克罗尼西亚,含义是一种香料;4号叫泰利,来自菲律宾,含义是明显的边缘;5号就是杜苏芮,来自韩国,含义是一种猛禽。为了区分热带气旋,每个风暴都会有不同的名字。

花 子

这些名称由世界气象组织台风委员会的14个国家和地区提供，总共140个，循环使用。不过如果某次台风造成了巨大灾难，经台风委员会认定，该名称可以成为该次台风永久的专属名字。看来各行各业都有自己的一般规则和特殊规则，豪强们在书写历史方面总会多一些优势。

小院里的花草树木对杜苏芮的远道而来都很欢迎，没有大风的搅扰，还能天天喝个水饱，大家憋足了劲儿不断抽新芽长新叶，月季花们还开出了新一茬的大花朵，结果子的石榴树、枸杞树、海棠树们也都忙着把果子变大或变多。最神奇的是我自幼便喜爱的草本植物厌忧儿（学名龙葵），不知不觉中已经沿着小院边缘长出了一排，每棵厌忧儿距离间隔差不多，一点儿也不像是野生的，反倒像是有意栽种的。厌忧儿果子不但美味，还有治疗气管炎的药用价值。我以前曾在别的小院里种过，从淘宝上特意买的苗子，可惜长得不太好，大概水土不服。如今这些野生的厌忧儿长势旺盛，开出很多小白花，每朵小白花待落了便会结出一个小果子，果子由绿转紫便是熟了。我前几天已摘了几个吃了，如今连续下雨，过一阵子厌忧儿一定会大丰收的，我今年就等着享用这天赐美果了。花子最关心的大叶子树这一阵子也是抓住机会不断抽出新卷轴，一旦抽出来就赶紧打开，三两天就变成一把耀眼的大绿扇子，叶脉根根清晰，一副胸中有万千丘壑的大将风度，显示出造物主的匠心。雨打芭蕉实在是一景，难怪能

二十二

在古典诗词的长廊中占据一角。花子每天都要蹲在落地窗前欣赏他的大叶子们,我给他和大叶子拍了不少照片,等冬天大叶子干枯的时候可以拿出来回味。

2023 年 7 月 30 日,大叶子长高了

今天是 7 月的最后一天,时间在不经意间忽忽而逝。或许杜苏芮累了,今天雨停了,太阳一出,气温回升,如果不是地面湿乎乎的,根本想不到曾有连续几天的大雨。据报道,杜苏芮这几天令趵突泉地下水位出现"九连涨",累计涨幅达到 41 厘米;黑虎泉地下水位则出现"六连涨",累计涨幅为 39 厘米。不过名为"卡努"的 6 号新台风已上路了,8 月 2 日将登陆,会带来新一波大雨。较之水灾严重的京津冀地区,济南这波受台风的影响算是不太严重。我小时候曾遭遇过水灾,隐约记得坐在一个大木盆里打着水漂儿,真切感受到水火无情,希望这次受灾地区的民众都能得到妥善安置。

花子

下午，我带着礼物去小院看望父母。小晚趴在紧挨门口的一个窝里休息，据父母说它最近一直待在小院没有离开，前些日子那只恶霸猫一来，小晚就大声呼叫，父亲赶紧出来打它给小晚撑腰，所以恶霸猫没再来，小晚也就安定了。一看到我，小晚马上从窝里出来，我跟它打招呼："小晚，你好啊，你真的听我的话一直待在这里，你不愧是乖乖的看家猫！"它骨碌躺下来，示意我抚摸它。我一摸才发现，小晚胖乎乎的，长肉了，不像前一阵子摸上去骨头硌手。我摸它的时候，它明显很开心很享受，滚来滚去让我摸全身。我跟它聊了会儿天，鼓励它好好看家，我会不断给它带好吃的。小院花草多，不断有蚊子过来骚扰，我陪小晚玩了一会儿便进屋了。我们吃晚饭前，父亲先给小晚盛了一些猫粮，还撒了一层冻干，看着小晚满足地享用它的晚餐，我觉得很安慰，希望它以后的生活一直都这么安稳。

进入 8 月的第一天，花子一大早就被惩戒了。早晨我伺候他吃完喝完，又给他梳理了毛发，便进书房工作了。我喊他进来陪我，他却不听，自己在客厅里玩。不一会儿，我听见有东西掉到地上，出去一看，原来是他把钢琴上面的一个小物件踢到地上了，我耐心警告他不要搞破坏，见他有所收敛，我便又进书房了。刚坐下不久，听见一声清脆的更大的响声，我冲出去，见他刚从茶桌上跳下来，把老爹喝茶的一个杯子扒拉到地上摔碎了，那是老爹很喜欢的一个杯子。我

二十二

先深呼吸了一下,继而拿扫帚清扫干净,免得被碎片扎伤,二次伤害我会更受不了。花子意识到事情不妙,缩着身子躲在沙发底下,等我拿起弟子规戒尺敲他的时候,他撒腿就跑,我斥责他拆家,威胁要把他推出去,他东躲西藏。这次我是真的生气了,他明显就是故意搞破坏,无视我经常对他的告诫。最后我成功地逮住他,抓住他的后颈,把他关进了阳台,今天他必须待在里面好好反思,也必须明白我的忍耐和爱心是有限的。我坐在桌前喝杯水,平复一下情绪,毕竟还有一大堆活儿等着我去干呢。我奇怪无论是人还是动物,都有损人不利己的搞破坏基因。"罪与罚"是这个星球乃至宇宙的永恒主题,花子今天也要好好体会一下,阳台上有吃的有喝的,惩罚至少有物质保障,他在阳台上叫了几声就没动静了,估计找个凉快地方睡觉去了。这次茶杯事件也算是给我们俩近期的过度亲密关系降降温,我因为疼惜他,连一些计划好的出行都放弃了,我似乎应该重新定位我们俩之间的关系,不能黏糊得太紧,彼此都需要独立的空间和时间。由此看来,这个被摔碎的杯子没有白牺牲,舍身起到了警示的作用。我或许应该恢复放假之前的习惯,上午和下午工作的时候让花子单独在阳台上或房间里休息,这样一方面保护家里的器具,另一方面也互不打扰,保持适度的边界感。腻在一起的时间久了,容易成为怨偶。从长远的角度看,这对花子也有好处,毕竟假期结束后,我要外出上课或开会,不可

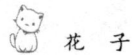 花 子

能每天都这么高密度陪他,他要习惯我们之间疏密有度的生活,否则他会很失落的,甚至会产生抱怨或报复心态,今天他极有可能就是因为我待在书房工作没有陪他而故意搞破坏引起我注意的。常言道,细水才能长流,感谢今天碎杯子给我敲的一记警钟。

  中午我把花子放出来,他似乎知道自己惹了祸,有点无精打采的,我又告诫了他几句,便没再关他禁闭。下午我去工作的时候,给他备好吃的喝的,让他自己待在房间里。晚上老爹回来后,我敦促花子:"你自己去跟老爹解释一下吧。"他有点心虚地挪到老爹跟前,耷拉着脑袋,不像往常那样热情地迎接老爹。老爹得知了杯子的事,拿出他一贯的和稀泥态度,不但没有批评花子,还柔声安慰他:"没事的花子,杯子还有不少呢。"他这才躺下,露出肚皮让老爹抚摸。等我和老爹在厅里散步的时候,他逐渐恢复了精神,趴在钢琴上,像往常一样闭目养神。接近十一点,到了平常休息的点儿,他开始欢腾起来,在地板上追着玩具球跑,一看到我要让他休息,就躲到沙发底下去了。我没去管他,先洗漱了一番,又坐在电脑前处理了一点材料。过了一会儿,他自己主动跑进书房,在我跟前仰起头嘤嘤地叫着,似乎也知道该休息了。我把他抱进阳台,放在平时他睡觉的西边高台上,嘱咐他晚上要安静,不要影响我休息,他乖顺地趴下,这一天才算是消停了。

230

二十二

既然准备开启和花子新的相处之道，给双方多一点独立空间，今天上午工作的时候，我便让花子在房间里休息，他上午本来也主要是睡觉，这样反倒不会互相打扰，他睡得踏实，不至于因为我有点动静就睁开眼看看；我也工作得踏实，不会因为照顾他而干扰思绪。以后我们大概会进入一个既亲密又独立的新时期，双方也都少些甜蜜的负担。我想起大哥几年前经历了青春期，逐渐脱离父母成为自主体，而我也不得不学习体面地退出，除了提供必要的帮助和建议之外，不再高密度介入他的生活。正因为有过不无痛苦的剥离经验，如今我才会在与类二胎花子的相处过程中，经历了看似突然实则必然的精神剥离手术。书桌上花子那蓝色的半月牙小枕头多少有点刺眼，谁能想到，前两天花子还枕着小枕头，跟我如胶似漆地过活呢？这就是掺杂着猫生的人生啊，我不禁发了一通感慨。让生活回归正常的细水长流吧，这样反而能更持久。

由此看来，父母跟小晚之间的距离或许是更合适的，彼此进退有度不胶着。小晚每天都待在小院里，在父亲给他安置的窝窝里睡觉，到了点就有吃有喝，吃喝完躺下打几个滚儿索要爱抚，有危险就及时呼叫，没危险继续睡觉或玩耍。一道门看似隔开了彼此，却为双方都留下了独立空间，没有太多的情感负担。不过花子既然进了家，我就不会再让他出去了，会继续好好照顾他，同时他也必须适应我经常出门工

花 子

作或其他不在家的情形，不至于因为过度依赖我而不开心。如此一想，我便释然了。

中午休息的时候，我喊花子到床头柜来，他听话地趴在上面。等我睡着了，朦胧中感觉一个温热柔软的小身子挨着我，我知道那是花子，便伸出手摸摸他，安抚他继续睡，他感受到我的爱意，也踏实地没动，于是我们俩吹着空调凉爽的小风，互相傍着竟一气儿睡了一个多小时，花子都入了我的梦里呢。醒来后，我看到花子睡得四脚朝天，香甜得很。等他醒来，我给他补充了一根猫条，摸摸他的头说："老妈去工作了，你就在这个房间里玩吧，有好几个玩具陪着你呢。"他安静地看着我，没有表现出哀怨，而是一副"老妈你去工作吧，工作了给我挣好吃的"懂事表情。就这样，我和花子平静地恢复到放假前有礼有节相亲相爱的共存模式。

晚上老爹下班回来，我有点事需要处理，便让花子在厅里跟老爹玩。过了一会儿，他进书房来找我，"妈、妈"地叫着。我问他："干啥呢？你先出去玩吧。"他转身路过桌子腿时忽然说了一句："干啥呢？"声音不大，但很清晰，这算是花子说的第二句标准人话了。第一句是去年冬天一个晚上，他在阳台上反复练习："妈，过来！妈，过来！"结果把我喊醒了。我相信花子是个语言小天才，只要他肯说，假以时日，他一定会跟我无障碍交流的。处理完事后我去厅里陪花子，他趴在钢琴的一角，看着我和老爹散步，我每次路过

二十二

他的时候,顺便摸摸他,他乖巧地趴着,时而起身回应我,用手轻轻抓挠我一下。八九点钟的时候,他有点儿困了,这是他习惯睡一小觉的时候,我把他抱到房间床头柜那儿,告诉他安静睡一觉,过一会儿我再过来找他,他痛快地答应:"好!"说完便安静地趴下了。花子显然是个聪明的宝宝,也知道界限感是维持长久良好关系的必要条件,所以没有任何纠缠之态,这倒让我更加疼爱他了。接近十点,花子在房间里喊叫,我把他放出来,他在厅里快活地踢小球玩,累了就趴着休息。快十一点的时候,我送他去阳台睡觉,他虽然有点不太情愿,不过也没怎么挣扎,大概知道自己应该去睡了,否则就会影响老爹老妈作息。我嘱咐他晚上不要出动静,他没吱声,只是拿两只乌溜溜的大眼睛看着我,似乎提醒我,这一点他可不一定能保证,毕竟他是一只典型小猫咪呀,老祖宗传下来的基因可不是那么好改变的。

二十三

花子近来有时趴在阳台的落地窗前，冲着外面发出绝育手术前那种男子汉气概的吼叫声，该吼声据说在猫界有个专有名称曰"老吴"，不过被花子改革为亲切版的"阿吴"。最近小区里面出现了不少新的流浪猫，有的还从我们小院里穿过，大概被花子看见了，于是"阿吴、阿吴"地叫。半年前做绝育手术时，护士小姐姐说花子不一定一下子就完全失去性欲，后面可能还会出现短暂的发情行为，难道花子残留的情欲被某些过路小猫勾起了？这也有可能。我希望花子尽快摆脱这种苦闷的辖制，获得身心的自由。据说有的猫咪独自在家，被外面的猫叫引逗得发了疯，竟然跳窗摔死。最近也有不少贪官污吏被惩治，十贪九色，色逐人贪，最终堕入欲望深渊，可见这种要命之事是不分物种的。花子虽不至于贪色丢命，但去年春节前后也曾被扰乱了心智，大喊大叫癫狂不已，如今又有点故态复萌，但愿不久之后，他的这种烦恼

二十三

会彻底随风而去。

今早因为花子一直很安静，我得以安稳地睡到自然醒，睁开眼才知道快八点了。今天是周末，难道花子也过周末？我忽然想起昨天傍晚花子不知道吃了什么东西，往外吐沫沫，不过没一会儿就好了，整晚玩得很开心，直到十一点多才睡觉，难道今天身子不舒服？我心里不安，赶紧拉开窗帘看向阳台。阳台上静悄悄的，看不到花子，他似乎消失了。我打开阳台门，连声唤他："花子！花子！你在哪儿？"还是没有动静，我心里有点慌，甚至脑补了他僵硬地躺在地上的惨样。我正准备喊老爹过来看看，花子"嘤"地叫了一声，从阳台西北角的窗帘下面钻出来，懒洋洋地打了个哈欠，原来他只是睡着了，并没什么事。看到我，他慢悠悠地走过来，伸了个大大的懒腰，然后围着我哼哼唧唧。我奇怪他为什么今天不大喊大叫了，但他似乎也不想解释什么，吃喝完，若无其事地开始了一天的新生活。经过一番观察，我得出结论：花子这几天格外地闹腾，肯定是闹那档子事儿了，如今他发泄完了，偃旗息鼓，于是恢复了平静和安宁。

恢复了平静的花子格外温顺，也可能是因为没了力气显得很温顺，总之他露出一股子蔫蔫的神态，加上清醒过来之后大概也知道自己扰民惹事，于是就格外听话，干什么都小心翼翼地，倒显得我前两天对他的斥责有点苛刻了。我问他什么，他都赶紧应答着，被抱的时候也像个乖宝宝似的紧紧

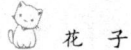 花 子

贴着我。我安慰他:"花子,前两天老妈因你扰民,说把你推出去是吓唬你的,老妈不会那样的,会一直好好照顾你的。不过你也要懂事,不要惹老妈上火,知道吗?"他可怜巴巴地看着我,好像在真诚地致歉,同时也听懂了我的安慰,用小鼻子碰碰我的鼻子,这是我们俩专属的亲密暗号。

天气预报这两天一再往手机上推送信息,警告8月5日下午到6日上午,受台风卡努的影响,市内会有大到暴雨,市民出行务必注意安全云云。5日是周六,上午我和老爹驱车去附近的银座超市采购储备食物,中午顺便在那儿的美食街吃了一大盆酸菜鱼。最近几个周末,我们俩都去那家叫"搞鱼"的川味馆合吃一大盆美味的酸菜鱼,配着香喷喷的米饭。说起吃鱼的老把式,还得是四川人。等我们从超市里出来,发现地面上有点湿,原来下了一阵儿雨,赶回家的路上又下了一阵小雨,不过到家后就出太阳了,并没有预期中的大雨。此时,我看着窗外下午四点左右的太阳,听着窗外大树上激烈的蝉鸣和身边花子安适的咕噜声,写下这些监督天气预报的文字。当然,我希望天气预报不用那么准,毕竟最近不少地方因为台风闹水灾了。杜苏芮这两天从京津冀去了东北,一路上闹出不少动静,希望它早点离开。卡努如果虚晃一枪就此别过,将会成为最受欢迎的台风,让我们静观其变吧。

预期中的暴雨没来,8月6日凌晨两点半左右来了一个

二十三

不速之客——地震,震源是德州平原县,5.5级。晨起看炸了锅的朋友圈才知道,济南市区很多人有强烈震感,有的说摇晃,有的说颠簸,有的说小区人都衣衫不整跑下楼了,还有的全家匆忙开车跑到空旷地带,后来见没事又回家了。感谢上天所赐强大睡功,我梦中竟一点儿也没感到地震。花子在阳台上没有发出预警,也许他发了预警但我没听到。四点多的时候,收到儿子从广州发来的问候,我回复说没事,站在窗前看看小区前后左右,静悄悄的,没什么动静,便又继续睡了。老爹事后回忆说,当时他躺在客厅长沙发上,感到身边的书橱门有点轻微晃动,迷迷糊糊中以为是风吹的,用手轻扶了一下书橱便平静了,他也继续睡了,还因此竟以为是自己轻扶之功。据说这次地震是山东境内近四十年发生的最大一次,震感范围波及山东、河北、北京、天津、山西、河南、安徽等地。之所以波及范围大,一是震级较大,二是震源深度较浅,三是位于没有山脉拦阻的华北平原地带。此次地震对平原县城造成的破坏性较大,希望震后救灾及时有效。

  傍晚趁着没下雨,我去小院看望父母。路过胶东包子店,各种馅的大蒸包都买了几个,天热做饭不便,吃包子省事儿。等到了父母家,我一边喝茶一边陪着他们说说话,感慨了最近的暴雨和地震。母亲平时睡眠质量不好,但昨晚她因为吃了治疗肠胃的药,睡得挺踏实,竟然也没听见什么动

花 子

静,所以没有引起情绪上的波动,可见万事互相效力。院里的那棵无花果树又熟了一茬果子,父亲摘下来盛在盘子里,我吃了几个,软糯香甜,是市场上买不到的美味。小晚趴在门口,安适地当它的看家猫。父亲给它倒了些猫粮,又撒上一层冻干,小晚对它的晚饭很满意,啊呜啊呜地吃着。过了一会儿,来了一只浑身带条纹的漂亮小橘猫,但没有上前跟小晚争食,而是很懂规矩地趴在旁边等小晚先吃。父亲说这只小橘猫来过几次了,小晚不排斥它,似乎还挺乐意它来做个伴儿,我于是亲切地称它小橘。小晚吃了一些,退后几步,把猫碗让出来,小橘赶紧上前来吃。我注意到小晚给小橘留了一块最大的冻干,小橘很知情地先三两口吃了那冻干,然后再继续闷头吃猫粮。稍后小晚凑上来,跟小橘一起吃猫粮,小橘也没有排斥它。看着它俩友好相处,我也很欣慰,毕竟小晚自己太孤单了,有个合心意的伴儿总是好的。等它俩都吃饱了,便一起去小院西头的大树下玩了。

花子最近经常跟着我进卫生间,看着我洗漱,还在旁边哼哼唧唧,我问他:"花子,你也想洗洗呀?"他又哼唧,听上去语气肯定。今天上午我看他意愿比较强烈,加上这个月还没给他洗澡呢,便准备好洗澡用品,调好水温,把他放进浴盆里。他一开始很温顺,看起来是真的想洗了,但等我把他全身浇湿,准备给他涂抹猫咪专用香波时,他忽然打了退堂鼓,挣扎着想离开浴盆,我赶紧安抚他,匆匆给他洗遍全

二十三

身就让他出来了。我拿专用小浴巾给他擦身子,不过他没有足够的耐心,没等全干就跳下浴台跑了。我把他抱到跑步机上,那儿阳光充足,便于晒干毛毛,他很惬意地歪躺着,用嘴巴舔梳毛毛,小手小脚干净得很,露出红嫩的掌肉。我拿梳子给他全身梳了好几遍,蓬松柔软的毛发在太阳底下闪闪发光,他很知情地用鼻子碰碰我的鼻子,表示由衷的感谢,真是一只会享受的小猫咪呀。

2023年8月7日,我是呆萌小书童　2023年8月7日,我是认真小书童

大概因为洗了澡很舒服,花子今天对我特别亲近,我一靠近他,他就温柔地贴上来,要么用鼻子碰我,要么用舌头舔我。我夸他洗了澡格外帅气,再也没有比他更帅的小猫咪了,他得意地眯着眼,用舌头梳理自己的毛发。今天他胃口也比往常好,除了猫粮,还吃了三根猫条外加五六粒维生素

花 子

片。我跟他承诺,每个月都给他洗澡,若是天热,半个月洗一次也行,他开心地答应了。我准备工作的时候,花子跳上书桌,我给他抓拍了几个小书童的可爱瞬间,又陪着他玩了一会儿,之后还是坚持让他待在房间里支持我工作,他痛快地答应了。老爹下班回来后,他越发地开心起来,等老爹洗了手摸摸他,他便满客厅追着小球儿玩起来。按照网上养猫达人们的解释,猫咪在主人外出后,会一直担心他们的狩猎安全,看到主人回来,那颗悬着的心才落了地,看来不光我们照顾花子,花子也在以他的方式照顾我们呀。晚上十一点了,花子才显出疲态,趴在钢琴盖上,眼睛有点睁不开了。我抱起他唱着睡前儿歌送到阳台的高台上,老爹也摸摸他道个晚安,我嘱咐他晚上安静,不要打扰我休息,他乖巧地趴下来,轻轻"嗯"一声。在他温柔的注视下,我关上阳台的门,这算又过了一天。

今天是8月8日,日历牌上显示立秋,不过暑气未消,秋后还有"秋老虎"。据说"秋老虎"也有公母之分,母老虎会更热一些,今年大概是母老虎当值。花子一大早就在阳台上嚎叫,完全把我昨晚的嘱咐抛在脑后,不过我还是凭借强大的睡功,在他的叫声中坚持睡到了七八点。睡梦中我到了一个园子,里面结了很多的果子,其中一个高高的木架子上垂下来一些又圆又大的南瓜,我伸出手指戳戳,外皮有些软,以至于戳出了一些小凹陷,那种触感非常清晰。我没有

二十三

摘，觉得还可以再成熟一些。一抬头，看到附近矮门的出入横杆一头挂着一个巨大的南瓜，比洗澡盆还要大，瓜藤像麻绳那么粗。我赶紧过去，老爹适时出现，帮我控制住横杆，我找来一把长柄刀，准备切断瓜藤把大瓜摘下来。正在切瓜藤的时候，忽然醒了，花子在阳台上拼命地喊叫。我有些遗憾，转念一想也没什么，或许在另一个平行时空，我已经把那大瓜拿到手了，况且梦中摘瓜通常预示着收获，我大概近期要发达了。

但花子似乎不打算给我回味摘大瓜的时间，听到我起床的声音，越发地喊叫起来，我只好给他打开阳台门，他迫不及待地挤进来，围着我哼唧。我给他清理了猫砂盆，又给他清理屁股，他很享受每次用婴儿湿巾擦屁屁的温柔清凉感，站着让我擦了一会儿，又躺下来，便于我更好地为他服务。据说猫咪信任谁，就会把屁股毫无保留地冲着谁，我倒是该谢谢他的信任和给予的特权了，一次擦屁股，终身擦屁股。清理完又吃喝完之后，花子便去客厅里玩了。太阳透过窗户，热热地照进来。昨天傍晚老爹下班后浇了浇小院，花木们正忙着开花或结果，石榴面皮发红了，准备迎接中秋节；枸杞果一串串的，自上而下由绿变红；海棠果越来越饱满，现在还是绿的，等过一阵子会慢慢变黄再变红变软，那时乌鸫们就该结队来吃了；月季花新开了一茬，红的粉的黄的花瓣摆列得各有特色，每一朵都显示出被造的精心；西头的几行豆

花 子

角经过风雨的考验还有几棵,我前几天插了竹竿,引导它们把嫩须缠在竹竿上不断攀爬,但也没指望它们有多敬业;两棵无花果树今年却打定主意不靠谱,只长叶子不结果子,跟父母小院的那棵一茬茬不停结果的无花果树相比,简直就是混日子的,或许这两棵无花果树紧挨着几棵参天大树,争不过水分营养,等过几年扎下根了再说结果子的事吧。

上午工作的时候,我把花子放进房间里,他也答应会支持我。立秋吃水饺,中午老爹在单位吃饭,我则给父母和自己分别点了附近喜家德的水饺外卖,半个小时就送到了。吃了美味的水饺,我不禁抚着肚子发了一通感慨:小时候很多的担心,事实证明都是杞人忧天。比如我不爱做饭,不会踩缝纫机,不会骑"大金鹿"自行车,曾一度担忧会不会影响日后衣食住行的生活质量,如今看来都是伪命题,所以"不要为明天忧虑,一天的难处一天当就够了"这句话,实在是至理名言。

二十四

　　高铁实在是普通人出行的一大福利,二十年前我坐火车去南京读书,路上需要八九个小时,如今还不到两个小时。速度改变观念,现在人们对于出行几乎没有什么负担,想去哪儿,临时做个决定,只要不是太远,当天就可以来回。前天我买了高铁票,今天一早去南京看望一对老夫妇,老爷子95岁,老太太94岁。当年我在南京读书时,周末常去他们家吃饭,老两口都烧一手好饭。这些年我们一直保持联系,前天通话时得知老爷子身体不太好,住院次数增加,我便趁着假期去看看他们。我六点出门,出门前先给花子吃喝完,碗里备好充足的猫粮,嘱咐他今天在家好好等我。他似乎还没反应过来,毕竟平时这个点儿我们都还没起床呢。

　　上午我到了南京,及至跟老夫妇见了面,自然是一番问候,又聊了聊知心话。我们虽然年龄差不少,但算得上是忘年交,老两口都是老南大毕业,志同道合,与人为善。他们

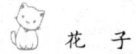 花　子

1952 年毕业，1955 年结婚，相知相伴了几十年，如今儿女都在南京工作，很有孝心。自从两年前老爷子身子不太好，便雇了住家保姆，二十四小时照顾。老太太除了听力不太好，自理没问题，头脑清醒，说话也很有条理；老爷子需要人搀扶才能走动，不过坐在那儿看不出什么，脑子也很清楚，说话也没问题。总起来说，在这个年龄，他们的状况已经相当不错了。说了一会儿话，我坚持不留吃饭，便告辞并打车去了南大。毕业二十年了，每次故地重游，都会令我想起读书时的艰辛与快乐。我先去食堂吃了点饭，两素一荤一饭，不到二十元，居然吃得很饱。饭后正好溜达溜达，校园总在变化，虽然大的布局仍在，但上学时的很多细节已经没有了。校园里有不少金陵大学的旧址，我喜欢这些遗迹的历史感，超过一百年的砖瓦讲述着一个个动人的故事。这次我特别去校园西北角的赛珍珠旧居看了看，遗憾的是假期里维修，没法进到室内参观，当年读书的时候，这座二层小楼还是办公场所。赛珍珠 1919—1934 年在金陵大学任教，期间创作了小说《大地》等重要作品，并于 1938 年获得诺贝尔文学奖。我想象她在这座小楼里工作并创作《大地》的场景，那时她大概没想到会凭借书写中国的"《大地》三部曲"获得大奖，正所谓"流泪撒种的，必欢呼收割"。我扒着门缝往里看了看，心里感觉到微妙的回响，生活在大地上的人们啊，你来我往，谁最终会留下值得纪念的脚印？这次故地重游，有趣

二十四

的一点是校园里有不少野猫,大大小小,花色各异,但都怡然自得,根本不怕人。我看到它们,便想起了花子。这世界上有无数的猫咪,但花子是属于我的那一只,虽然有调皮捣蛋的时候,但他是独一无二的,值得我好好爱惜。

出了校园,我又在附近逛了逛。较之校园内,外面的变化更大,当年上学时的店铺都不见了,我最爱吃的那家盐水鸭小店也不知所终了。紧挨着南大校园的小粉街当年是小吃一条街,如今最边上的1号整修出来,成了拉贝故居。我进去看了看,拉贝的事迹感人,故居的确应该清理出来,而不是被鸭血粉丝汤们掩盖。拉贝故居旁边就是地铁站,我们毕业那年,这个路口正热火朝天地忙着修地铁,如今地铁运营有序,当年路旁的风景却难以寻觅。这个世界变化太快了,连"物是人非"都难以做到。傍晚时分我坐地铁去了火车站,两个小时后回到了济南。花子听到我开门的声音,拼命喊叫起来,我放他出来并问他:"花子,在家安心等老妈了吗?"他"嗯嗯"地应答着,一溜烟儿迫不及待地跑到厅里,感觉像条搁浅的小鱼终于回归了大海。

花子的领地意识越来越强烈,对家里没勘查过的地方都有浓厚的兴趣,一定要认真研究一番。卧室、客厅、书房、厨房他基本都检查过了,最近趁大哥态度有所松动,大哥房间也紧锣密鼓地巡视过了,现在还有几个禁区,比如餐桌、橱柜、茶桌、钢琴放置小物件的最上层等,都是他心心念念

花　子

要去抠搜之地，可惜不能随心所欲，一旦被逮住，就会受到斥责或被强行驱逐甚至被关进房间面壁思过，但被禁止之事的吸引力是巨大的，特别是对好奇的猫咪来说，花子由此受到的处罚因而是经常性的。不过惩罚的次数多了，他有点疲沓了，干脆耍起无赖来，比如当着我的面就跳到钢琴最上层拨拉东西，今天又是如此。我把他拽下来，教育他不要随便去动上面的东西，毕竟那不是他的，说着我伸手轻轻打了他一下。没想到他反过来伸手打了我一下，嘴里还发出不满的哼哼声，表示很不服气。这下可惹火我了，我伸出手准备好好教训他，他赶紧把胳膊伸直，挡住我的攻击。我一气之下把他关进了房间，要不是觉得天热，我还想把他关进阳台呢。难道说花子进入青春期，要造反了吗？

　　听到老爹下班回来，花子得了仰仗，在房间里拼命喊叫，于是被大赦出来。出来后他先到书房，在我身边仰着头，喵喵地叫着装可怜，似乎在说："老妈，我知道错了，你原谅我吧。"我跟他说："好了，以后不要再惹老妈生气了，你出去玩吧。"他还不走，继续叫，拿两只大眼睛可怜巴巴地看着我，我只好起身，他这才跟着我离开书房，开心地玩耍起来。实事求是地说，跟网上那些拆家猫相比，花子算是听话的，服管的，我权当养个类二胎了。在养孩子的付出清单里，说点废话生点小气都是必选项，花子这个类二胎无非就是吃点喝点玩点闹点，跟真正二胎的养育难度相比，只是小菜一

二十四

碟。想至此,我就完全释然了,于是家里又恢复了"母慈子孝"的欢乐气氛。接近11点,花子玩累了,趴在钢琴盖上眯着眼,我把他抱起来唱着睡前儿歌,他温顺地贴着我,用小鼻子碰我的脸,接受老爹的睡前抚摸,并乖巧地答应晚上安静,不影响我休息。我关上阳台的门,拉上窗帘,这算又陪着花子过了一天。

昨晚下大雨,花子在阳台一直叫,但我因为困在梦中参与一些稀奇古怪的事件而无法脱身,花子的叫声只能作为画外音了。早晨起来,花子的嗓子都有点哑了,不过他的修复能力很强,一会儿便又语音婉转柔润地喊"妈"要吃的了。这两天他迷上了大肉干和维生素片,连猫条也不吃了。我给他掰碎肉干,他大口大口地吃,简直称得上是狼吞虎咽。大肉干在口感和营养上显然比小冻干好多了,当然价格也贵一些,我趁机教育花子,想要吃大肉干,就要更加支持我工作,他答应了,不过转眼就跑到钢琴上把学生毕业时送给我的花束踢下来,为此我拿出弟子规戒尺惩戒他,他还不服,边哼哼边扎起手抵抗,于是换来更严厉的惩戒。我警告他:"一等猫用眼教,二等猫用嘴教,三等猫用棍子教,四等猫就推出门去,你屡教不改,难道是想被推出去吗?"他听到要推出去的话就老实了,四脚朝天以示投降,还歪着脑袋装可怜,我这才放过他。

吃过早饭,雨便停了。这场雨来得很及时,连续几个

花子

大晴天导致花木们都蔫了,用水管浇远没有雨水浇灌得彻底。月季们得了雨水的滋润,开出一批新的艳丽大花;花子的大叶子树攒足了劲儿,不断抽出新的卷轴又不断展开,叶子高度已经超过两棵桂树了;桂树也不甘示弱,顶端不断长出新的红叶,虽然比较慢,却也在稳步推高。花子每天早晨吃喝完之后的固定项目就是坐在落地窗前安静地欣赏他的大叶子,那背影颇有几分雅士的风姿,坐累了他就躺下来,悠闲地看着大叶子,似乎二者之间正发生着某些精神上的愉快交流。

下过雨后,天气明显凉爽了不少,凉风从北面吹来,带着点秋的气质。晚饭后,我和老爹在厅里散步,花子铁了心一次次跳上钢琴最顶层,即使我用戒尺敲打他,他也忍痛趴在上面。我一开始以为他想要上面的花束或者其他东西,后来忽然意识到他是想占据那层的空间,看在他执着的份儿上,我和老爹清理了上面的东西,又擦拭干净,他这才满意了,趴在上面往下看,享受登高望远的乐趣,或许更重要的是享受老爹老妈对他领地意识的妥协。

周末去小院看望父母,却没见到小晚。父亲说昨天深夜听到小晚惨叫了一声,今天一直没见到它,或许是被恶霸猫咬走了,我不禁愤愤于恶霸猫的可恶。正如人界中有一些格外恶劣一样,猫界中也是如此。小院对所有流浪猫都是开放的,愿意常驻也是欢迎的,那恶霸猫却不许其他猫来,迄今为止已经咬伤了好几只,被咬伤的基本都不敢再来了。小晚也曾经被它咬伤过,身上为此还留了一块疤,不过他因为极愿意留在小院,甚至愿意当看家猫,所以一直坚持跟恶霸猫对抗,父母也多次帮忙打跑来小院的恶霸猫,大概父亲这两天感冒了,晚上吃了药睡得沉,所以小晚就被咬跑了。我今天还特意给小晚带了一袋搭配营养冻干的猫粮呢,本打算让它享受一番,不过直到走时也没见到它,实在是遗憾,希望它早点回来,毕竟在外面流浪太危险了。天气预报提醒过两天还会有台风,若是下雨,它在外面更难以安身。

回到家,看到花子无忧无虑地吃喝玩耍,我不禁感慨,花子性情温和,若不是被收养,如今怕也是凶多吉少了。据说多数流浪猫的寿命仅两年左右,而且由于各种突发事件,它们与这个世界的联结随时可能中断。生存本就不易,最不可理解的是来自它们内部的残杀与伤害,恶霸猫的存在即是证明。人类不也是一样吗?战争以及随之而来的饥荒、瘟疫等灾难,都在提醒我们这个世界的荒诞不经。

花子的占有欲很强,凡是他看上的地方都要清空,以便自己毫无障碍地趴在上面。前几天他刚刚占有了钢琴,今天中午他又看上了床头柜旁边的一个小柜子,上面搁了几个我常用的小物件,他趁我午休时跳上去一阵拨拉,都给弄到地板上去了,我迷迷糊糊起来呵斥了他一番,把小物件收拾上去,不料我刚躺下,他又跳上去折腾,铁了心要把那地方

花子

据为己有。我有点困,不愿跟他纠缠,先把东西收拾到另外的地方,他这才老实了。等我上床后,他趴在床头柜上跟我脸对脸,小手向前伸着,似乎打算伸进我的梦乡里,眼睛安适地闭着,一脸的满意。我看着他那小模样,不忍心跟他再生气了,小猫咪能有什么坏心眼儿呢?于是伸出手摸摸他,他睁开眼,我冲他拍拍床,示意他到我身边来,他立马会意,完全忘了我刚才对他的不满,来到我的怀里躺下,不一会儿便发出了轻微的呼噜声。我翻了个身,他也跟着翻了个身,我睁开眼一看,他四脚朝天继续睡得很香。身边有个温热的小东西似乎格外踏实,等我醒来时,发现这一觉我俩竟然睡了一个多小时。我一起来,花子也赶紧起来,等我给他拉开房门,便颠颠地跑到厅里去玩了。

今天我身体有点不适,可能最近吹空调太多了。早晨起来八九点了,花子却一点动静都没有,我不禁有些奇怪,平时他一听见我起床的声音便催促我把他放出来。我拉开窗帘,阳台上也看不到他的身影,莫不是出事了?我赶紧拉开阳台门,大声喊他:"花子!花子!"阳台西北角发出温柔的"嗯嗯"声,然后从窗帘后面钻出一个茸茸球,睡眼惺忪地看着我。我又喊他,他这才慢吞吞出来,绕着我的脚踝,用头不停蹭我,发出娇滴滴的嘤嘤声。我摸摸他,确认没什么事,这才放下心来。难道他感应到我不舒服,所以就做个安静守候的美男子?我给他清理猫砂,换新水新粮,又给他梳

二十四

毛毛,这都是每天的固定项目。梳毛毛的时候,花子显然是很舒服的,特别扬起下巴让我多给他梳梳,那里似乎是他的痒点。我给他从头到尾来回梳了好几遍,他翻来滚去地配合我,大尾巴毛毛格外多,像个粗壮的毛掸子。梳理完之后,他开心地抱着我的脚踝,还舔舔我的脚面以示感谢。即使每天都梳毛,每次都还会梳下一团,这些浮毛若是被花子舔到肚子里,肯定会难受。花子刚来家那一阵子,有时吐出一团团硬硬的毛,那是流浪期间舔舐进肚的,我给他吃了一段时间的化毛膏,又去医院打了调理肠胃的针才不吐了。如今每天的梳毛,至少可以保证他不会受这个罪了。

吃完早饭,我抱着花子贴着落地窗看外面的风景,大叶子越来越高了,每一片都体现出壮美的风格。花子今天格外温柔,把头紧紧贴着我,安静地看着窗外,若有所思。欣赏了一会儿风景,我把他放下来,他去钢琴上温顺地趴着,完全没有平时的乖张,似乎有意体恤我的身体状况,我不禁心下柔软,一边抚摸他一边表扬他懂事。等我准备去书房时,便把他抱回房间,嘱咐他安静支持我工作,顺便睡一觉,他柔和地应答着,倒让我有些不忍心丢下他承受孤独了。

二十五

　　秋风一凉,窗外小院里的果子们就有了成熟的颜色。前年我和老爹种下的独杆枸杞树长势茂盛,今年春天抽出很多新条,如今每个枝条上都结着密密的果子,顶部还在不断开花孕育新的果子,看起来像个小瀑布,枝条越往下果子颜色越深,到了枝端就挂着些金黄色的熟果,可以摘下吃了。早晨我陪花子吃完喝完梳理完,便推开阳台门去小院摘鲜果吃。花子安静地趴在阳台门内看我摘果子,没有要出来的意思,看来对室内生活很是满足。前段时间有一对白头翁夫妇经常来,盯着几个早熟的枸杞果,我看它们找吃的不容易,便让给它们先吃,如今果子熟得多了,却不见它们的身影,或许是去别的地方吃果子了。这棵枸杞树正值盛年,结果力强,当年从南山花市买的时候价格不菲,老板一直强调一分钱一分货,如今看来所言不虚。金黄色的枸杞果甜甜的,没有一点儿涩味,我摘了一二十粒,还留了一些在枝上,等老爹回来现摘现吃。枸杞树旁边两棵野生的龙葵也长势喜人，最近抽出很多新枝条，枝条上也是开花、结新果与熟果并存，似乎要跟枸杞树展开比赛。枸杞的枝条弯下来，龙葵的枝条向上拔，两者都快接上头了。圆溜溜的紫色龙葵果热情招呼我享用，我摘下来几十粒，放在手心里用清水冲冲，一下子全放进嘴里，稍微一嚼满口清香。《本草纲目》里对龙葵有记载，网上资料说它有清热解毒、活血消肿等作用，甚至还有抗癌散结等功效。我们老家则称龙葵为"厌忧儿"，也算是名副其实了。吃完果子，我又欣赏了一下新开的月季花，红的粉的黄的，每一朵都有难以形容的美，只能称它们是花仙子了，我给它们一一拍照留念。在小院里转了转，轻声问候了每棵草木，鼓励大家都好好活着，各美其美，美美与共，我便回到了屋内。我始终相信，每棵草木都听得懂我的关爱之语，都能接收到我的关爱之情，这对它们的健康成长也是很有利的。花子一直趴在门口等我，看到我毫发无伤地回来，这才安心地去玩耍了。

2023年8月18日，站得高，看得远

花　子

这两天我身体不太舒服,有点打喷嚏流鼻涕,感觉蔫蔫儿的。花子知道我的状况,表现得很乖,特别是午休时,哪怕他睡了大半上午并不困,也安静地陪着我,趴在床头柜上跟我对着脸,显出关心的神情。等我醒来,感到一颗温热的小脑袋靠着我胸口,便觉得心底一阵温柔。关系是在相互的驯养中慢慢深厚起来的,花子就像《小王子》中那只善解人意的小狐狸,况且他长得也跟小狐狸有点像呢。

听母亲说,小晚最近一直没回来,不过它的那个新伙伴小橘却不时来小院要吃的。小橘虽然只跟着小晚来过几次,却有点自来熟,从镂空铁门钻进来,穿过小院,在落地玻璃门口喊几声,父亲听到了,便给它端出猫粮来,它吃完了也不流连,转身就走了。小橘长得挺好看,浑身有一道道花纹,看着帅气又威风,它脑袋圆圆的,眼睛大大的,面相很喜人,若是它能在小院常驻,也是不错的。当然,最好是小晚回来,它俩做个伴,一起开开心心地吃喝玩耍。小晚,你要早回来呀,不要忘了你的承诺。

人各有命,猫亦如此。同为流浪猫,相比之下,花子就幸运得多。如今他不但完全融入家庭生活,每天还不断开发新领地,试图在家里各个角落盖下身份印章。不被允许占领的饭桌、茶桌等处,他也要偷偷摸摸地溜上去,在被赶下来之前尽量拖拉多蹭一会儿,还很不情愿地发出哼哼唧唧的声音。不过看到戒尺伸过来,他便逃得飞快,耳朵往后抿着,

二十五

一副好汉不吃眼前亏的做派。这几天他还迷上了从钢琴底部、橱柜底部等狭窄空间掏东西的游戏，有些小球或小物件都是他此前不知什么时候踢进去的，掏出来继续玩给了他极大的乐趣。他掏东西的样子可真专注，身子紧紧贴着地板，脚蹬着钢琴腿儿或柜子腿儿，手则伸进去不停拨拉，累了躺在原地休息一下，接着继续掏，一副痴迷淘金客的架势，若是掏出来自己喜欢的东西，便欢天喜地地用嘴叼着，一溜儿小跑先藏到一个保险的地方，稀罕一会儿再拿出来玩。靠着这番折腾式玩法，花子大概可以自娱自乐一辈子。就此而言，猫咪作为一种生物的个体自足性是很强的，这无疑是一种高级感的体现。

今天是周六，老爹在家时间长，花子得以自由活动的时间也长。老爹拿出他当年惯着大哥的作风继续惯着花子，我教训花子时，老爹赶紧给他开脱。花子精灵得很，知道老爹这里是薄弱环节，有空子可钻，所以对老爹很贴心，在老爹面前也乖巧得很。不过若要论起亲密关系，还得是我更胜一筹，毕竟我伺候他日常的吃喝拉撒，陪玩的也主要是我。当然，对花子而言，最理想的状态是老爹老妈都在家，他可以享受双重关爱。晚上我和老爹在厅里散步时，花子在旁边玩，气氛温馨，我驻足爱抚他，亲切地问："谁是老爹老妈的乖宝儿啊？"没想到他很快柔声应答："我——"惹得我和老爹都笑起来。大概白天玩的时间长，晚上不到十点，花子就趴在

🐱 花 子

钢琴上睁不开眼了。我问他:"花子,你困了吗?睡觉觉吧?"他打了个哈欠,歪着脑袋答应:"嗯。"今晚他难得听话,不像平时晚上一听我说"睡觉觉"便拔腿就跑,生怕被睡觉。在老爹老妈的双"晚安"声中,他乖乖地趴着睡觉去了,在他的猫生中又储存了舒适无忧的一天。

2023 年 8 月 18 日,钢琴小憩

关上阳台门,我不禁想起下午去小院看望父母,小晚还是没回来,母亲说它大概率还活着,只是因为怕那恶霸猫,所以不敢回来。母亲还说,那恶霸猫坏得很,周边原来有不少流浪猫,如今很少见了,大概都被它连咬带吓地赶走了,实在可恶,小橘似乎是个例外,经常过来要吃的,不过边吃边警惕地四下看,吃完了赶紧离开。我今天下午没看到小橘,或许等小橘再长大些,能有跟恶霸猫抗衡的力量,毕竟它长着一身斑纹,有些王者之气。我期待它能像辛巴战胜刀

二十五

疤那样,把恶霸猫打败,恢复这一带流浪猫相对和平的生态环境。

现实中大多数人是不经夸的,一夸就飘,这条教训也适用于花子。昨晚我伺候他安安生生地睡了,又去书房工作了一会儿,等我准备上床休息的时候,听到他在阳台上小声叫着:"妈妈——妈妈——"居然能发出连音了,我有点惊讶也有点感动。不过一会儿我就不感动了,因为他开始窸窸窣窣地搞事儿,大概是跳上东边橱柜去扒拉吃的。我凭借盖世睡功睡着了,中间断断续续在睡梦中听到他在阳台上嚎叫,我偶尔溜出梦乡呵斥他几声让他安静,他听出我的怒气便暂时消停了,我便赶紧又溜回梦乡继续做梦,如此一来颇有连续剧的效果。其中一集,我很清晰地梦见自己在教室里上课,课堂气氛活跃,我在梦里谈笑风生,讲得很投入,学生回应也很热烈。不过也有不和谐音符,其中一个学生不但迟到还故意捣乱,我很生气地斥责了她,并把她赶出了教室,颇有点师道尊严的气派。做这样的梦,大概是因为还有一周就开学了,我潜意识里不得不提前试营业,而且仗着在梦里,斗胆惩戒了学生,现实中若是这样,大概率要被反惩戒了。等我起床后,花子知道自己一夜搅扰,耷拉着脑袋到我眼前,可怜巴巴地小声叫着,我斥责他做猫不地道,白天我伺候他好吃好喝,他吹着空调睡足了,到了晚上便折腾,影响我休息,这样做能行吗?!他拿出一副知错求饶的架势,哀哀地哼

花　子

唧着，我想起猫的生理特性，通常晚上是捕猎不休息的，便不好意思训他了。换位思考，他晚上闹腾是正常反应，保持安静是出于照顾我的忍耐，我实在不该苛求他，反倒应该感谢他的照顾。想到这里，我便好声好气地安慰他，以后注意就行了，并喊他去落地窗那儿梳毛毛，他赶紧跟上，这次的梳毛毛气氛格外温馨，梳的时间也长，他翻来覆去地配合着，特意把肚子亮出来让我梳，还用两只手抱着我的脚踝，发出舒服的咕噜声，于是新的母子和谐的一天又开始了。

花子这两天迷上了吃大肉干，连心爱的猫条也不吃了。每次吃了一大片还不满足，哼哼唧唧地跟着我要，我担心他发胖便不多给他，他竟然跳到阳台东边高高的橱柜上去偷吃，我批评了他，把大肉干放进了厨房，并清理了橱柜台面，他一看没法偷吃了，便赖在厨房门口哼唧。晚上我改变了教育方式，不再斥责他，而是温和地跟他讲道理："大肉干虽然很香，可是不能多吃。吃多了发胖，得三高，还上火，就要去医院打针。打针可疼了是吧？你去年肠胃不好去打过的。老妈给你买了好几袋大肉干，够你吃的。今天已经吃了三次了，明天早晨老妈给你吃两片。好不好？"他似乎听懂了，痛快地"嗯"了一声，不再纠缠了。我心想，就说服力而言，果然太阳比寒风段位高，以后还是要以太阳般的讲道理为主。不过讲道理终究是有限的，花子的馋虫一上来，便围着我哼哼唧唧地要肉干，还

二十五

不断地舔舌头示意我,我只好装作看不见听不懂。万一他放开吃成了猫猫,那就不是几袋肉干的事了,我还要陪着他运动减肥,甚至要花钱去医院治病。我管不住自己的嘴,难道还管不住他的嘴吗?

花子昨天夜里简直火力全开,生生嚎叫到天亮,中途我几次呵斥他都不听,我怀疑他肚子里残留的那点邪火又起作用了,不过也有可能是昨晚一直下雨导致他睡不安稳。我知道他也是身不由己,便没有多责怪他,甚至在梦中也觉得他可怜,以至于让他也参与了其中一段故事情节。醒来依旧记得,他被一个坏人掳走了,那凄惨的神色令我又心疼又着急,在梦中将坏人言辞激烈地声讨了一番。若对这个梦进行一番简单的解析,大概说明了这个周末开学对我的潜在影响,花子或许代表了闲适的假期,而花子的被掳则代表了假期的结束。果然,吃完早饭,学院微信群的各种开学提醒和任务安排就一波波乌泱泱地压过来了。如今我们享受着信息时代的便利,自然也要承受信息时代见缝插针的伤害,哪怕你跑到天涯海角,任务也能一眨眼追上你,它似乎是有瞬移功能的。

猫咪不愧是肉食动物,花子这几天吃了大肉干,心情舒畅,毛发柔滑亮丽,对我也异常温顺。他对"吃肉肉"这个词尤其敏感,到了饭点便对着我哼唧,一听我说"吃肉肉了"便两眼放光,一溜小跑紧跟着我到阳台,我把大肉块掰成小

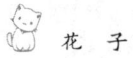 花 子

碎块放到他的吃肉专用小碗里,他有时都等不及掰完便把头扎进去,啊呜啊呜地嚼着,似乎边吃边感叹:"真香!"吃完了便找个凉快地方舒舒服服地躺着,舌头不断舔着嘴唇,不肯浪费上面黏着的肉末末,一副回味无穷的样子。我抓住他爱吃肉肉的心理,准备工作的时候,便拿捏他:"花子,肉肉好吃吧?想吃肉肉,就要好好支持老妈工作呀。"他赶紧答应着,很是配合,显示"民以食为天"这话适用于各界生物。依照我以前教育大哥的经验,不怕孩子有欲望,只要有欲望,就有了谈判的筹码,以前主要是拿捏大哥上学写作业这些复杂的问题,现在花子比较简单,无非就是吃点喝点,学不学才艺无关紧要,所以可以轻松应付。现在有些孩子觉得活着没意义,年纪轻轻就在家躺着,不上学不工作不交友,跟古墓派差不多,这让父母情何以堪?

2023 年 8 月 19 日,陪小刺猬读书

二十五

今天是七夕节，花子作为一个注定独身者，按说应该不受这个中国式情人节的影响，不过鉴于他最近偶尔表现出的苦闷，我让他多吃了两片大肉干，算是过节了。作为一个中年老母和资深老妻，我已经无法欣赏那些"若是两情久长时，又岂在朝朝暮暮"的情调了。在所了解的有限的几首书写七夕的诗词中，我还是最欣赏杜甫的《七夕》："牵牛在河西，织女在河东。万古永相望，七夕谁见同……"这大概与我的务实态度有关。在我看来，现代女性面对事业和家庭双管齐下的重压，虚无缥缈不在场的"云配偶"要不得。曾有人自嘲："你看天边那朵云，多像我配偶。"这可不是浪漫的诗歌。当然，那些身负特殊使命而不能照顾家庭的伟男子，不在这个话题之内。我很欣慰老爹是个有责任感的顾家男人，也是个遇事有用的 husband。如果对 husband 做个字母拆解游戏，可能会有不同答案，我的理解是：h 是 hand，u 是 useful……大意是手边有用之人，这或许源自小时候我对周围一些家庭的观察：丈夫常年在外地工作，逢年过节偶尔回家一趟，妻子操劳一大家子的生计，遇到老人孩子生病等难处，丈夫远水解不了近渴，形同虚设；相比之下，父亲当年虽然也有一份公职，但离家很近，每天都能回来，母亲遇到什么事情也不作难。有了对比，我自己对婚姻的理解，除了两情相悦等基础内涵，丈夫至少要能近距离起到挡风遮雨的作用，当然作为合作伙伴，妻子也不能有事没事呼风唤雨。这种认知一

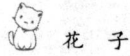 花 子

定程度上暴露了我的狭隘，是一个只顾眼前利益的庸俗之人，现在有了花子，我自己出趟远门都要掂量掂量，可见是越发地狭隘了。

二十六

今日处暑。俗话说:"立秋不是秋,秋在处暑后",处暑之后,暑气逐渐消散,秋意渐浓。作为一个自幼跟食物保持亲密关系的人,我最爱的季节无疑是秋天。虽然人活着都离不开食物,但较之那些对食物挑肥拣瘦说三道四的人,我对食物充满了发自内心的热爱。秋天五谷飘香瓜果遍地,我的味蕾每天都在兴奋地歌唱,这种喜悦花子也是不懂的,他对五谷瓜果都不感兴趣,只想着吃肉干,算起来也是个小可怜了。

因为不听劝阻屡次跳上饭桌,又几次钻进茶桌后面的物件堆里乱捣鼓,花子今天被我关了几次禁闭。他看到我拿着戒尺,倒也害怕,"呜"地叫着就跑了,被我捉住时也知道求饶,两手抱着我的脚踝哼哼唧唧,活脱脱一个赖皮小子。到了饭点儿,他在房间里大声哀嚎,一旦我打开房门,则立刻偃旗息鼓,不肯浪费一点力气,装作没事一般,擎着大尾

花　子

巴晃晃悠悠地出来，先玩一会儿透透气，然后便是缠着我"妈——妈——"地叫着要肉干吃。有了花子，我的居家生活倒是丰富多彩，完全跟寂寞沾不上边。等到了晚上老爹回来，他更加兴奋了，知道老爹是惯着他的，给他支架子的。老爹在厅里散步的时候，他藏在窗帘后面，不时扑上来抱住腿偷袭一下，反反复复乐在其中。玩得累了，便趴在窗帘后面冲着窗户吹风打盹儿，等我把他抱起来让他睡觉，他还挣扎着不肯结束这无所事事吃喝玩乐的一天呢。

　　这两天晚上花子都很安静，没再出现通宵嚎叫的问题，一直等着我早晨起床才在阳台上喊我，这样安静的美男子谁不喜欢呢？作为一种习惯在夜间活动的生物，也真难为他了。我愿意将他这种行为视为舍己的改变，如此看来，他对我也算是真爱了。当然，我对他的付出也不少，这种双向奔赴的感情无疑是美好的，加上处暑之后天气凉爽，我们俩的心情都很好，不时碰碰鼻子以示亲爱。虽然后天就开学了，不过按计划前两周新生刚入校，有些课会延迟，我可以多享受一下居家安静的日子，花子也可以因此沾点儿光。大哥最近外出有活动，月底就回来了，到时候我左拥右抱，那就更美了。

　　小院里的枸杞和龙葵每天都有新果子成熟，那金黄和黑紫的果子，摘下来放在手心里用水冲冲，一下子全倒进嘴里，吃出个豪迈爽利。秋天的味道越来越浓了，小院也多了些疏朗之气，不过蚊子依然凶猛，或许是感到末日来临，咬起人

二十六

来越发狠毒,加上我是招蚊子体质,只在外面待了一会儿,未罩衣服的皮肤便肿痒起来,只好匆匆回屋喷上止痒水。花子的大叶子树这几天抓住雨后晴天的机会,不断拔高,且不断伸展,已经触到窗玻璃了。花子每天喜欢我抱着他站在落地窗前,小脚丫子踩着窗楞,先是欣赏一下大叶子,然后上下左右观看窗外风景,带着点儿沉思。我不知道对他来说,这个世界是个什么概念,但显然他更看重目前安稳的室内生活,看了一会儿风景就挣扎着下来,继续他的巡逻和玩耍了。

计划永远没有变化快,我刚以为开学前两周没课,可以安排一些私人活动,负责课程安排的同事就发来通知,说要调整时间,从第一周就开始上课。我本着乐天知命的态度,觉得早上早完事,可以提前两周结课,也免得学期末天寒地冻还要外出上课。对花子来说,这也没什么损失,毕竟我陪他的总时间没有变化,不过是朝三和暮四的差别,猴子都能同意的事,他估计也没什么意见。

花子晚上听话睡觉不吵闹固然是个好事,不过倒过时差之后,他白天精力就充沛了,如果缺乏监督,他便到处上蹿下跳,有时候哪怕我在他眼前,他也忍不住搞些小动作,仗着自己手脚灵活,喜欢把高处轻便的小物件拨拉到地上。大概在他的认知中,经了他手的东西便就是他的了,忍受因此招来的呵斥甚至戒尺也不过是脸皮厚点毛皮厚点就能挡过去的事,倘若因此被关了禁闭,他便觉得有些过分了,在房间

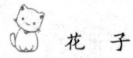 花子

里大声抗议,见我不理他,哀嚎了几声也就偃旗息鼓了,不再无谓地消耗能量。

花子无肉不欢,每天三顿吃肉肉成了他心心念念的事。我准备工作把他关进房间时,若告诉他:"老妈要去工作找肉肉,你要安心等着。"他便赶紧"嗯"地答应,大眼睛温柔地看着我,乖乖趴下来,做出让我放心去找肉肉的架势。一小袋肉干两三天就吃完,加上猫粮猫砂及其他日常所需,花子也算是个实实在在的消费者了。

除了吃肉肉,花子每天的必修课还包括陪老妈午休或者说是老妈陪他午休。吃完午饭后,我在客厅里走一走,花子则到处逛逛,等我喊他午休时,他满脸期待地让我抱他进房间。躺在床上,我先搂着他玩一小会儿,等我松开手,他嗖地跳上床头柜,把自己舒舒服服地摊开,头朝着我趴着,眼睛调皮地看着我,我拉拉他的手,摸摸他的头,他都乖乖的,一声不吭。等我困意上来,侧好身,给他留出足够的空间,便闭上眼睛,他一见我要睡了,就轻轻从床头柜跨到床上,歪在我的怀里。上午他睡得多,一时还睡不着,在等待困意来临之前,先倚着我仔仔细细地舔毛,热乎乎的小身子轻轻地一动一动,仿佛给我打着节拍,一会儿我就睡着了。等我醒来的时候,发现他不知什么时候也睡着了,睡姿每天不重样:有时候是跟我保持同样的侧身姿势,连弯度都是一样的,仿佛大括号里套着的小括号;有时候是四脚朝天的;

有时候则头顶着我,身子朝外……我身子一动,他警觉得很,也立刻睁开眼。醒来后我喜欢揽着他再玩一会儿,这个时候的气氛尤其温馨,简直冒着粉红色的泡泡。他也能感受到来自老妈的爱怜,在我怀里滚来滚去,还轻轻地舔我的胳膊和手。开心一刻之后,看到我要下床,他便跳到床头柜上,继续舒舒服服地躺着,我摸摸他的头,嘱咐他安静支持老妈工作,他慵懒地看着我,打算趁着热乎劲儿再睡一会儿。花子不用上学也不用写作业,一下子就进入退休生活,还有专人伺候,我都有点羡慕他了。

  转眼又到了周末,今天也是开学的日子。花子这几天晚上表现得都很好,一夜安静到天亮,等我起床后才温柔地在阳台上喊我。我打开阳台门喊他,他也柔声细语地应答,在屋里转了一圈后,便缠着我要肉肉吃。我先给他清理了猫砂盆,又用湿巾给他擦屁屁。擦了屁屁,花子总是很感恩地抬头跟我碰碰鼻子。毋庸置疑,这个世界上肯每天给你温柔擦屁股的那个人,一定是真爱中的真爱。接下来,我给花子换了新水新粮,又在小碗里放了些掰碎的肉干,他迫不及待地大口吃着,真香!新的一天从吃肉肉开始,简直太完美了。吃完喝完,花子去落地窗那儿欣赏他的大叶子,我则随后去给他梳毛毛,梳完后他照例去猫抓板上磨会儿指甲,一天的除旧迎新仪式这才算全部完成。

  中午下起了小雨,风从窗户吹进来,带着些凉意,似乎

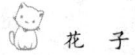 花 子

要有意应和"一场秋雨一场寒"的谚语。我和老爹饭后散步的时候，花子在钢琴盖上趴了一会儿，又跳下来去了沙发，趴在布垫子上，舒舒服服地眯着眼，大概钢琴有些凉肚子了。时光飞逝，花子转眼从怕热到怕凉了。天气预报显示，下个周每天最高温都只有二十几摄氏度，低温则是十几摄氏度，秋老虎彻底跑远了，再过两个多月，就要考虑放暖气了。散完步，我抱着花子进房间午休，他照例先趴在床头柜上，等我困意上来，对他说："花子，老妈要睡一会儿，你过来陪着我吧。"他听话地从床头柜跳到床上，坐在我的身边舔毛毛，等我醒来的时候，发现他毛茸茸的大尾巴冲着我的脸，头朝外睡得正香呢。

　　傍晚时分，趁着雨歇，我带了点礼物去看望父母。父亲很勤快，每天把小院收拾得干干净净。院子西头的柿子树结了十几个磨盘柿子，沉甸甸地垂下来，现在还是深绿色的，等到深秋就变成金黄色的了。无花果树上还剩下几个果子，我摘了一个熟透的品尝，沙蜜蜜的很可口。核桃树今年也结了果子，虽然不多，算是个心意，不枉父亲经常给它浇水。其他的树能开花的开花，不能开花的叶子浓密，提供充足的氧气，总之是各就各位，各尽其职。唯一的遗憾是仍未见到小晚，希望它在某个地方安好。据父亲说，小橘倒是一天三次按时来要吃的，不过吃完就走，它或许借此表明，自己只是个来要点吃的过路猫，并不打算跟小院有什么深度关系。

二十六

昨晚下了一夜的雨,今天仍然继续下,院子里的花木得了雨水的滋润,个个亮得耀眼。虽然是小雨,但也导致出行不便,又到了花子去医院驱虫的日子,若是打着雨伞照顾他挺费劲儿,还是等明天雨停了再说吧。花子最近吃肉上瘾,浑身肉滚滚的,给自己贴了不少秋膘,我抱着都有点坠手了。我给他定量,并劝他不要贪吃,还拿出流行专家们的意见告诫他——"吃得越少,活得越久",他似乎有所领悟,但沉默不语,我又加劝了一句:"老妈还指望着你多陪我几年呢,你可要健健康康的。"他这才答应了一声。

因为营养充足,花子的毛发越发得有光泽,摸上去像上等的绸缎,不过他的毛毛过于丰富,凡他所到之处都会留下,有的还像蒲公英一样飘在半空中,不枉我送他外号"楚留毛"。我因为经常抱他,衣服和露在外面的皮肤都难免粘上,虽然不时清理,但仍有个别小细毛顽强地黏附着,表达花子要和我在一起的强烈意愿。有资深"毛病"的老爹因为爱屋及乌,现在也不那么讨厌毛毛了,还常应花子的爱抚要求摸摸他,只是要赶紧去洗手,也不会像我那样把花子抱在怀里。也因此,花子虽然爱老爹,终究还是更爱我,黏我更多一些,毕竟真爱是无条件的,也是无保留的。

今天的雨断断续续的,时而出太阳时而阴天下小雨,似乎天气没拿定主意,犯了选择困难症。午饭后,看到天放了晴,我便准备带花子去医院驱虫,不料等我穿好外出衣服背

花　子

好斜挎包时，花子却一溜烟儿地钻进沙发底下藏起来了。大概他基于平时的观察，我换了衣服便是准备外出，而我一外出便要把他关进房间，所以就赶紧藏了。我好说歹说，解释只是带他去例行驱虫剪指甲，一会儿就回来，但他坚决不听，不肯出来。我只好改变策略，把斜挎包取下来，进了书房先去工作，并将书房的门留了一道缝。过了一会儿，花子悄悄溜进来，我继续坐在书桌前，倒也不是完全演戏，还是实打实地干了点小活儿。花子默默地观察着我，一会儿便跳上书桌，像往常一样趴在电脑前。我处理完手头上的活儿便把他抱起来，走到门口重新背好斜挎包，跟他解释驱虫的必要性，他这次老老实实地配合我进了包，我摸着他的头安抚他，随后便一起出门了。等走在路上，他很快就忘了刚才的不情愿，好奇地把头探出来，四下看光景。当家猫久了，他似乎忘了以前的流浪经历，变得胆小娇气，已经不适应户外的热辣生活了。进了宠物医院，护士小哥很麻利地给花子剪了剪指甲、称了称体重，又在他颈后滴了驱虫剂。花子这次的体重还是 4.3 公斤，我凭手感还以为他要胖些了呢，不过他若是太重，难免要少吃些肉干，如今看来，肉肉是注定要继续享用的，他竟然拥有吃而不胖的神仙体质，我不得不嫉妒他一下。回家的路上，花子窝在包里，没有太多欣赏周围风景的兴致，或许驱虫剂让他有些不太舒服。等进了家门，他迫不及待地从包里钻出来，跳到钢琴盖上舔梳毛毛，似乎

二十六

是要去除身上沾染的陌生气息。

　　花子是去年深秋的时候进家的,不知不觉快要一年了。因为有了花子,我的日常时间似乎多了些形态,也多了些音色和味道。在互相的陪伴中,我们就这样从秋越过冬,越过春,越过夏,如今又进入了秋。去年这个时候,我完全没有想到会在家里养一只猫,我和老爹偶尔会讨论养一只小狗,最好是一只面相喜人的柴犬,甚至一度考虑去南山的养狗场挑一只,没想到花子捷足先登,如今成了重要的家庭成员,家里边边角角都留下他的足迹,我和老爹自然早就是他的人,曾经对他冷淡的大哥如今也接纳了他,有时还会抱抱他,并向来玩的朋友介绍他,引来一阵热切的围观和爱抚。

二十七

新学期的第一周,大家都严阵以待,生怕出错捅了篓子,给自己和学校造成麻烦。上课、开会等事项都铺展开来,仿佛一条宽大的运输带,脚一旦踏上去,就只能往前进不能向后退了。今天下午是新学期的第一次学院例会,午饭后我陪着花子稍微休息了一下便准备出门,花子似乎有些奇怪,今天老妈怎么这么快就午休完了?他刚舔梳完毛毛,正打算贴着老妈舒舒服服地睡一觉呢。我跟他解释:"花子,老妈开学了,不能像假期里那样天天在家陪你了,一会儿我就要出去工作,你安静在家等老妈,知道吗?"他似乎明白了,答应了一声。我急匆匆出门打上车,等到了学院会议室,发现不少人已经到了。一个假期不见,大家都笑嘻嘻地打招呼,坐得近的则聊起天来,会议室里一片嗡嗡声,犹如一个硕大蜂巢。假期里领导班子进行了换届,这届领导们都比我年轻,看着他们在台上轮番部署新学期的工作,我真实地感觉自己

二十七

是个老教师了。这几年每个学期都有老师退休,有时候还几个人组团一起退,同时学院的年轻新进教师也不少,夹在前浪和后浪之间,我们几个年龄相仿的同事有时也在一起讨论关于退休的话题。畅想退休生活,我有一大篮子计划呢,包括边旅游边吃各地美食,陪花子玩,读书写作……不过外出旅游跟在家陪花子是一对矛盾,但总有解决的办法,听说现在有些旅馆是允许带宠物入住的,老爹也已经跟花子承诺,待我们退休后自驾旅行时会带上他。

大哥结束最近的系列活动,昨晚坐飞机从广州回来,我和老爹边散步边等他,花子玩了一会儿也趴在钢琴上等,十一点大哥发来飞机平安落地的消息,我先把花子抱到阳台,安抚他休息,然后和老爹再继续等大哥从机场回家来,大哥风尘仆仆地赶在午夜十二点前进了家门,简单聊了聊,我和老爹才去洗漱休息。家里恢复了大宝和二宝共存的状态,我提前告诫花子,大哥在家时要尽量安静,不要影响大哥的生活,否则大哥不高兴了,他也没好果子吃,希望他能听得进去,有点小弟的自觉性。

今天没课,等我醒来的时候,老爹早已去上班了,大哥也已经起床,在外面窸窸窣窣地不知搞什么事儿,花子还在阳台上憋着,一听到我的起床声便大声喊叫起来,我先洗漱并简单吃了点东西,又伺候花子早晨那一套流程。花子到客厅里玩的时候,看到大哥也在客厅里,他有些不太适应,溜

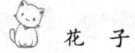 花　子

着墙边警惕地活动，毕竟大哥不像老爹老妈那么好说话，不过大哥忙得很，根本顾不上他，花子转了一圈就到书房来找我了。他跳上书桌不老实，总是动动这儿戳戳那儿的，玩了一会儿，我把他抱起来送回卧室，让他支持我工作。小猫咪的心思很敏锐，他知道新学期开始了，自己也必须适应新生活，好在吃喝玩乐都照常进行，他也就没什么可计较的了。

　　每天晚上我和老爹在厅里散步是花子最期待的好时光，外出狩猎的两个令他挂心的人都回家了，饭也吃完了，一天余下的几个小时安心又舒适。他随心所欲地在厅里踢会儿小球，去落地窗那儿吹吹风，或者躺在沙发上舔梳毛毛，身上的长毛舔完了，手指缝和脚趾缝里的短毛也细细地舔，反正有的是工夫。舔累了，眯着眼打个盹儿，窗外若有一个小响声立马醒来，显示出他是个多么机警的看家猫。我和老爹在他旁边来回散着步，拖鞋轻微的咔嗒声在他听来也许是极美妙的音乐。我伸手摸摸他，跟他说说话："谁是我的乖宝啊？"老爹也凑上来问："是花子吗？"在我们期待的目光中，他乖乖巧巧地答应了一声："嗯！"惹得我和老爹都笑起来，夸他聪明又伶俐。

　　今天是 8 月份最后一天，秋高气爽，中午收到好消息，大哥心心念念的 offer 来啦！感谢上天眷顾，我们全家一直期待的事情终于落了地。在这个过程中，大哥付出的努力自不必说，我和老爹也跟着得到了不少历练，明白为人父母要知

二十七

道自己的局限性,即使不能给孩子提供助力,至少不要人为设置障碍。值得庆幸的是,大哥至今仍保持着对学习的兴趣,特别是对世界好奇探究的热爱,没有出现所谓的透支现象,并在成长中不断认识自我,逐渐清晰适合自己的道路,包括大学专业的选择,我和老爹也有望在为人父母的行当中"体面地退出",没有成为可悲的"祸害型父母"。等大哥外出上学,花子就是家里一直待机的小宝贝了。午休的时候,花子特别乖,早早就等在床边,一看到我上了床,便噌地跳上去,贴在我的怀里,似乎在说:"老妈,我会一直陪着你的,我是你的乖宝宝。"

昨晚有朋友送了两盒现摘的肥城桃,味道鲜美,今下午我提了一盒去父母那儿,让他们也尝尝鲜,顺便说说大哥上学的事儿,父母听了也很高兴,毕竟从备考到申请这段时间,他们一直记挂着。小晚还没回来,不过再次见到了它的朋友小橘。小橘身子细长,面容秀气,据母亲说是只母猫。看到屋子里有人,小橘站在门口不断叫着,听上去像是在喊:"饿——饿——"父亲盛了些猫粮,又加了一层冻干,端出去放在门口,进屋把门关上,原来小橘胆子很小,如果不关门,人在屋外,它是不敢靠前吃的。在这点上,它比亲热人的小晚差远了。母亲说,小区里有多个投喂点,小晚应该是找到新的安身之所了。

相比小橘们,花子的猫生太惬意了。最近他小冻干都

花 子

不愿吃了,只想着吃大肉块,啊呜啊呜地一会儿就能吃一小碗。我怕他吃多太胖,每次都只给一小碗,即使他哼唧着再要也不多给。大哥小时候贪吃,我没怎么控制,总想着他长身体要紧,后来虽然长成了一米九多的大个子,却也为减肥付出了代价,好在他毅力过人,中考前刻苦训练,成功脱胎换骨,解决了一个世界性难题。花子此生没有身高焦虑,我不想让他重走一遍这条苦路,所以下决心控制他的食量和体重,而且每次我都把肉碗放在阳台东边高高的橱柜上,他如果想吃肉干,必须奋力跳上去,一开始他还要助跑几步,后来适应了便能一跃而上,吃完了再跳下来,这番操作一定程度上起到了消耗作用,同时有助于化肥肉为肌肉,如今虽然一身长毛显得他圆滚滚的,但其实他已是个典型的力量型肌肉男了。

拿到了 offer,接下来几个月,大哥要为外出读书做系列准备,除了一堆所需材料之外,更重要的是提高自理能力,参与实践,认识社会。老爹给他办理了银行子卡,绑在母卡上,每月放一点儿可略有浮动的限额,便于他在外自主支配花销,包括订车票、订宾馆等,毕竟他很快就要只身在国外独立生活了。大哥闯荡江湖的时候,花子依旧安安生生地在家过他的逍遥日子,我戏称他上的是"家里蹲大学",而且一辈子不用担心毕不了业的问题,每天只要盯紧我就行了。以前还想着让他学点才艺、背背唐诗啥的,现在觉得开心最重

二十七

要,他难得生而为猫,更难得从流浪猫成功转型为家猫,我就不给他加料了。

转眼9月1日了,秋天的味道越来越浓了,今天也是我新学期的第一次上课。作为一名有着二三十年教龄的老教师,每学期的第一次课还是有新奇感,新的学生,新的心情,新的体验。哲人说"人不能两次踏进同一条河流",我也不能两次踏进同一个教室。受传统师道尊严观念的影响,我基本属于比较老派的教师,不能接受课堂是自由市场的观点,所以一开始通常会给学生严肃刻板的印象,少数有洞察力的学生会看到我"严肃背后的温柔",这一评价见于学生的评教记录,挨过戒尺的花子大概也会认同这一点。

花子今天对在家休整的大哥表现出十二分的好感和诚意,以至于大哥都觉得有点奇怪。上完课回家后,我把花子放出来,他趴在钢琴盖上,大哥路过的时候,他赶紧站起来,使劲朝大哥贴过去,还抬起头试图跟大哥碰鼻子,不过大哥不想拿自己的鼻子跟他碰,这个动作对冷静的准医学生来说过于亲昵了,他只是抬起自己修长有力的胳膊碰了碰花子的鼻子,花子或许看出大哥的意思,但仍很配合地凑近闻了闻大哥的胳膊,还闭着眼一脸沉醉的样子。大哥美而不自知地问:"花子为什么不怕我?"晚上大哥在客厅里走来走去,或者坐在沙发上跷着二郎腿听音乐,花子就躺在钢琴上,安静地看着大哥,尽量不去打扰,颇有几分小弟的自觉。

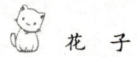 花 子

老爹今晚单位有事回来得晚,花子一直等到快十一点,我看他实在困了,便把他抱到阳台去睡觉,他虽然有些遗憾没等到老爹的摸头晚安,不过也没怎么挣扎。习惯是个好东西,尤其是定时睡觉,体内的小闹钟一响,困意就上来,倒下就睡,这听上去是个简单自然的事,如今却是很多人求而不得的。实际上,人真正需要的东西并不多,要得多了,可能把最基本的丢失了。猫猫狗狗的可爱之处,大概是它们的简单化生存提供了一种参照和安慰,提醒我们不要索求太多,保持身心的平静对健康大有益处。

秋天果然是收获的季节,窗外小院的枸杞树挂满果子,枝条越往下金黄色的果子越多,枝条上面除了绿色待熟的果子,顶端还有些刚开的小紫花,排队等着花落结果呢。那对白头翁夫妇最近不知什么原因没来,果子得以保存,我和老爹每天可以从容地摘熟果吃。枸杞旁边的几棵野生龙葵也处于爆发式结果期,每天都有从绿豆豆转变为紫豆豆的小浆果,吃起来满满的童年味道,令我想起传说中的天赐美物"吗哪"。或许我基因里有田园情结,如今虽住在城市楼群中,但一个小院子让我安心,每天能感受脚踏实地伸手摘果子吃的美妙。花子虽然对田园生活不感兴趣,但他是我田园生活自然延伸的一部分,仿佛是在田间地头留守的小帮手,每次我在小院里活动,他就趴在小院门口看着我。花子的注视,使得我的田园生活更饱满了,增添了一种微妙的审美视角。

二十七

今天是周末,中午我和老爹去超市购物,顺便去附近的美食街吃了个饭,等回家的时候已两点了,花子一听到开门声就在房间里拼命大叫,充分表达了自己看家的功劳和等待的委屈。我给他开了门,掰了几块肉干放在小碗里,他啊呜啊呜地吃了才算满意。稍微溜达了一会儿,我困意来袭,便搂着花子睡了一觉,等我醒来的时候,花子在我身边睡得酣畅淋漓,还打着小呼噜呢。晚上的生活是花子最期待的,白天他睡足了,两只大眼睛乌溜溜的,除了自己玩,还要有陪玩的。作为导演兼主演,他不时设计一些藏猫猫的小剧情,藏起来后"哇"地大叫一声,吸引我去捉他,他趁机跑个酷,绝尘而去的背影带着几分帅气,我愿意陪他演戏,让他跑几个来回,舒活舒活筋骨,紧实紧实肌肉,更重要的是消耗一下能量。到了十点多,他的生物钟提示该进窝窝了,他便赶紧去窗户边趴着吹吹风,吹完风又跳到钢琴上趴一会儿,志得意满地俯视一下整个领地,最后由我从钢琴上把他抱下来,护送到阳台上睡觉觉,一路上还哼唱着温馨的睡前儿歌。这一套组合拳下来,晚上他基本能安静地一觉到天亮。

这两天花子迷上了头部按摩,起因是我看他弯着身子用手挠头,似乎有些痒,趁他趴在沙发上,我便给他抓了几下,算是举手之劳。没想到他立刻发出舒服的咕噜声,还把头伸向我,示意我继续。我是个对痒很敏感的人,所以发挥共情心,模仿按摩院的专业手法,双手抱着他的小头细致按摩了

花 子

2023 年 9 月 2 日，发呆

几番，覆盖脸蛋、下巴、头顶、颈部等各处，他肉眼可见地露出美妙的神情。等按摩完了，他把头快速而猛烈地甩了甩，似乎是要甩掉那些被挠下来的烦人的痒痒，然后神清气爽地舔舔我的手以示感谢。有了按摩项目，花子跟我更亲近了，大概发现我是个宝藏型养妈妈，过几天就会给他打开一个新窗口，于是把我看得更紧了，除了睡觉时间，一眼见不到我，就大声"妈——妈——"地四下喊，倒是给我提供了强烈的被需要的幸福感。我上卫生间或者洗澡的时候，因为需要关门，担心他找不到乱喊，便提前跟他报备一声，等我出来的时候，总会发现他安静地趴在卫生间门口等着，像个忠实的小跟班。如果我待在卫生间里面时间长了，他会不安地在外面抓门或者喊我，听到我没事的应答才放心。我不喜欢胶着的关系，不过一只小猫咪的过度关心还是让我只能表

二十七

示感谢,摸摸他的头表扬他,并多少体会到什么叫"盛情难却"了。

花子对老爹的感情也越来越深了,而且他知道老爹惯孩子经常没原则,有些我不肯答应的要求,他会单独去找老爹。比如今天老爹告诉我,花子趁我不在家,跑到他跟前巴巴地说了好几句话。虽然老爹没听懂,但知道花子是有求于他,便起身看个究竟。花子一看到老爹起身,扭头就走,把老爹一直领到厨房门口,然后蹲在那儿望着老爹,可怜巴巴地哼哼。老爹这才知道,花子是想让他给打开厨房门呢。因为我平时不让他进厨房,所以他趁我不在家,从比较薄弱的老爹这儿突围,突围的结果自然是成功的。老爹给他开了门,他一溜小跑进去巡视了一圈,还示意老爹抱着他看了看厨房上部橱柜里的东西,转悠了好一会儿才恋恋不舍地离开。等我回来,老爹把这事告诉了我,还不住地感叹:"花子会说话,会跟我提要求了!太聪明了!"我心想,这是你应该关注的重点吗?难道你没意识到失去原则了吗?

晚上花子因为屡次跳上饭桌,并扒拉饭桌旁边柜上的一些小东西,被我呵斥要把他关起来。他听了之后夹着尾巴跑回卧室,好长时间没再出来,也没什么动静。我悄悄到卧室门口一看,发现他正趴在靠近卫生间的角落里,安静地面壁思过呢。我没理他,过了一会儿发现他还是趴在那儿没啥动静,看来这次反思得很深刻呀,连宝贵的夜晚玩耍时光都自

花子

我了断了。人非圣贤,孰能无过?况且是只小猫咪呢,不过我也没打算主动去撩他,而是趁机进书房工作一小会儿,毕竟求仁得仁也是一种成全。等到了十点多,花子还没动静,我有点沉不住气了,放下手中工作去卧室一看,花子果然还趴在角落里反思呢。见我走近,他带着点忧伤默默看着我,似乎懊悔自己惹我生气了,我心下不忍,弯腰把他抱起来,安抚他:"老妈原谅你了,今天这件事就过去了,以后注意点就行。快睡觉觉了,你抓紧时间去吹吹风吧。"他得了安慰,明显情绪好多了,我把他抱到客厅,他跳到地板上,一溜小跑去吹风了,不过一会儿又跑到我眼前,仰起头"妈——妈——"地叫着,一边叫还一边舔舌头。我一看,好嘛,这是趁机找补来了,想多吃点肉肉呢,心眼儿可真不少。我问他:"想吃肉肉?"他赶紧爽利地答应了好几声。等我从厨房里拿出一大块肉干,他欢快地跟着我,跑到阳台上的小碗那儿,眼巴巴地看着我给他把肉块掰碎,然后迫不及待地几口就吃下肚,吃完了还意犹未尽地舔着嘴,又跑去吹风了。等到了十一点,我把他抱起来,敦促该觉觉了,他还不肯睡呢,一个劲儿地往旁边缩身子,我只好拽住他一条胳膊,把他拖过来,然后抱着送到阳台。不管怎么说,花子今晚凭借一己之力把一个悲剧变成了一个喜剧,也算是实力派演员了。

二十八

  大哥最近一直在家,处于开学前的准备期。万事俱备,只欠东风,大哥情绪稳定,对花子也表现得很宽容,花子敏感的神经自然接收到了来自大哥的友好信号。大哥在客厅里散步听英语,花子躲在窗帘后面,每次大哥靠近落地窗并转身的时候,花子便从窗帘后面猛地钻出来偷袭大哥,抱住大哥的小腿磨蹭两下,又迅速退回隐藏起来,如此反复多次,这在花子的居家历史上还是首次跟大哥如此亲近呢。

  日子一天天过去,花子越来越懂事了。每天晚上临睡前我把他抱到阳台,摸着他的头,嘱咐他要安静,照顾老妈休息,他很听话地配合,早晨听到我起床声才在阳台上喊我,喊声也是轻轻的,间歇性的,不是那种一连串声嘶力竭的"我忍你很久了"的感觉。给他开阳台门前,我先偷偷从窗帘缝隙看他在干什么,总不至于还在睡觉吧?这可不符合猫咪的习性,事实上他也没在睡,有时蹲在门口等着,有时则坐

花　子

　　在落地窗户前,安静地朝外看着什么,或许是看树看花,或许是在放飞思绪,总之那安静的小背影带着点萧索,让我有点心疼,于是赶紧给他开门,同时大声喊他:"花子,花子!老妈给你找到肉肉啦!"他听到动静立马转身,欢快地应答我,我则立刻拿出备好的大肉干,给他掰碎放在小碗里,看他啊呜啊呜地吃完,才觉得没有亏负他。

　　根据天气预报,本周都该是晴天或多云,不料今天下午五点左右,窗外响起一阵紧急的点滴声。我起身一看,竟下起雨来,雨点又大又重,一会儿工夫天就雾蒙蒙的,地上也积了些小水洼,不过天气预报也不能说是毫无道理,因为太阳还在西边天上挂着呢。这种一边出太阳一边下的雨,我们老家叫作"睁眼儿雨",我正要好好欣赏一下这难得的雨景,花子在阳台上拼命大喊,声音里带着些害怕,他对下雨天似乎有心理阴影,或许以前流浪时在雨天受过苦。虽然这个点他通常是要待在房间里支持我工作的,不过我还是给他打开房门送点安慰。看到我,他立马叫了一声,从阳台上颠颠跑过来,圆眼睛里似乎还有些受惊,我赶紧把他抱起来,一边抚摸一边安慰他不要害怕,告诉他有玻璃窗挡着,雨是进不了屋的,自然也伤害不到他,他这才逐渐平稳下来。这次急雨倒是缓解了小院里花树们的干渴,周末老爹也不用浇水了。花子的大叶子树最怕干旱,如今被雨水一冲刷,每片大叶子都亮得耀眼,在风雨里开心地摇摆着。正所谓甲之砒霜乙之

二十八

蜜糖，花子和他的大叶子树在对待下雨的态度上，称得上是南辕北辙了。

雨下了大概一个小时，这两天的热气也缓解了不少。北窗外的大树有的叶子开始变黄，秋天其实已经掌控了局势，最近的热气不过是夏天不甘心的苟延残喘罢了，这阵急雨仿佛是一记突如其来的耳光，是秋天扇给有点纠缠不清的夏天的。我喜欢秋天的爽利劲儿，有一种高远淡然的气质，同时又有深厚的实力打底，随便伸出一个小指头都是果实累累。我一贯的人生原则是"人生苦短，莫要纠缠；忘记背后，努力面前"。这几句顺口溜我不但自己践行，也转送给大哥，特别是在他闹青春期的时候。最近有一次我听到大哥打电话开导朋友时也引用了这几句，甚感欣慰。我一度自以为是个爽利人儿，不过在收养花子之后却常常陷入彼此的纠缠中。跟他讲道理，他凭着物种的差异，可以装听不懂；跟他讲武力，他仗着弱小身躯，可以装可怜。作为"宇宙的精华，万物的灵长"中的一员，我只好多跟他讲爱心了。

今天午饭后我匆匆离家去上课，陪着花子午休的常规节目就取消了，他一定很失望，不过我没敢跟他流连，上课对老师来说是硬任务，课堂如战场，坚守阵地是死命令，加上开学初学校抓得紧，大家都不敢有所懈怠。昨天有消息说，某学院的个别老师竟然忘了开学上课的事，被通知后迟到了二十分钟才赶到教室，这肯定要被判教学事故且通报了。花

花 子

子固然需要看顾,但跟上课比起来,在优先次序上他还是要往后排的。下午我回到家,把花子放出来后,他伸了个大懒腰,手脚极度拉伸,似乎要把所有的不适抻掉,之后便颠颠地跑去看大叶子去了。

晚上老爹有事回来得晚,花子没等到老爹就到了平时该睡觉的时间,我把他抱进阳台跟他说晚安,他还是很乖地应答了。过了一会儿老爹回来了,虽然隔着阳台和房间两重门,他还是听到了,大声喊起来,似乎非要跟老爹见个面说说话,把睡前程序补上。我觉得再走一遍程序太复杂,没打算应他,不过老爹还是满足了他的要求。作为全家最操心的一个成员,花子每天除了负责安保工作巡视全家各个角落之外,确保老爹老妈狩猎安全返回是头等大事。老妈还好,不用每天外出,时常在书房就能远程狩猎,用手指在键盘上敲敲打打就能挣来美味的大肉干;老爹最辛苦,每天早出晚归,安全马虎不得,只要不回家,花子的小心脏就揪揪着。所以他每天最放松安适的时间就是晚上老爹老妈在客厅里散步,他则在客厅里玩耍,在阳台上吹风,在钢琴上趴着放飞思绪。至于大哥,他不是太担心,或许是因为力的作用是相互的。

今天大哥的几个朋友来家里玩,大哥宠爱地抱起花子,并郑重地把花子介绍给他的朋友们,引来一阵欢呼:"花子!""花子!""好漂亮的长毛猫!""真可爱!"花子有些受宠若惊,努力表现得很配合,并允许大哥的朋友们来回抚摸

二十八

他,过了好一会儿,他才获得了自由,快速跳上沙发,若有所思地趴着看外面的风景。作为小弟,进入大哥的社交圈,意味着他在家里一块相对生疏的高地上也站稳了脚跟。

花子对每天的午休时光充满渴望,这是一天中和老妈最亲近的一段时间。吃了美味的大肉干,溜达了一小会儿,花子便噌地跳上床,先是靠着我梳理会儿毛毛,再跟着我一起进入梦乡。或许在他眼中,午休时的老妈是安静而慈祥的,嘴里喃喃地说着"花子是可爱的小乖宝"之类的话,不会要求他这个或那个,更不会拿着戒尺管教他,这种岁月静好的感觉实在是太美了。等我被闹钟喊醒去工作,他则打个哈欠继续睡,可以一直睡到太阳落山,然后起来吃晚上的那顿大肉干。

不过花子并不白吃饭,而是有用的看家猫,比如今晚他在卫生间门口的脚垫下面发现了一只很细小的虫子。晚饭后他长时间待在房间里,我疑心他搞什么小动作,过去后发现他紧盯着脚垫一动不动,我翻开一看,原来有一只小虫躲在里面,我用抽纸捏住它扔进马桶里,并表扬花子看家有功,他听后开心地跑到客厅里玩去了。玩累了,他跳上钢琴盖,一边听着老爹老妈的散步声,一边眯着眼睛舒舒服服地躺了好一会儿,直到我把他抱进阳台睡觉觉,这算又过了一天。

花子最近对我看手机而不看他这件事很在意,不时一连声地提醒我,等我放下手机看着他,摸摸他,陪他玩,他才

花 子

满意,如果我能一边陪他玩一边表扬他,那他就更满意了,会用两只手紧紧地抱住我的手,还特别注意把指甲收起不会刮伤我,或者伸出舌头舔我的手,又或者把脸凑到我脸前,用鼻子碰我的鼻子,这些都是他表达爱意的方式。连一只小猫咪都喜欢听表扬的话,可见表扬的力量之大。

在众多的表扬词中,花子特别喜欢我表扬他是有用的看家猫,是会照顾老妈的乖猫猫,不白吃饭不白占地方,要知道这世界上有不少人都是白吃饭白占地方的,对社会和他人毫无贡献。花子为了证明他受得起这些表扬,今天上午我在卫生间洗澡时,他几次抓门确认我回应他在里面没事;在我午休时,他大声报告了一场突如其来的秋雨,把我喊醒去关窗户;晚上他则趴在卫生间门口待了好长时间,我喊他出来吹风他也不听,我左看右看没发现有什么可疑的东西,翻开脚垫,下面也没有小虫子,那他到底在干什么呢?后来我猜测,他昨天在脚垫下找到了一只细小的虫子,那只小虫极有可能是从卫生间出来的,所以他为了保护我,当得起看家猫的称号,便尽职尽责地在卫生间门口守望呢。

今天是教师节,中午我跟几个研究生相约在离家不远的一处菜馆聚餐。每年开学季,我都会请学生们吃个便饭,欢迎新同学入校,勉励老同学升级。吃饭只是个道具,核心是落实学习任务特别是毕业论文工作。我在饭桌上对学生们苦口婆心,恩威并施,虽难免影响食欲,但也是无奈之举,毕

二十八

竟大家现在是命运共同体，目标是一致的，她们能顺利毕业，我也可以长舒一口气。每年学院都会有个别学生因种种原因延期毕业，学生自己难受导师也跟着受罪，我所能做的就是帮助学生一天也不要在学校多待，到点赶紧走人，该干么就干么去。相比聚散有期的学生们，花子在我的人生花名册上已经牢牢占据了一个可以长期纠缠的名额，该名额极其有限，可见花子的实力。

晚上，花子再次体现了他看家猫的职责。我和老爹在客厅里喝茶，喊他出来吹风，怎么也喊不动，我去房间找他，发现他蹲在卫生间旁边的小柜上，头向上仰着，嘴巴一动一动的，好像在咬什么东西。我顺着他的视线一看，原来是一只小飞虫正在他头顶上方盘旋，他全神贯注地盯着，连我喊他都没听见。我找出蝇拍，手起拍落，终止了小飞虫的活动，他这才低下头，大概脖子都酸了。我表扬他是有用的看家猫，并把他抱到沙发上，他显然有些累了，闭着眼睛趴着，盯防这个活儿可是很费神的。有了花子，家里偶尔闯入的小虫子们就算有了终结者，花子用实际行动证明了他在这个家中不容忽视的地位。

二十九

花子是只爱干净的小猫咪,每次我给他换猫砂时,他都很高兴,站在旁边热切地看着。等旧猫砂清理掉、新猫砂倒进猫砂盆里,他赶紧跳进去扒拉几下,闻一闻清新的味道再跳出来,或者蹲在里面上个表演性质的小便,再接着进行扒拉猫砂埋"地雷"的环节。等我给他清理时,要么发现根本就没有"地雷",要么发现只是一颗极小的"地雷"。今天他兴奋得有些过了头,先是跳进新猫砂里像田鼠打洞一般刨了一番,然后跳出来在屋子里快跑一圈,又跳进猫砂盆里折腾一番,复又跑出来蹬洒了猫碗里的水,水又溅湿了旁边碗里的猫粮。我刚要呵斥他,他就飞跑跳上床,一边把湿了的手脚在床单上摩擦干,一边瞪着圆溜溜的眼睛调皮地看着我,没等我惩戒他,就抿着耳朵跳下床跑出房间去厅里撒欢了。很明显,他的熊孩子病犯了,我只好给他收拾残局,等我去客厅找他时,他已经跳上钢琴顶盖趴着休息了,当起了安静

二十九

的美男子，令我没理由也不忍心教训他。

花子这种兴奋一直延续到晚上，到了该睡觉的时候，我把他抱回阳台，临睡前的叮嘱等常规动作都做了，他却不肯老老实实趴在那儿，趁我转身的时候忽地跳下来，箭一般地窜出房间逃到客厅里去了。我跟出去一看，他已经去落地窗那儿吹风去了，大尾巴从窗帘下面露出一截，正甩呀甩地呢，自以为藏得严实。我只好又宽容了他一会儿，正打算怎么捉住他送回阳台呢，他忽然从窗帘后面钻出来，一溜烟儿地跑回了阳台并钻进了窗帘，在那儿甩着一截露出的尾巴看风景呢。我赶紧跟过去，把阳台门关上，嘱咐他早点睡觉，也支持我休息，他好歹答应了一声，没再继续搞事儿。

花子日常生活字典里有一些常用词或敏感词，他一听到"吃肉肉"就格外听话，每次我去厨房拿肉干，他在外面等着，一看到我出来，手里拿着肉干往阳台方向走，就紧贴着我的腿小跑，生怕晚一秒钟。我把肉干掰碎放到小碗里，边掰边给他强化支持意识："花子支持老妈工作，老妈就能找到肉肉，以后要继续支持啊！"他连声答应着。等把盛满碎肉干的小碗放在他跟前，他就一头扎进去，啊呜啊呜地吃起来，吃完了意犹未尽地舔舔嘴，有时候还哼唧着想吃，我就告诉他一次不能吃多，吃多了生病打针针，他一般就不再要了，转身去玩了。"打针针"也是进入他字典里的词语，他曾有过打针的经历，大概心有余悸，其他常用词还有"喝水

花子

水""睡觉觉""擦屁屁""看大叶子"等,是他每天要重复听的,我一说他就知道意思,通常也会照着指令去做。我相信假以时日,花子一定会说这些词的,说不定他现在就会说,只不过不想说。别忘了,他可是说过几句人话的。

花子也不总是有节制,吃多了的代价很快就有了。晚上十点左右,花子哼哼唧唧地想再吃一次肉肉,一个劲儿地往厨房里冲,我心一软,又给他拿了一块。他满心欢喜地跟着我跑,嘴里还发出类似"好啊,好啊"的声音。我把盛着掰碎肉肉的小碗端给他,他大口大口地吃起来,吃完了大概渴了,趴在水碗上又喝了不少水。等他跳上钢琴顶盖,忽然一张嘴,竟把刚才吃喝的给吐了出来,我和老爹赶紧拿抽纸给他清理,这下他算白忙活了。我趁机教育他不能贪吃,他看上去有些遗憾,不过好歹也算过了嘴瘾,我也借机反思了一下,以后一定要坚持原则,心软的结果是伤害,溺爱等于杀害,古人诚不我欺也。

每天早晨给花子梳毛有多重意义,首先是有助于爱意的表达和感情的交流。梳毛带来的舒适感是不言而喻的,每次我给花子梳毛,他都舒服地眯着眼睛,特别是梳下巴和脖子的时候,他使劲儿仰着头,示意我多梳会儿。等我给他全身梳理几个来回,他舒服之余会感激地抱着我的手舔几下。如果每天有人耐心地给我梳头发,把我伺候舒服了,我会用诗意的语言给他舔舔手的。根据我有限的一点经验,梳头发这

二十九

件事,自己梳跟别人梳的感觉是很不一样的,前者实用后者享受,这一点跟挠痒痒有异曲同工之妙。自己挠痒痒,最多只是止痒,且止痒效果非常一般;别人帮着挠痒痒,不仅能达到止痒效果,而且有神奇的酣畅淋漓之感。给花子梳毛毛有梳毛和止痒的双重舒适感,难怪他每天早晨都很期待这个项目,如果我因事延迟给他服务,他会一遍遍大声提示我。梳毛毛的另外一个意义就是主动出击,减少花子的毛毛在家里肆无忌惮的空间占领。在收养花子之前,我从不知道猫咪的毛发之浓密和丰富程度,即使每天给他梳理,家里凡是他所到之处都会留下他的毛毛,有些是落在地板上的,有些是粘在他过路的家具上的,有些是在角落里藏着的,我的衣服上就更不用说了,因为常抱他。每天我都要给他梳下一个圆圆的有点厚度的毛毛饼,那是基于梳子的圆圆头形状,如果不梳理,显然这个圆饼就要分散在家里。如今许多人为治疗脱发耗费了大量心力财力,花子却每天都把毛发不当回事甚至当垃圾随地乱丢,真是饱汉子不知饿汉子饥啊。每天给花子梳完毛之后还要扫地除毛,后者直观地证明了做家务的荒诞性,那就是干家务看不出什么,不干家务反倒能看出什么来。

今天上午我外出有事,下午四点才回到家,给花子吃了点肉干,我躺下休息半小时。这半小时一是为了补充我自己的精力,二是为了弥补花子的"陪老妈甜美午休"惯例节目。

花 子

　　花子一看到我躺下,也赶紧跳上床贴着我,很快我们俩都睡着了,等我醒来的时候,花子还在我身边四脚朝天地睡呢。天有些凉,我给他搭了个小单子,起身去书房工作,他睁开眼看了我一眼,又继续睡了,继续享受他的福猫猫生活。

　　晚上天气凉了,花子趴在大钢琴的光板上,时间一长可能有点不太舒服,但在沙发上躺着似乎又有点热,他看到门口有个待扔的纸箱子便拱了进去,算是找到了折中之道。纸箱子冬暖夏凉,加上花子小时候在我父母小院里都是跟他的兄弟姐妹们一起挤纸箱子睡觉,所以他对纸箱子有深刻的亲近感。老爹帮他把纸箱子清理了一下,放到钢琴下面的空处,他很欢喜地在里面待着玩,还睡了好一会儿。十点半多了,我把他从纸箱子里抱出来送到阳台,他还挣扎着不愿意走呢。花子喜欢待在纸箱子里,这个愿望很好满足,我国的送礼文化很大程度上都是对纸箱业的支持,尤其临近传统节日,精美的纸箱子们在全国各条运输线上忙碌地运转,家家户户都会收到几个纸箱子,至于里面的东西,有时候一言难尽,我打算以后把那些结实耐用的纸箱子都留给花子,这总比当垃圾处理要有价值。

　　花子最近迷上了鱼肉干,这倒与他猫咪的身份很契合,不过他一心想吃鱼肉干,连鸡肉干和鸭肉干也不太想吃了,实在有些烧包。挑食可不是什么好现象,而且鱼肉干比鸡肉干和鸭肉干都贵,我本来是给他补充点营养的,这下零食倒

二十九

成了主食了。他每天跟着我，哼哼唧唧的，还不断用舌头舔嘴唇示意我，我跟他解释，鱼肉干已经吃完了，现在只有鸡肉干和鸭肉干，新买的鱼肉干过几天才能到，他还是哼唧。我不想惯着他，若是他不太想吃，便给他把小肉碗暂时端到阳台东边高高的柜台上，不过等我再次去阳台时，那小碗已是空的了。看来他的哼唧也是一种策略，若是不能进，便退而求其次，毕竟鸡肉干和鸭肉干也是很美味的。他因此也显示了高超的弹跳技能，祖上不愧是老虎的师傅。我曾目睹，他略微后退两步助力，猛地一跳便上了高台，趴在小肉碗上吃完又若无其事地跳下来，伸出舌头舔舔嘴巴，踱着步子去阳台吹风或者去大钢琴上理毛休息。

除了肉干，花子对我和老爹吃的东西也十分好奇与渴望，若是看到我们的嘴巴在动，他一定拿出可怜巴巴的样子，蹲在我们跟前索要分享。我告诉他不能吃，但他不肯听，馋得用舌头舔嘴，一直哼哼唧唧。有时我把削下来还带着点果肉的果皮放在他嘴巴上擦擦，他紧闭着嘴，头向后仰着，然后悻悻地走了，似乎不理解为什么我们要吃这些奇怪的东西，不过他显然希望我们分享所有的东西给他，哪怕他不能吃，也要亲自参与并鉴定一下，他要的是这种被重视的存在感。如果我们在饭桌前给他放置一个特定的座位，每次吃饭都邀请他参与，那他大概就满意了，毕竟之前他也这样干过，蹲在空座位上或者老爹椅子的后面，蹭饭的意向很明

花　子

显,但近日我觉得他一不能吃,二影响我们进餐,便到了饭点先喂他吃饱,然后把他关在房间里休息,等我们吃完了再放他出来,这样互不干扰。界限感是个好东西,各物种之间都值得拥有。

今天下午上课之前,我跟今年新招的几个研究生见面,介绍了一下专业情况,并聊了聊该注意的事项。近年随着研究生培养要求的提高,师生两方面都面临压力,听说有的学校老师都不愿意招学生了,希望这一批学生三年后都能顺利毕业,并在离校后一年的"回头看"论文抽检环节中安全过关。巴拉巴拉苦口婆心讲了近一个小时,我又接着给二年级研究生上了两个小时的课,感觉有些疲惫,准备离校的时候,接到通知领工会发的中秋节大礼包——花生油一桶和猕猴桃一箱,然后搭同事的顺风车回家,心里奇怪为什么不发点轻便的礼物。同事把我放在小区门口,我提着礼物到家后,手都勒出红印了,仿佛是一个醒目的礼品印章,提醒我是一个不知足的人。眼看傍晚了,花子的午休时光就不补了,我给他加了片肉干以示安慰,又抱着他看了会儿风景,唱了专属儿歌,他这才高兴起来。

转眼又到了周末,时间哗啦一下就倒掉了一个周,感觉只是一睁眼一闭眼的事儿,真是太不耐过了。上周末教师节收到的花束,因为底部有营养液,花朵都还开着呢。下午我去看望父母,看见小黄在小院里躺着,父亲说小黄最近有打

二十九

算在小院常驻的迹象,吃完饭之后不再扭头就走,而是躺在院子里休息,晚上有时也在院子的窝窝里睡觉。我打开小院门,小黄看见我并不害怕,还啊啊地跟我说着什么,我想它可能跟我要吃的,便给了它几块冻干,它赶紧过来吃了,吃完了又去花树旁边躺下休息,我蹲下跟它交流了几句:"小黄,以后你就待在小院里当看家猫吧,外面有恶霸猫,你别乱跑,这里有吃的有喝的,还有睡觉窝窝,你就在这儿吧。"它似乎听懂了,啊啊地跟我说了两句。等我进了屋,一边喝茶一边跟父母说话,看见从小院外门又进来一只黄猫,个头明显比小黄大,应该是去年下半年出生的,背是黄色的,脖子到肚子有些白毛。它明显是新来乍到的,父母都不认识它,怯怯地,贴着小院右边的花树,一边走一边停,没有径直过来。小黄见了它,赶紧起身走到刚吃饭的猫碗旁边趴下,似乎是提醒对方,这个饭碗是有主儿的。我冲它招招手说:"大黄,过来吧。"在我眼里,只要不是恶霸猫,所有来院子的流浪猫地位均等,来了都可以吃救济粮,不过大黄是很讲先来后到的江湖规矩的,一直到我离开,它都安静地在花树旁等着,似乎在等小黄给它发认可证和通行单,希望小黄早点接纳大黄,这样彼此也有个伴儿。父亲说猫粮的存量不多了,我临走时又从淘宝下单买了几袋。随着天气转凉,流浪猫都开始寻找安身之所,小院的猫应该会逐渐多起来,猫粮的消耗也会多起来,不过我只是动动手指下个单,一天三顿的喂

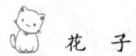 花 子

养都要有赖父亲了。

给花子网购的鱼肉干到小区驿站了,我回家的时候顺路取回,等进了门,发现花子趴在钢琴上,两只圆溜溜的大眼睛正瞅着我呢,原来是老爹下班回来了,提前把他放了出来。花子看到我手中的快递箱,似乎意识到那是他的鱼肉干,噌地跳下来,围着我打转转。我拆开箱打开其中一袋,取了两块鱼肉干,招呼花子去阳台,他欢呼雀跃着,紧跟着我一路小跑,等我给他掰碎了放在小碗里,他趴上去一顿狂吃,这才解了好几天的肠胃相思之苦。

晚上八九点钟通常是花子小憩的点儿,他趴在钢琴上眯着眼,我把他抱进房间关上门,顺便工作一会儿。他安静了一阵子之后,在阳台不停地叫着,那声音不像是要求出来放风,而是关乎两性关系的那点事儿。最近有几只花猫不时从阳台落地窗外面的小院里走过,或许花子残留的那点欲望又被搅动了。花子抱着残躯还要加入"饱暖之后思什么"这一古老问题的讨论,充分说明这个问题是历久弥新的,好在他嚎了一会儿就停歇了,大概自己也意识到这种行为的荒诞不经。

自从去年我们小区北门临近的那条马路被开辟为早市后,小区居民的生活更加便利了。本来我们小区周边配套设施就比较完善,大小超市以及封闭的农贸市场使得买东西很方便,但一个露天的长达几百米的自由市场还是有其独到之

二十九

处,吸引了周围很多居民。早市东边紧挨着一所有名气的小学,送学生到校的家长返回的时候,可以顺路把新鲜的蔬菜水果肉蛋鱼虾买一大包,甚至可以捎上一盆开得烂漫的鲜花,一点也不耽误时间。退休没事的大爷大妈则可以拉着购物小车,慢慢地从这头逛到那头,直到挑到满意的物品。早市上人声鼎沸,远远听上去,仿佛一口大锅煮着各种东西,活色生香。我有时也去早市逛逛,买买东西,只是惦记着花子,不忍心长时间让他憋在阳台,所以没有那么从容。这种露天市场跟封闭的超市风格完全不同,进了超市的蔬菜瓜果都透着一股矜持的味道,大多被称好捆好包好,规规矩矩地摆在干净明亮的架子上,等着一群规规矩矩的市民去打量和挑选。超市里很安静,挑选的和被挑选的都客客气气的,似乎仅仅是为了把生命维持下去,双方才不得不产生交集,有种相敬如宾的疏离感。早市则充满了生机勃勃的烟火气息,蔬菜瓜果既新鲜又泼辣,直接摆在地上,讲究点的搁在筐子上,但都是自由地摊着,没有被捆在一起。菜农瓜农大多来自南部山区,不过因为我们小区在市区最南边,所以南部山区其实也没有多远。小葱是清晨才从地里拔出来的,还带着泥土;瓜果也是现摘的,没有一点风干的皱纹;葡萄带着须儿带着叶儿,嫩得一碰就出水;西瓜、黄瓜、西红柿、水蜜桃们都热情洋溢地招呼着路过的人们。卖东西的都有火热的大嗓门:"尝尝吧,尝尝不要钱!"买的人尝了一个后,通常

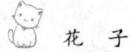 花 子

就会买一堆,毕竟太新鲜美味了。在这样真诚的互动中,买卖关系一点儿也不冰冷,买卖双方因为这些可爱的食物建立了深情厚谊,仿佛成了你来我往的一家人,这才是有滋有味的尘世生活呀。每次我一不留神买了一大堆东西回到家,心满意足的同时听到花子热切的喊叫声,便感觉日子更加充实饱满了。

三十

今天是周末,也是母亲的生日。母亲今年七十五岁了,年轻时身体不太好,影响她对未来有些悲观,不过久病成医蚌病生珠,如今她身体虽然还是不太好,但因为长期注意调养,看上去比年轻时还精神了些,可见人生这场马拉松不能较一时之短长。大蛋糕是我提前订好的,酒店午餐则是弟弟订好的,上菜之前大家先唱生日歌吃大蛋糕,接着上来十几道美味佳肴,导致大家都吃撑了。亲情是这个世界上最珍贵也最奇特的东西之一,不需要掺假,也难以割舍。大哥明年这个时候大概因外出上学回不来,所以在我的提议下,他跟家人们都拥抱了一下,而且事后也没批评我的中国式烦琐礼仪,让我有点受宠若惊。等我们回到家,花子已经等得不耐烦了,喊声高亢,我赶紧给他两块大鱼干塞住嘴。午休的时候,我给花子简单说了说生日宴会的事儿。当年花子和几个兄弟姐妹在小院里讨生活的时候,父亲因为他贪吃,常多分

花 子

给他点儿,母亲则喜欢他的温顺和聪明,有时给他梳毛毛,清理大尾巴上粘的脏东西,花子来我这儿之后,母亲还不时问起他的情况呢。我问花子还记得以前的生活吗,他沉默不语,若有所思。

晚饭后,老爹有事出去了,我则有个网络会议,只好把花子关在房间里,快十点才放出来,他有些委屈,哼哼唧唧的,我只好又拿出"不工作怎么吃肉肉"的经典语录教育他,他也只好认命地听着,不过一会儿他就开心了,趴在窗户前吹凉风,又在新占领的一个纸箱子里舒舒服服地躺着。快乐的时光总是短暂的,他还没玩够就过了十一点,我趁他不备,从纸箱子里把他抱起送回阳台,照例嘱咐他晚上要安静,支持老妈休息,他拿两只乌溜溜的大眼睛看着我,似乎有所不甘,我果断地给他关上阳台的门,冲他摆摆手,然后拉上窗帘。昨晚他不知什么原因叫了好几阵儿,还字正腔圆地反复练习叫"妈——妈——",把我给叫醒了几次,希望他今天晚上能消停会儿,我的深度睡眠虽然对打雷下雨无感,不过对喊"妈"这个事总脱不了敏。

秋意渐浓,书房窗外的大树们开始变了颜色,不再是一味地绿,而是有了黄色、红色的掺杂,仿佛一首歌多了些声部,重复的书斋时光也多了些不同的心境。路面上甚至有了些细碎的小落叶,对即将到来的大面积落叶做了预警,古人提醒我们见叶知秋,见预兆而知大势之变,我希望自己随着

三十

年龄渐长，智慧也渐长，不要做糊涂人，而要知道怎样数算自己的年日。

秋风渐凉，花子感知更灵敏，毕竟他的体温比人要高，比人更怕冷，他开始喜欢温暖的地方。早晨我把他放出来，吃喝完毕，梳毛完毕，他便进入开心的自由活动时间。一个晚上没在家里巡逻了，他这闻闻那嗅嗅，先费心地把全家检查一遍，免得有什么危险的东西侵入我们的领地，厨房刚清理出的两个箱子放在门口准备扔掉，他立刻注意到这是新事物，凑上去好一阵子研究，最终确定没有什么危险，才放心地去别的地方查看了。饭厅墙角地板上有个椭圆形的棕色小东西，我刚看到，他便冲过去了，伸出小手试探性地拨拉了好几下，见那东西不动弹，他才凑上去查验，我捡起来一看，原来是个大杏仁，大概是大哥早晨吃坚果的时候不小心掉的，我看他好奇地盯着，便丢给他，说："没什么危险，拿去玩吧。"他立刻当成玩具踢来踢去，跟着杏仁满地跑，不亦乐乎。

玩了一会儿，花子见我坐在客厅南头的大沙发上欣赏风景，便跑过来挨着我躺下，边吹风边晒太阳。窗外的大叶子树个子高大，体态健美，浑身舒展，新的卷轴还在不断抽出并打开，长长的绿色手臂触到窗玻璃后折了一下，不过它整个身子会转，过几天那抵住窗户的部分就慢慢转走了，折后的那一点也会慢慢伸直。花子最爱他的大叶子树，每天都要

花子

来欣赏一番,我也爱大叶子,在这点上我们俩的审美观是一致的。花子有时把手贴在玻璃上,表情认真严肃,似乎在向大叶子发出神秘的宇宙交流波。大叶子树右边的石榴树上结了五六个果子,等着阳光把它们晒红晒熟,在中秋节被摘下应景。窗外每种花树都按着自己的节奏,不急不忙地应着节气生活着,有一种平静的力量。植物其实有大智慧,除了给人类提供氧气,还阐发很多道理,可惜我们时常听不进去。这两天气温保持在二十几摄氏度,阳光仍然有些热辣,不过花子显得很舒服,眯着眼睛一动不动,背部的毛发在阳光下闪着光,这种边吹凉风边晒太阳的做法,大哥或许会理解,他最喜欢盖着被子吹空调了,说是双重舒服。

花子晒了会儿太阳,去阳台喝水的时候,我趁机说要去工作了并让他支持。他抬起头来,嘴巴还湿漉漉的,眼神幽怨,不过我关上房门后他也没什么动静,大概认命去睡觉了。中午时分,他听到我在家里走动的声音,在房间里发出先低后高先松后紧的叫门声,我抓紧吃完饭给他开了门,也给他吃了肉干。饭后我们俩在客厅里各自活动了一会儿,我便抱着他去睡香甜的午觉了。花子在担任午觉小护士这一点上还是非常称职的,一看我闭上眼睛,赶紧贴到我身边,颇有暖宝宝的效果。虽然我是资深睡觉达人,不需要助眠香或安眠药,但一只贴心的暖宝宝会将我更顺畅地推进梦乡。半个小时后,我被闹钟叫醒,见花子还一直陪护在

三十

我身边，我起身后他也睁开眼，有点睡意朦胧的，我给他盖上小单子，轻轻拍拍他，让他继续睡，我则去工作给他挣大肉干。

下午有雨，虽然不大，但一场秋雨一场寒，天气预报显示明天开始低温就降到十几摄氏度，高温则大多在二十五摄氏度左右。晚上打电话听母亲说，小黄今天下雨时躲在父亲搭建的猫窝里，雨停了又出来要吃的，看来它听进了我对它的劝告，打算在小院长待了。我从淘宝上买的几袋猫粮今天也运到了小院，小黄若是个聪明猫，当尽快在小院站住脚，熟悉小院环境，给自己找个安身之所，毕竟一个月之后就霜降了，两个月不到则要立冬了。

今天又下了一天的雨，时大时小却一直没停，气温明显降低了。花子在雨天总是情绪不稳，我工作时把他关在房间里，他在里面不停喊叫，完全没有一般人下雨天好睡觉的意识。窗外的花树倒是欢喜的，特别是大叶子树，奏着雨打芭蕉的古典音乐，听上去甚是美妙，看上去也很鲜亮耀眼。花子的安全感在我和老爹饭后散步的时候是最强的，他趴在落地窗帘后面或者钢琴下面的纸箱子里，有时趁我们路过搞个小偷袭，猛地蹿出抱住腿，又猛地撤回去，显示他的小机灵和大开心。

晚上跟母亲通话时，问起小黄和大黄，母亲说小黄竟容不下大黄，两只猫今天不停打架，小黄不肯让大黄吃猫粮。

花 子

我告诉母亲,要对小黄进行教育,不能让它霸占猫粮,要学习跟其他来小院的流浪猫和平共处。母亲一开始觉得跟猫讲道理有些奇怪,我以花子为例,说猫是聪明的,听得懂人话,时间长了也能听得进教育,总之,不能让小黄养成吃独食的坏毛病。母亲笑着答应了,说等天好了就去院子里跟小黄说一下。我没想到小黄竟如此霸道,下次见了它,定要好好跟它谈谈猫生。

早晨起来天晴了,空气干净而凉爽,从窗户望出去,秋意一下子浓了不少。天空高远,云团硕大,似乎是某支云母舰队正携着隐秘的命令赶赴远方。风带着收敛的气息扑面而来,连毛孔都觉得闭合了。夏天整个人是扩张的、发散的,如今我虽然体重没怎么减,自我感觉体积还是略有缩小。花子最近倒是一直忙着贴秋膘,看上去粗壮了不少,走起路来一拽一拽地,不过他一身长毛,除了洗澡的时候身量缩小,平时都是毛茸茸的一大团,堪称行走的毛团子,还自带一个翘着的大毛钩子。天一凉,花子暖宝宝的体质就显得很贴心贴肺了,抱着舒适度很高,难怪时下那么多人都愿意养只小猫咪。昨晚他表现得很安静,或许夜里雨就停了,被连续几天的雨搅扰的他终于睡了个踏实觉。吃了早饭,梳了毛毛,看了大叶子,花子开始享受新的一天。逗猫棒是他最爱的玩具,躺着玩,立着玩,花样繁多,常玩常新。

三十

2023年9月18日，玩逗猫棒

下午收到南方好友寄来的一大箱鲜活的大闸蟹，我送到父母那儿，煮熟了一起分享。蟹黄沙蜜，蟹肉香软，蘸着姜汁调料，我一气儿吃了三四个。秋天实在是值得爱慕的季节，瓜果飘香，各种美食都纷纷登场，尘世生活显出极其可爱的面容。我始终相信，喜爱美食的人是值得交往的，因为他已经与食物建立了亲密的关系，而亲密关系的获得会令人平静满足，为人处世就不至于尖酸刻薄。就此而言，"人无癖不可与交"是有道理的。

母亲说小黄今天没有来，大黄倒是来了。大黄较之小黄，性情比较宽容，更得母亲的喜爱，而对于我来说，若小黄和大黄能和谐共处，那是最好的。或许随着天凉，还会有其他的流浪猫来到小院，就像去年年底经常有六七只猫同时和谐地生活在小院里，令小院充满了生机。对今年新

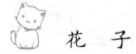 花子

生的流浪猫来说，最重要的是熬过这第一个冬天，我会给它们备足粮食的。

　　花子每天的生活看起来比较单调，除了吃喝玩乐，就是趴在落地窗前发呆看风景。不过细想一下，这种生活是高质量的，达到了"宠辱不惊，看庭前花开花落；去留无意，望天上云卷云舒"的境界。我因为要跟老爹共同承担养家糊口的责任，没有那么多时间看花看云，境界自然也没有花子高。花子对此是能理解的，所以每天我让他自己安静待在房间里配合我工作，他都很温顺地答应着。不过坐在书房里，即使手头上的工作是自己所喜爱的，看到外面的天色花树，也会有一种暴殄天物之感，这种时候的确是应该出去赏美景吃美食的。若真有平行时空就好了，我可以一边在书房工作，体会工作的意义，一边尽情游玩，体会享受的快乐。好在下个周末中秋节国庆节就双假合体了，全国人民都在兴奋地做规划，免得辜负了大好时光，假期我不想出远门旅游凑热闹，倒是想回顾小时候秋收后免费复收的场景，带着小镢头和简易饭菜，去南部山区找块花生地或者地瓜地，在那儿复收一整天，最好现场烤熟了吃。这个简单的计划我已经准备好多年了，不知什么原因一直没有实现，倒也没有什么惊天伟业拦阻我，今年我打定主意一定要实现，再拖下去，我可能连小镢头都拿不动了。除了复收，还可以去南部山区的果园摘果子，什么时令水果都行，重点在采摘过程的美妙，只有从

三十

果树上才能采到完全成熟的果子，现场摘下放进嘴里，咬一口喷甜汁，那种被太阳晒熟的真果感不是捂熟后的人工感所能比拟的。

今天午休时，花子有点失职，玩新买的铃铛小球过于着迷，我在床上躺下他也不肯上来。在叮叮当当声中我睡着了，过了一会儿感觉他跳上来，紧挨着我也睡了，等我醒来时，发现他睡得四脚朝天，屁股和尾巴对着我的脸。据网上懂猫人士讲解，猫咪肯把屁股冲着你，是对你的信任，也是把你当妈妈的一个表现，那我真要谢谢花子的厚爱了。花子感觉到我醒了，用大尾巴轻轻地扫着我的脸，那充满爱意的举动似乎在印证懂猫人士的见解。我投桃报李，把他的两条短腿搁在我的胳膊上，以示爱的回应，他没有抽回腿，而是很领情地继续搁着，并继续给我扫着脸，直到我起身准备去工作。我给他盖好单子，摸摸他，让他继续睡，他配合地闭上眼睛。

晚上打电话，听母亲说今天小黄和大黄都来小院了，不过时间是错开的。小黄是早晨来的，吃了东西就走了；大黄是下午来的，吃了东西没立刻走，在院子里躺着玩了一会儿，到晚上才走的。看来它俩暂时达成了某种江湖共识，这至少比打架互不相容要好，说不定过了这个别扭期，特别是天冷之后，为了生存大计，它俩就和谐共处了呢，毕竟生死面前，个体情绪都是小事。

三十一

花子和老爹的感情越来越深了，对老爹的要求也越来越高了。今天老爹下班回家比较早，花子听到开门声和说话声，便在房间里拼命叫起来，还发出嘶哑的声音，似乎叫了很久，但我知道他是带有表演性质的。我当时在书房忙着回复学生问题，他此前一直都很安静，他知道老爹不忍心听他喊叫，所以就发出听上去很可怜的叫声，老爹果然顺着他的心意，赶紧给他开了房门。我随后从书房出来，见他冲老爹哼哼唧唧打招呼，老爹洗手后摸摸他的鼻子，又摸摸他的头。平时这个招呼就足够了，不过今天花子显然对此不满足，冲着老爹喊了一声，骨碌躺在地板上露出肚子，示意老爹继续抚摸他，老爹只好又摸了他几下，正准备起身，花子又冲着老爹喊了一声，然后翻了个身，示意老爹再继续，老爹笑起来："还要摸呀？"他应答了一声，等老爹把他里里外外摸了好几遍才心满意足地爬起来，支棱着大尾巴，拽呀拽地去玩了。

三十一

晚饭后，我把要洗的衣服放进洗衣机里，花子赶紧凑过来，把头伸进敞开的门，似乎也要参与一下。我把他扯开，关上门，按下按钮，他一直蹲在旁边看洗衣机运转，似乎想弄明白其中的原理。我挂晾的时候他也赶紧跟上，歪着脑袋看着，对这些长长短短的衣服很感兴趣，我对他表示羡慕："花子，你多省事呀，一辈子不用穿衣服，也不用洗衣服。"网上也有些养猫的人给自家猫穿衣服，虽然看着有些违和，但也证明穿衣打扮这件事，有时候的确是"为悦己者容"。

今天是秋分，又一个昼夜等长的日子，也是体现大自然平衡智慧的日子，不过花子有些失衡，独自在家待了一天，因为中秋节马上到了，我和老爹及大哥带着礼物回老家看望爷爷奶奶。老家离《水浒传》故事背景地点很近，大哥自幼就对梁山好汉有所了解，好汉们的绰号也大都记得。这一路远处多山，近处多栾树，绿叶、黄花和红果同时存在于一棵树上，有一种丰盛的美丽，许多棵树连在一起，则称得上是美不胜收了。高速路两旁的庄稼也都长势旺盛，令人心安。秋天的美是大气的，不同于春天的热闹、夏天的缠绵和冬天的清亮，有一种丰饶的慈悲，慷慨地端出各样果实，温暖尘世中的人们。临近中午，我们到了目的地，爷爷奶奶见了大哥都很亲热，大哥也予以热情的拥抱，随后我们一起吃了顿有家乡特色的大餐，聊了聊家常。因老爹事务较多，下午我们便返回了，返程中顺路去了一趟兖州，寻访了百年前兖州

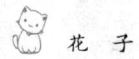 花子

印书馆的遗迹，残垣断壁也是历史存在的一种方式，只是令人唏嘘。

等我们回到家，已经七点多了。花子听到开门声，自然是拼命喊叫，不过随后也得到了一碗肉肉和一阵爱抚。得到弥补后，他便很快开心起来，在客厅里跑跳腾挪，还不知从哪个角落捉到一只细小爬虫，拨拉到我跟前邀功，我赶紧把虫子除灭掉，并表扬了他作为看家猫的尽职尽责。总体来说，花子是一只情绪稳定的小猫咪，而情绪稳定是获得心灵宁静和幸福的重要因素，花子在这一点上深得我心。

晚上打电话给母亲，听她说起小黄和大黄的情况，两只猫继续保持默契，错开到小院的时间，从而避免正面冲突，我听后颇有些赞赏。处理矛盾时，若没有更好的、直接解决的能力和方式，避而不见则简单有效，甚至体现了某种生存智慧。这种智慧当然也适用于其他物种，可惜很多人连流浪猫都不如，既没有和谐共处的能力，又非要搞得一辈子相见两生厌，甚至不死不休，实在是愚不可及。

早晨起来，又下起淅淅沥沥的小雨，这种小雨杀伤力不强，但对不肯痛痛快快走开的一丝暑气来说，侮辱性还是有的。大约十场八场小雨之后，就到了该放暖气的时候了，况且还没到十月呢，暖气公司就发短信提示可以交暖气费了，截止日期是 11 月 15 日即每年放暖气之日，掐指一算，其实也很快了。什么东西只要能被数算，都会显示出其有限性，

三十一

宝贵的人生竟然也是如此,所以得着智慧的心,拓展和丰富人生是很有必要的。我见过不少自以为掌握真理的人却缺乏践行真理的智慧,以至于真理尴尬而人面僵目硬,说到底,不过是掌握了某些教条的知识而已。

花子算不上是知识分子,但也有几分聪明,比如会演戏,会撒娇卖萌,另外也有几分清高。我通过对比一些网红小猫咪,发现花子不算是很黏人的,他看重与关爱他的老妈老爹在一起安宁地生活,但各自又有独立的空间和不同的爱好。比如花子不喜欢我老抱他,每天除了晚上睡觉前我把他抱到阳台、早晨饭后抱着他看大叶子等有限的几个时间点,他都拒绝我抱他,即使抱着看大叶子也是一会儿便挣扎着要下来自己玩。他跟我表示亲热的习惯性动作是互碰鼻子,通常是在早晨我俯身给他擦屁屁、喂肉肉、清理猫砂、梳毛毛时,他会主动凑近并把头仰起,跟我碰一下鼻子以示谢意。相比抱抱,他更喜欢躺在地板上,翻来覆去地让我和老爹摸摸他,也许躺在实实在在的地板上跟人亲热,比悬抱在半空更让他有安全感。总之,他是有自己设定的方式,并没有因为流浪猫的艰难经历而失去对人的亲近,也没有因为这一经历而失去自我的坚定内核,从而保持了一种平衡的智慧,这是他可爱之处。在我看来,有些网红小猫咪对主人的感情过于粘稠,类似一种甜蜜的负担,当然有的主人可能就喜欢这种黏人小宝贝,正所谓白菜萝卜各有所爱。

花子

  这两天明显降温了,穿短袖出门会觉得冷,晚上盖夏凉被也有些漏风了。猫咪的体温比人高一两摄氏度,所以对降温感受会更明显,花子开始寻找暖和地方趴着,对放在门口准备扔掉的纸箱子特别感兴趣,钻进去就不想出来,蜷缩在里面感受纸箱子特有的温柔敦厚气质,偶尔露出头观察一下周围情况,仿佛从地洞里钻出来的小鼹鼠。我把他搁置已久的布窝窝里里外外都清理一遍,刷掉粘在上面的毛毛,他蹲在旁边耐心地看着,默默体会老妈的爱意。清理完后,我把布窝窝放在阳台上,晚上或许他会愿意待在里面,那样睡得更踏实些。

  刚晴了两天,又阴天下起小雨来。大街上的人们都穿起长袖衣服,骑电动车的人还罩着厚外套,路旁的栾树都挂满了橘红色的小灯笼,秋天的味道越来越浓了。花子最近因为每天吃肉肉和维生素营养豆的缘故,毛发浓密发亮,摸上去厚墩墩的,似乎也在为即将到来的冷天做准备。我安慰他:"花子,天凉了你不要怕,在家里风吹不着雨淋不着。等过一阵儿就要来暖气了,阳台上你还有个单独的电暖器呢,去年冬天你用过的。"他轻轻地"嗯"了一声,似乎听懂了我的安慰。我始终觉得,花子听得懂我所有的话,有时候他不肯听话做一些跳上跳下的事,只是他调皮而已,毕竟他还是个很年轻的小猫咪呢,等过几年他成熟了,老练了,一定会乖乖地不再搞事儿,不过年轻就该有年轻的样子,调皮也是

三十一

生命力旺盛的表现，我已被大哥鉴定为开明型家长，有"人不作死枉少年"的容量，对花子自然也有包容之心。

说到家长与子女的关系，这几天网上讨论得很热烈的是某学霸与其父母的矛盾。为人父母，要警惕没有边际的控制欲。儿女各有天命，父母不过是管家身份，不能左右孩子的人生，能帮助孩子更好地认识和发现自己，起到监护和辅助的作用就很不错了。越是天赋超常的孩子，成长之路越是艰辛，他们大多更敏感也更脆弱，不容易适应为大多数普通人设定的路径。天才的父母若不是天才，则更需要谦虚和宽容，最怕将天才据为己有，随私心滥加干预，最后毁掉天才却无力承受代价。大哥虽谈不上天赋异禀，却也有斜杠青年的气质，我和老爹在经过最初的挣扎之后，选择宽容以待，尽可能在家校之间为他争取一些自由空间，通过畅所欲言的家庭讨论会，帮助大哥认清自己的兴趣与能力，明确将来职业规划，自己选择专业方向和学校。这一过程不乏艰辛，所幸很多问题是他在主动探索中得到解决的，明白自己的人生需要自己负责。如今花子作为类二胎，我对他更没有什么掌控欲，只希望他开心每一天，过好自己的猫生，做个长寿猫猫，陪我共度欢乐时光。

花子的肢体语言很丰富，当口头语言这个交流渠道不太畅通的时候，肢体语言就可以起到有效的补充。花子目前只能说几句人话，我又听不太懂猫语，尚未修炼出公冶长的本

花 子

领,所以花子为了表达自己的意愿和情感,便时常动用身体器官作为辅助工具。比如他想吃肉干的时候就跑到我眼前,一边哼哼一边用舌头舔嘴唇,若是我理解了他的意思,问他:"想吃肉肉?"他便立刻发出肯定的叫声,眼神更加炽烈,嘴唇舔得越发用力。表达开心的情绪,花子通常用跑酷的方式,撒开手脚,抿着耳朵,呼呼地从里屋窜到客厅,又从客厅窜到饭厅,甚至一步跳到饭桌上,还没等受到呵斥,又忽地跳下来,拐个弯跑走了,像个调皮的孩子。眼睛也是花子表情达意的好工具,开心满足的时候,两只眼睛乌溜溜水汪汪的,像两颗新鲜饱满的大葡萄;调皮捣蛋的时候,眼睛里闪着狡黠的光;受到惩戒时,亮晶晶的大眼睛暗淡下来,像两只小碗盛满了忧伤,默默看着我,给我施加道德压力;等我给他解了禁,眼睛又立马亮起来,喜乐瞬间涌上来,颇有感染力。关于应答,花子也有各种方式,除了常见的嗯哼声,他还会一只眼睛睁圆一只眼睛快速地闭合再睁开,这种特殊的技能给我一种被善意捉弄之感。随着相处时间的增多,我一定会解锁花子更多的肢体语言,开辟我们俩之间更多的交流渠道。

花子对大叶子树感情深厚,每天早晨吃喝完,他一出房间便赶紧跑到客厅的落地窗前看他的大叶子,蹲在那儿看一会儿又趴下来看,有时候还扒着窗玻璃看。他最喜欢我抱着他看大叶子,这样他可以看到大叶子的全貌,既可以欣赏那些宽大的叶片,也可以欣赏那些刚抽出的嫩卷轴。我通常会

三十一

跟大叶子说说话,并让花子参与其中:"大叶子,花子又来看你啦。花子最喜欢你啦,你是花子的树,是老爹老妈亲自种下又送给花子的,你要陪着花子好好长呀。"听我说这些话的时候,花子是开心满足的,尾巴轻轻地甩动,一下下打在窗玻璃上,像是打着鼓点认同我,有时还会轻轻地"嗯"一声或跟我碰碰鼻子,鼓励我继续说下去。今天我抱着花子跟大叶子说话的时候,窗外起了凉风,还下起了新一轮的小雨,大叶子被雨水擦拭得油光发亮,花子歪着脑袋乖乖地贴着我,深情地看着他的大叶子。我想到即将到来的深秋,大叶子如此鲜亮的叶片会慢慢失去水分变得干枯,继而被北风撕碎吹走,等到冬天的时候,连粗壮的树干也会渐渐枯干萎掉,只有埋在地下的根部还保存生命力,等待来年春天重发新芽。到大叶子枯萎的时候,花子会不会伤心呀?想到此,我便提醒花子:"花子,大叶子有它的生长周期,过一段时间天冷了,它的大手掌会慢慢变黄变枯,收起来准备过冬……"没想到花子听到这里,忽然很难过地长叫了几声,还在我的怀里使劲挣扎着,似乎不愿意接受这个结果,我赶紧抚摸安慰他,大叶子这样做是为了明年继续陪伴他。我想花子一定听懂了我讲的故事,而且脑子里还有画面感,这让我对他的理解力有了新认识,也惊讶在我还没能成为公冶长之前,花子却已经有了公冶长的本领。看他情绪还是不太稳定,我便抱着他离开了落地窗,连抚慰儿歌都用上了。

花 子

天气转晴了,阳光明丽,凉风习习。我一看日历本的提醒事项,今天又到了花子每月一次驱虫剪指甲兼放风的日子。上午处理了一下家务和工作事项后,我背上花子外出的专用大挎包,推开房间门去找花子,吸取了上次的教训,我没有先把花子放到客厅。上次他在客厅里玩,一看到我穿好外出的衣服就起了警惕之心,钻到沙发底下不肯出来,害得我还要花心思诱捕他。吃一堑长一智,这次我万事俱备,来个瓮中捉猫。我打开房门,花子这个点儿应该是在睡上午觉,进门一看,发现他躺在大床上,倚着我的被子,睁着两只滴溜溜的大眼睛正看着我呢。好家伙,这么会享受啊,我还以为他躺在自己的窝里呢。他似乎正奇怪我怎么这个点儿来找他,趁他没完全反应过来,我热情地抱起他,三下两下把他塞进大包里,同时安慰他不要紧张,不过是又到了出去放风和滑溜眼珠子的时候了。他倒是没反抗,一路上好奇地把头露出来,左看右看,遇到小区邻居打招呼,他也大大方方地见人,没表现出畏缩情绪,于是赢来几句表扬。刚下过雨,马路干净,空气清新,很快我们就到了宠物医院。医院里排队的猫狗不多,花子又只是常规小项目,一个温柔的护士小姐姐麻利地给花子剪了指甲,又滴了驱虫剂。剪指甲前,花子先称了称体重,4.3公斤,较上次略微重了点,不过仍未超过九斤,不必担心减肥的事儿。付完费,我便带着花子离开了医院。进了小区,我没有带花子从楼背面坐电梯,而是从楼西

三十一

侧的室外台阶绕到楼南面,一方面是趁天好散散步,另一方面是想让花子从另一个角度看看他的大叶子树。站在大叶子前面,为了使花子看得更清楚,我便把他抱离了挎包。我们俩正沉浸式体验日常生活的另一面,一辆停在单元门口的快递小车"呜"地猛然发动,继而从我们身边"突突突"地开走,花子被吓了一大跳,出于逃跑本能,他挣脱我后噌地跳进小院里去了。我赶紧喊他,不过他吓坏了,边跑边躲,还发出陌生的恐怖叫声,转眼他就逃到小院西头的护栏那儿,身子卡在两根护栏之间,护栏离地面有好几米,摔下去非死即残。我在篱笆外面喊他,他也歪着头冲我喊,样子很凄惶,只是不肯到我身边来。那一刻,我甚至觉得我跟花子的缘分可能到头了。我快速跑回家,从阳台侧门进了小院,边走边轻喊:"花子,花子,老妈来了,你别怕呀。"等我到了小院西头,花子还卡在护栏那儿,我松了口气,轻轻走过去,安抚他:"花子,没事的,老妈来了。"他扭过头来看着我,大眼睛盛满惶恐,真是怪可怜的。我轻轻抚摸他的背,然后抓住他的脖子,把他拽过来。他很听话,没怎么挣扎,我赶紧把他抱在怀里,体会到什么是失而复得,长舒了一口气,花子也慢慢平静下来,大概我抱他的感觉给了他熟悉的安慰。我没有立刻带他回屋里,而是抱着他在小院里转了转,看了看平时他在屋子里透过玻璃窗看到的花树们,让他平复一下情绪。等我指给他看阳台玻璃窗里面他吃饭喝水的小碗,他

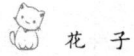 花 子

的窝窝,他似乎高兴起来,觉得这个地方没什么可怕的,不过就是他平时熟悉的地方。最后我抱着他近距离看大叶子树,让他伸手摸摸大叶子的脉络,感受一下大叶子的体温,尽量把这个意外的恐怖事件转化成一个惊喜的审美事件,并亲切地提示他平时老妈就是在这里浇水除草赏花的,他平时不也在玻璃门里面陪老妈看风景吗?等我抱着花子从小院侧门进屋后,他已经完全平静下来了。我把他放下来,他又走到平时欣赏大叶子的落地窗前,找回熟悉的感觉。是啊,生活没什么变化,他还是老妈的乖宝,大叶子还是他的,整个家还是他的,于是他趴在沙发上舔起毛来,顺便舔掉室外的气息和刚才的突发事件。

2023年9月28日,驱虫兼放风的路上

三十二

今天是中秋节。中午前天气晴好,下午开始又有些阴云。千百年来,赏月这个事儿主要看月亮的心情,强求不得。中午我们去父母家聚餐,晚上大家都不想吃多,聚餐就改到中午。弟弟全家先到了,弟媳很贤惠,在厨房里忙着做菜,我对做饭这件事一直没大兴趣,不过事先在特色饭店里买了几个"硬菜"拼盘,一会儿饭桌就摆满了,甚至有溢出的危险。吃饭期间,我和弟弟追忆了小时候的一些趣事,大家又感恩了如今的很多事,总之心满意足地吃撑了。弟弟好心收养的小土狗多多今天也饱餐了一顿骨头宴,不过不甘心被拴在小院里,不时大喊大叫,希望能登堂入室。跟花子相比,多多显得很莽撞冲动,一对大眼珠向外突突着,两只长耳朵支棱着,大舌头耷拉在嘴巴外面,哈哈地喘着气,身子不停地乱动,看得我有点眼晕。小黄和大黄都没在小院,或许是忌惮多多,不知躲到哪儿了。午饭后回到家,给花子吃了点

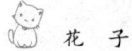 花 子

肉干,我便搂着他睡了一会儿。花子安静地贴着我,像个温暖柔和的小棉袄,令我不由感慨收养一只猫咪对我来说是明智之举。

晚饭后,月亮竟然又大又圆地挂在天上,着实让我感动了一下。我和老爹出门赏月,给月亮拍了几张照片,可惜人造相机的效果远远比不上眼睛这个天然相机。空气凉爽,一丝暑气也没有了,不时飘来若有若无的桂花香气。回家后,我和老爹喝茶消食,大哥在房间里跟朋友电话聊天,花子则在厅里玩,搞自己的小动作,还不时蹲在我跟前哼两声,提示我要注意他的存在,不能忽略他。我抱着他看窗外的月亮,跟他说今天是中秋节,而他是家里不可缺少的一分子,他听了很满意,安静地贴着我,还不时用鼻子碰碰我的鼻子。去年这个时候,花子还没来家呢,这是他在家里过的第一个中秋团圆节,自然意义非凡。我问他是否背过了"床前明月光",他把头藏起来,似乎有些害羞,我拍拍他,鼓励他以后多努力,一定也能学有所成的,不必急于一时,他这才把头抬起来。

今年中秋节和国庆节双连,所以调休连放七天假。大哥昨晚吃了月饼,今天一大早就坐飞机去外地会朋友了,老爹去机场送他回来,还表扬大哥关心他。大哥叮嘱他:"老爹,你开车回去的路上,如果犯困,立刻停车睡一会儿。"我也感慨大哥身上有人情味了,知道孝敬爹妈了。前几年大哥闹青

三十二

春期的时候,身上"兽味"浓郁,如今竟肯说以后挣钱养着我的话了,简直让我受宠若惊。据说各地景点又出现了"人从众"现象,假期我和老爹不打算出去看人头,在离家不远的地方转转就行,等退休后我们可以自己开车随心所欲外出旅游,想在哪儿停就停下,看看各地风景,吃吃各地美食,不跟风扎堆儿,我可是有一篮子的文化考察计划呢。花子在我跟老爹规划的时候,躺在我脚下哼哼唧唧,耷拉着脸,似乎不满意这个计划里没考虑他。老爹安慰他:"花子,到时候开车带着你,不会把你自己丢在家里的。"花子听懂了,脸立刻舒展了,眼睛也亮了,开心地答应了一声。

吃完早饭,花子睡他的上午觉,我和老爹开车去南部山区转了转。本来打算是去人家秋收后的地瓜地或花生地搞点复收,用我们老家的话说,就是"倒地瓜"或"倒花生",这可是我规划了好几年的项目,为此还带上了小镢头,不料转了一圈没找到,只在一些空地里挖了些苦菜。最近雨水多,新长出的苦菜叶子肥大,带回家可以做个生吃小菜。正准备走的时候,我们看到一大片无花果园,是那种低株的无花果树,尚不及人高,不过从底部便结了密密的果子,甚是喜人,可惜刚被人摘完了熟果,只剩下硬硬的生果。无花果园边上种了些地瓜,瓜蔓铺地,尚未除果。我想体验一下儿时在乡村除地瓜的感受,便找到了果园的主人家,留守的是一位热情的大娘,问她是否可以卖给我们几株地瓜,大娘爽快地同

花子

意了，说好两元一斤鲜果。大娘拿着大镢头，还给了我一顶草帽，临近中午，太阳颇有些热辣。到了地瓜地，大娘熟练地刨了起来，我在旁边拿小镢头辅助着，不料那地瓜看着瓜蔓挺茂盛，结果却不行，不但少，样子也疤瘌难看。连刨了三四株，我们就放弃了，大娘慷慨地把那一小堆疤瘌地瓜白送给我们，还让我们掐了些地瓜嫩叶，说回家炒着吃蒸着吃都可以。我跟大娘要了电话，约好过一阵子等无花果熟的时候再来摘果子。返回的路上，我们路过一个回民村庄，有好几家卖羊肉摊位，有的还悬挂着整只羊，以显示羊肉的货真价实，我们买了些熟羊肉和羊杂，又买了几根现场烤熟的鲜玉米，后者有儿时老家烤玉米的香气。烤玉米摊的旁边是一个园子，门上挂着一个"采摘猕猴桃"的牌子，我一见大喜，最近正想着采摘果子呢，连忙拐了进去。园主很热情，给我和老爹一人一个小篮子。我一头扎进了果园，抬头一看，猕猴桃们都挂在架子上等着我呢，有扎堆儿挨在一起的，有单个吊着的，叶子缝隙之上是湛蓝的天。阳光明媚，空气新鲜，果园前面是一座座连绵的小山，山上树木历历可见。果园里除了果树，还套种着萝卜、辣椒等蔬菜，果园旁边则种着玉米等庄稼，有些粗壮的玉米棒子还没摘下来，大概等着被烤成熟玉米呢，这简直就是我梦中的伊甸园啊。我伸手摘下一个个猕猴桃，心里有一种难以言说的满足，或许从本质上而言，我更适合在果园菜园里生活，而不是在书斋里。一会儿

三十二

工夫，我和老爹就摘了两小篮子，称了称，付了款，我们便满载而归了。午餐虽然延迟但很丰盛，且充满了野趣，花子好奇地审视着进家的这些新食物，虽然不能吃，也要积极参与尝尝。吃完饭，困意上来，我便搂着花子睡了个加长版午觉，弥补了他一上午在家的孤单守候。

晚饭后，我和老爹在小区里走走，月亮很靠谱地表现出"十五的月亮十六圆"的传统美德，又大又圆地挂在高空中，这似乎预示着今年接下来的几个月都会比较靠谱。花子今晚很开心，不停地跑酷，在大沙发上表演高超的腾挪动作给我和老爹看，又到处钻空子搜索可疑事物，显示出看家猫的本色。有了花子，家里添了很多活力，尤为难得的是他的活力基本都是在正当可控范围内，最多不过是跳饭桌这种事，被呵斥后也赶紧跳下来，不像网上有的猫有拆家恶习，包括但不限于经常撕咬沙发打碎杯碗等，所以老爹时常感慨花子是听话的乖猫猫，我们第一次养猫是出乎意料的成功。

今天是国庆节，天空晴朗少云，不冷不热，正适合外出游玩。据说各大景点已经开启人挤人模式，泰山南天门被网友戏称有"十万天兵"，且有视频为证。我和老爹应朋友的邀请，准备去离济南不太远的商河实现我多年来的"倒地瓜"梦想。昨天下午去南山没有什么成效，正遗憾之时，回商河老家的朋友提供了一个宝贵信息，就是他们村附近有一大片地瓜地，是有人承包的，前一阵子用机械收了果之后，任何

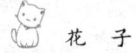 花 子

人都可以免费去复收,据说朋友的母亲已经复收了好几百斤,这真是"踏破铁鞋无觅处,得来全不费工夫"。给花子备好充足的食物和水之后,上午我们便驱车去商河加入复收。"倒地瓜"是我小时候在乡村生活时非常喜欢的一个项目,其精义类似于挖宝,不在复收多少,重在发现的过程和乐趣。沿途看到好多圆柱体的玉米大包立在村民门口,阳光下闪着金光,既有审美价值又令人心安。接近中午抵达目的地,朋友一家热情地炖鸡炒菜,特别是端上了新鲜的煮毛豆、煮玉米、烤地瓜这些美食,令我胃口大开。院子里拴着一条小黄狗和一只小黑猫,倒也相安无事,那小黑猫之所以拴着,据说是怕它发情跑掉,它可怜巴巴地趴在院子当中一棵高大的柿子树旁边,柿子树上结满了柿子,有的已经变黄,但大多还是青的。小黑猫的受拘束让我想起花子在家里的自由腾挪,不过花子的自由也是付了代价的,这世上本也没有什么绝对的自由。

午饭后,朋友的妻子、母亲以及上小学二年级的小儿子陪我去地里倒地瓜。老爹说先喝杯茶再说,他对农事的热情远不及我。朋友的母亲六十多岁了,个子瘦瘦小小,不过精力过人,体现了中国传统家庭中女性不可或缺的地位。她熟练地开着三轮车载着我们几人,拉着铁锨、铁锄及编织袋子们,一溜烟儿地就到了目的地,坐在三轮车上的兜风效果是极好的。下到一眼望不到边的免费复收的地瓜地,经验丰富

三十二

的老太太先给我示范了一下地瓜埋藏的几个有效线索，然后我们便分头行动了。我激动地拿着铁锄，迫不及待地挖了起来，很快我就挖到了宝，那埋在地下的红皮大地瓜真的被我挖到了！这是我曾在梦中渴望的场景，我内心深处涌起一股充盈的满足感，仿佛泉水一下子喷涌出来。双手捧着带着新鲜泥土的大地瓜，我站在太阳底下开心地大笑起来。或许对别人来说，这实在算不得什么，不过幸福是很主观的，本没有什么统一标准。笑声惊动了不远处一只也许正在午休的大灰喜鹊，它站起来冲我咕咕咕地叫着，我侧耳细听，努力辨识出它的信息："快来这儿挖呀，这儿有你想要的大地瓜！"这种辨识自信或许跟花子的陪伴有关系，猫语和鸟语虽然语种不同，但所有的外语在只可意会不可言传这一点上还是有共同之处的，于是我迈着自信的步伐走过去，大喜鹊见我过去便飞走了，我对它遥遥表示了感谢。似乎为了印证我的自信，我真的在大喜鹊待过的地方挖到了一窝大地瓜！我被来自淘宝梦想和听懂鸟语的双重幸福驱使着，不停地弯腰挖呀挖，兴奋得忘了时间。忽然一阵头晕和恶心击中了我，我只好直起腰来平复一下，我平时缺乏锻炼的肉体追不上我幸福奔跑的灵魂，这可真是有点扫兴。望着远处不停在挖的老太太，她身边的编织袋子都快满了，我身边却只有一小堆，不过我没有太苛责我的肉体，毕竟用得着它的地方太多了。今天重在圆梦，以后知道这个地方了，可以常来，我放缓了速

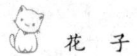

花 子

度,又挖了一阵子,也又得了几个宝贝。

　　过了一会儿,朋友驱车来提醒我们回去,下午还要到附近的百年梨园摘果子呢。我们把免费得来的地瓜们从地里运到三轮车上。老太太自己的成果占到大约百分之七八十,满满两大袋子,重点是她气息平稳,步子轻松,毫无累意,开着三轮车又一溜烟儿地把我们拉回了家。接下来的摘果子环节虽然是个附加项目,但对我来说幸福指数也很高。百年梨园里的大梨树们每棵都才华横溢,果实累累,有的枝子都被果子压弯到地面了,其中有几棵梨树据说超过了三百年。梨园边上还种了一些苹果树,树上的红果子也是你挨着我,我挨着你,甚是喜人。果园主人很热情,据说是朋友的本家,让大家随便吃,我现摘现吃了一个大黄梨和一个大红苹果,满口脆甜。不一会儿,我们就摘了一大袋子梨和一大袋子苹果,美妙的时光总是很快,转眼五点多了,我们称了称重,付了款就离开了果园。返程前,朋友一家在我们的后备车厢装了几袋子地瓜、梨和苹果,热情地邀请我们下次再来。今天真是收获满满,等回到家已经晚上七点了,花子听到开门声,大声喊叫起来,我辨识出他叫声中的大致信息——邀功,他已尽到作为看家猫的职责,并一秒钟都不愿再等,要求立刻、马上放他出来!我赶紧给他吃了一碗肉干作为安抚,又给予了好一通表扬,他这才表示满意,在检查了几个新进家的袋子没什么危险后便放飞自我,到处跑跳,尽情舒展着手脚。

三十二

天气一凉，花子就不愿趴在钢琴或地板上了，开始找暖和的地方。我和老爹在客厅喝茶的时候，他最爱躺在对面的沙发布垫上，一边看着我们一边听我们说话，在温馨的氛围中渐渐眯上眼睛进入梦乡，梦中不时翻身甚至睡出了猫头鹰的炸毛效果。除了沙发，他还喜欢温良敦厚气质的纸箱子。最近中秋节国庆节双节相连，亲戚朋友们互相赠送礼物，其实很多礼物都是帮着纸箱子制造商发财的。花子没进家之前，纸箱子通常在取出礼物之后就送到小区垃圾桶那儿了，有了花子，大小合适长相好看的纸箱子们留了下来，作为花子的临时窝窝。这几天钢琴下面就摆着三个花子看中的长方形纸箱子，连在一起仿佛是三节火车车厢，花子每天挨个进去躺玩一会儿，颇有狡猫三窟的意味。除了这三个纸箱子，花子还在阳台上占了两个大纸箱子，有时候我看不到他，到处喊他也没回应，我便猜想他大概藏在纸箱子里，过去掀开盖子一看，果然有两只亮晶晶的琉璃大眼正狡黠地瞅着我呢。

花子的家庭参与意识越来越强。我和老爹若在家里，他是断不能忍受被关在房间里的。不过我们吃饭的时候，我通常让他待在房间里，否则他要么蹲在椅子上哼唧，要么猛冲到饭桌上，若不是我快手拦住，他甚至要一头扎到盘子里尝尝，一点儿也没觉得这样有什么不妥。或许在他心目中，这个家里的所有人和物都是他的，他每天巡视看顾，老妈每天抱着搂着，口口声声叫着花宝儿，老爹也无原则宠着他，大

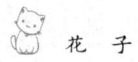 花 子

家还有什么不能一起分享的呢？

在花子的眼中，玩具不完全是由人类所定义的"玩具"，而是取材丰富，重在眼缘。有时候我给他买的猫玩具比如一些球类，他并不太喜欢，玩几次就搁在某个角落招灰去了，倒是他自己发掘并定义的"球球"，比如一粒坚果或者一个笔帽，都能被他推着跑，成为新奇的小球。今晚临睡前，他得了我新买的运动鞋上一个柔软有弹性的小商标，很是喜欢，拨拉着满地跑，玩累了还用嘴叼着放在身边，不时用指甲摁住弹起，感受那种轻微的震颤。花子的这种自得其乐，显示出他作为一种生命体自洽的高级感，就此而言，猫咪确实是一种有灵性的动物。

父亲对历史古迹感兴趣，趁着放假天好，今天我和老爹驱车陪着父母去省内的青州玩了一趟。青州是古九州之一，曾有众多文化名人在此待过，是个有底蕴的小城。我们先去古街走了一趟，人不少，熙熙攘攘的，路两旁摆着各种特色小吃，色香味很是诱人。古街矗立着好几个高大的牌坊，记录着那些在历史上做出各样成就的人们，古街两侧也有不少古迹，大气又精美的偶园和高耸入云的哥特式教堂都是明清时期留下来的，提醒每位访客不过都是历史中间物。我们边走边买了几样特色小吃，硕大酥软的烤面筋比我以前吃过的面筋都美味，刚出锅的煮玉米香甜可口，我还买了两袋小时候爱吃的麦芽芝麻糖棍儿。在喧闹声中吃着小糖棍儿，我忽

三十二

然觉得假期在景点看人头也不是那么荒诞,独居静思固然重要,热闹喜庆的群居生活也不无意义,在挤来挤去中,人味儿散发得更浓郁了,正所谓独乐乐不如众乐乐,况且这里面还包含了孝道天伦。从南门一直走到北门,逛完古街已是中午,我们在北门找了个人多的饭店,勉强挤进去吃了顿便餐,果然价廉物美。饭后我们一边散步一边去范公亭公园,着重参观了李清照纪念馆和三贤祠。李清照纪念馆里记录着她和丈夫赵明诚十几年的静好生活,三贤祠里则扎堆坐着富弼、范仲淹和欧阳修几位大家。想到这些人都曾在青州驻足,不禁让我对这座小城产生了探究的兴趣。不过限于时间,我们参观完三贤祠就打道回府了。

等我们回到家,天已黑下来。早晨离家时,我嘱咐花子好好看家,他无奈之下只好答应,苦守了一天,听到开门声,他迫不及待要出来透口气。我热情表扬了他的忠心,奖励了一整碗肉肉,饭后又抱着散了一会儿步,他这才得了安慰。放假外出期间宠物们的安置对很多人来说都是个问题,我看到有网友晒出假期踪迹,外出时驱车带着猫狗,于是阿猫阿狗们也跟着堵在高速路上,一脸的茫然和无奈。相比之下,花子算是幸福的,毕竟我们外出都是当天返回,他不用长时间独守空房,也不必堵在路上发呆,更不用被寄养在宠物医院蹲笼子,跟其他关在笼子里的阿猫阿狗们大眼瞪小眼。所以知足吧,花子。

三十三

今天起床后,我发现自己有些打喷嚏流鼻涕,或许这几天比较累,又吹了凉风,脑袋昏昏沉沉的,面部肿胀,失去了宝贵的清醒和活力。我担心传染花子,不过他一点儿也不在意,老是往我身上蹭,中午看我上床休息,也赶紧跳上来,紧挨着我斜躺着,一会儿工夫我们俩都睡过去了。醒来后我把自己关在书房,让老爹在客厅里陪他玩,花子见不到我就到处找,"妈——妈——"地叫着,等我给他打开书房门,他眼睛一亮,赶紧跑进来,先是跳到书桌上走了两个来回,接着跳到阳台上向外观察了一会儿,后来又跑到敞口的书橱那儿趴着,总之不想跟我分开。老爹把他抱出去,他又在书房外面委屈地叫着,看到我出去才开心起来,显示出他是只重情重义的小猫咪。

天越发凉起来了,根据天气预报,后面一周最高气温都在二十五摄氏度以下,低温则会到十摄氏度左右。母亲在电

三十三

话里说，最近小黄不大来了，大黄倒是天天来，一天三次在小院吃饭，饭后出去玩玩或者趴在窝里休息。小黄或许有它的考量，不过天一冷，我还是希望它能常回到小院，最好能在小院越冬。每年的冬天对流浪猫们都是严峻的考验，不少流浪猫都活不到第二年春天。我会及时给它们补给猫粮，父亲前几天把小院里的几个猫窝都重新整理了一下，铺上了几个不用的软垫子。相比之下，花子就舒适多了，除了阳台上两个布艺窝窝，他还占了好几个纸箱子作为备用。今晚他又钻进我准备扔掉的一个鞋盒子，在里面蜷着身子，让盒子盖儿靠着钢琴腿儿支着，他把下巴搁在鞋盒边上，安适地看着我和老爹散步，看得累了就撤回下巴，把盒子一抖，盖子落下来，他则像个冬眠宝宝在里面睡一觉。

今天是假期最后一天，中午和朋友聚餐吃得比较饱，晚饭我和老爹简单吃了点水果，喝了点茶，随后在客厅里散会儿步。花子吃了肉肉后开心地玩了一会儿，跳到钢琴上趴着，看我们散步，顺便听我路过时表扬他懂事可爱。八点左右，我见他眼睛眯了起来，便凑上去问他："花子，到了你睡一觉的点儿了，你是去阳台窝窝里睡呢，还是在这儿睡？"他听了立刻爬起来，跳下钢琴，又跳上铺布垫的沙发斜躺下来。老爹见到他这个动作，很惊奇地说："看来花子真的能听懂你的话呀。"我点点头："我就说嘛，花子听得懂我说的所有话。"花子在沙发上蜷起身子，我见他头有些低，便拿一个小方巾

花 子

叠了个小枕头放在他的头下面,他很知情地枕着,一会儿便闭上眼睛睡着了,还不时翻个身寻找更舒适的姿势,那乖巧伶俐的样子惹人爱怜。

花子最近不大上饭桌了,这或许与他对我的体恤有关。以前我不想让他上饭桌,只是告诉他那是我们吃饭的地方,他不应该上去,但这似乎加剧了他的好奇心和逆反心,最近我改变策略,跟他打感情牌:"花子,你不要上饭桌,你上去后会留下些毛毛,老妈不小心吃了会肚子疼,打针针。你是个懂事的好孩子,要照顾老妈。"他听懂了,所以克制自己,自觉减少了上饭桌的次数。这个例子充分说明花子是知情懂事的,有智商也有情商。不过每天晚上他临睡前的大半个小时,似乎是他很难控制自己情绪的时段,他一次次往饭厅里跑,趁我不注意,先偷偷跳上饭桌旁的椅子,若被我发现了,就装作只是在椅子上玩玩,继而找机会再跳上饭桌,若是被呵斥或者招来弟子规戒尺,他便躲起来,寻机会再复出。在这个时段,我的"吃毛毛、肚子疼、打针针"苦肉计说教也不怎么起作用了,他似乎进入了情感大于理智的失常阶段。如此纠缠了几个来回,他体内的那股子邪火发泄出来,情绪渐渐稳定下来,便到了睡觉的时候。等我抱着他送到阳台,照例嘱咐他晚上保持安静,照顾老妈休息。他安静地听着,恢复了柔顺听话的样子,掉线的双商又回来了。

大哥倚仗英语水平比较高,趁着开学还有几个月,接了

三十三

几个翻译的小活儿,挣钱倒是其次,重在提升水平和信心。今天他忽然对我说:"老妈,我挣了钱先给你花。"我听了大为感动,觉得守望近二十年终有成效,如今好大儿不但有了人味儿,还进一步有了孝心。我对花子说:"大哥能挣钱给我花了,像小乌鸦能反哺了,你啥时候能挣钱孝敬老妈呀?"花子沉默不语,似有压力,我鼓励他:"等老妈退休了,有时间教你点才艺,给你开个专号,你挣点流量,做个猫粮广告,解决自己的口粮,就算孝敬老妈了。即使挣不着钱也没关系,有大哥呢,你陪老妈开心就够了。大哥承诺了,等毕业工作挣了钱,也给你买肉肉。"他这才放松去玩了。

老爹下班回来,花子急忙迎上前去,娇哼了两声,便一骨碌躺在地板上,等着老爹洗完手摸摸他,这是他最喜欢的见面礼。老爹多年的"毛病"被花子完全治好了,从一开始伸着两根手指轻轻碰碰花子,到现在没啥负担地伸出大手掌,配合着花子的来回翻滚,结结实实地给他浑身上下左右摸个遍,直到花子满意地爬起来。由此看来,很多习惯是会慢慢改变的,很多毛病也是会慢慢改掉的。家庭是最高级别的修炼场所,很多人在外面呼风唤雨,进了家却处处碰壁,并非自以为的"阴沟里翻船",而是遇到能三百六十度无死角显原形的"照妖镜"了。自幼怕毛毛的老爹如今能过了花子的"毛毛阵",说明他已经修炼到一定境界了。

花子逐渐进入了恃宠而骄的状态,他知道上饭桌这种事

花 子

虽然不被允许,甚至会受到弟子规戒尺的敲打,但也没什么大不了的,权当挠痒痒了。在追打的过程中,那种偷袭上桌继而跳下奔逃的快乐,是温顺的听话行为带来的表扬鼓励所难以替代的,特别是老爹下班回来,他跳上桌后,还能用老爹的抱下桌代替老妈的戒尺敲,其中的乐趣就更多了。今晚花子不断上演这种自得其乐的游戏,惹动在厅里散步的老爹老妈双双加入,他简直开心得要飞起,越发猖狂起来。这期间,花子还搞了一个自编自导且主演的小节目。因为他老是上桌,我散步的时候手里一直带着戒尺,他为了放松我的监控,便趴在钢琴下面的纸箱子里,把小舌头伸出来,在纸箱子边上"沙沙"地刷舌头。他刷得很认真,时间一长,我觉得他老实了,便走到旁边的茶几准备放下戒尺。就在放下的那一刻,他忽地从纸箱子里蹿出,飞快地跳上饭桌,在我重新拿起戒尺追打他时,又敏捷地跳下饭桌,掉头跑到落地窗那儿,三下两下钻进窗帘后面躲起来。我意识到被花子骗了,便向老爹告发了他,老爹却没有抓住重点,反而啧啧赞叹花子是个小机灵。我拿着戒尺去找他,他骨碌一下躺在地上装痴卖傻,还抱着戒尺玩起来,仿佛一个胆大包天的囚犯拿着刑具当玩具。我批评他,他就往我身上乱爬乱抓,似乎打定主意要通过耍赖的方式逃过一劫。

一番闹腾后,花子肚子里的那点儿坏水倒得差不多了,便老老实实地趴在纸箱子里,准备眯上眼睛休息一会儿。

我一看时间差不多了，便过去把他抱起来，他把脑袋埋在我的腋窝里，这是他最近研发的新姿势，我称之曰"宝宝抱"。我顺应他的心意，一边送他去阳台窝窝，一边称他是可爱的乖宝宝，还给他唱自编的《宝宝抱睡前儿歌》。网上不少金毛大狗都常常撒娇卖萌让主人抱，这年头，谁还不是个宝宝呢？

由于放假调休，双节后连上七天班。因为过节暂时被压制的一些事，过完节第一天立刻像喷泉一样涌出来，溅了我一身，好在作为职场老手，我多年练就了几点技艺，耐着心一一拆招化解。上午在书房拆分麻团时，耳边伴随着花子的嘶喊声，因为一早起来忙于应付，十点多我还没把他放出来。快十一点了，我见缝插针地拿着肉肉去阳台找花子，亲亲热热地安抚他，他见了我，委委屈屈地哼唧了几声，倒也没怎么闹腾。趁他吃肉干的时候，我赶紧给他换水、换粮、清理猫砂，等他吃喝完，又陪他去看大叶子，梳毛毛，一番操作下来，花子总算得了安慰，开开心心地玩耍起来。

妇女解放运动给现代女性无疑带来了各种福利，但被解放的现代女性既要外出工作，又要兼顾家务，得失之间一言难尽，不过这对于发掘和提升现代女性的潜力还是有好处的，至少训练了平衡的能力。随着年岁渐长，我深感平衡的智慧是大智慧，是能保证我们走得更远更稳的法宝。有人在论及平衡的智慧时，将人的一生比作杂耍人在台上

花子

表演转盘子，随着表演的推进，手中的盘子越来越多，且个个奇形怪状，有人转着转着就开始掉盘子，严重者最后手中一个盘子也没了，全都摔碎了。想要把盘子都接住，且转得好看，至少不那么难看，这里面的平衡技巧不言而喻。去年年底花子这个新盘子的加入，无疑增加了我杂耍的难度，好在难度不算太大，且多有乐趣。

寒露之后，小区里各种花树进入了绚烂的深秋季节，仿佛从天而降一把大刷子配着各种颜料桶，毫不吝啬地在每棵树上率性刷刷刷，于是出现一大片一大片的斑驳艳丽，视觉冲击力很强。花子每天都要花不少时间在落地窗前静静地欣赏风景，那端坐的小背影看上去像一个带尾梢的大个花葫芦，脖颈处是花葫芦的掐腰，看上去呆萌萌的，他在不知不觉中也成了秋日风景的一部分。

今天上午因为要处理的事多，花子吃早饭的时间拖到十点多了，好在每天晚上我都会给他备点猫粮不至于挨饿，不过看到他的碗里只剩下两粒猫粮，我还是觉得有些愧疚，赶紧递上满满一小碗肉肉，又补给了大半碗猫粮。我边喂他边跟他说抱歉，并让他体谅老妈的辛苦，他很大度地柔声应着，显示自己是只善解人意的好猫猫。等吃喝完了，我陪他去看大叶子，梳毛毛，唱儿歌，宝宝抱……一番操作之后，花子总算心满意足了。

花子现在很善于并勇于发表意见，显示出在家庭中不容忽视的地位。如果他对某件事不满意,便一遍遍地用他那声情并茂带否定性拐弯的嗓音高声投出反对票:"啊~嗯!啊~嗯嗯!"其中的含义一听便知:"不~好!不~同意!"如果被关在房间里,反复喊叫却没能如愿被放出来,他还会把桌子上的东西故意踹下来,制造出声响以表达自己的愤怒,颇有点一哭二闹三上吊的势头。相反,如果他对某件事是同意的,声调则无比温柔细嫩,有种春风拂面的感觉,"嗯~嗯",意为"是的,是的"。另外,据我观察,他开心的时候和沮丧的时候,面部表情差别很大:开心时,眼睛滴溜溜圆,面部肌肉上扬,一副精神抖擞的样子;沮丧时则耷拉着脸,眼睛也失去了光彩,看上去一副要哭不哭的可怜相。

天气凉了,阳光便显出它的宝贵之处,花子开始享受和老妈坐在大沙发上晒太阳的福利。时光飞逝,感觉吹大空调的日子还没过去多久呢,又到了晒太阳取暖的日子,烤大暖气的时节也很快了,最近我的手机收到暖气公司交费的通知。想到去年花子刚进家,他紧挨着我坐在大沙发上晒太阳,那时的他瘦瘦小小的,摸上去骨感分明,如今他肥肥壮壮,手一抓就能抓起一大块肉肉,毛发也是油光锃亮的,一年的好东西没白吃啊。我给他清理眼角和耳朵里的污垢,他眯着眼发出咕噜噜的舒服声,完事后还知情地跟我鼻子碰鼻子。寒气来袭,拥有一只暖软的小猫咪,也是一件值得感恩的事。

花 子

2023 年 10 月 11 日,陪老妈晒太阳

三十四

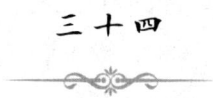

　　昨晚花子在阳台上很不老实,上蹿下跳,还不时发出不耐烦的叫声,不过我太困了就没起来查看,还以为他白天睡多了夜里闹腾,早晨起来才发现,原来他吐了些猫粮,里面夹杂着一个毛团。最近一忙,忘了给花子吃化毛膏了,我找出没吃完的化毛膏,招呼花子过来,跟他解释化毛膏的作用。他听懂了,很乖地等着我像挤牙膏那样挤出膏体,他则伸出小舌头舔着吃。人吃五谷杂粮,难免会生病,小猫咪还加了舔毛梳洗这个环节,偶尔出点小状况,只能小心看护了。花子知道我对他的关爱,很贴心地给我舔舔手,表示感谢。我想起去年他刚进家,因为吐毛严重去医院打过针,如今他肠胃功能比较强了,吃点化毛膏估计就没事了。最近季节转换,好多孩子感冒生病,花子作为类二宝,也以自己的方式加入了这个行列,提醒我要有点作家长的自觉性。

　　大哥今天也一反常态,我起床的时候他已经在电脑前

🐱 花 子

工作了,往常他都起得比较晚。我问他昨晚几点睡的?答曰"挺早的"。今天他除了中午外出溜达一会儿并吃了点饭,一直在电脑前写东西,直到傍晚才从房间里出来,笑嘻嘻地跟我说:"老妈,其实我昨晚没睡觉,一直忙着处理文件呢,刚才终于有了眉目。"我一听有些生气:"你不是告诉我昨晚休息了吗?你这是撒谎!"他振振有词:"我是怕你担心。"我赶紧声明:"你不能以孝子的名义剥夺我担心的权利,我宁肯知情后担心你,也不愿你对我说谎。当然,你以后可不能再熬夜做事了,会严重损害身体得不偿失的,你现在赶紧去补觉吧。"他怕我又搬出老掉牙的母子连心苦情戏,好歹算答应了。

花子最近常跟大哥见面,对大哥越来越接纳了。大哥坐在大沙发上看手机,他悄悄爬上大沙发的靠背,偷偷闻大哥的脖子和头发,似乎要在大哥身上打下自己特有的烙印。大哥穿着拖鞋在客厅里咔嗒咔嗒走,花子则跟在后面一溜儿小跑,颇有点跟班的小弟样子。大哥已经答应将来挣钱给花子买肉肉了,所以大哥也是花子的人。偶尔大哥抱抱花子或将花子举高高,花子总是满脸幸福,要知道大哥从小也是"毛病"深重的人,能允许花子近身,也算是真爱了。

花子在日复一日中找到了生活的节奏感,吃喝玩耍、和老爹老妈及大哥共处、自己独处……作为家庭中的一员,他的存在感也越来越强,甚至不容忽视。还有十天,就是他进家一

三十四

年的纪念日,我倒不希望接下来发生什么事打破常规,毕竟平稳的日子最难得。算起来,花子去年这个时候正经历他猫生中的至暗时刻,被坏人扔在某个垃圾桶或者可怕的地方,后来他挣扎着回到小院,才有了被收养的转机。我曾经跟他承诺过,以后再不会让他经历那样的黑暗与痛苦。对于花子来说,每天吃喝无忧的平静家居生活就是幸福的模样,至于我,年轻时便没有什么宏大愿景,如今更只愿安静度日,若能明白至简大道,每天知行合一,坚忍中不失喜乐,便是上好人生了。

自从花子介入了我的生活,我必须每天匀出一部分时间来喂养他,而他也敦促我的日常生活排列有序,包括每天耐心地给他清理猫砂和擦屁屁。对大部分问题来说,时间是最好的药方,而耐心是最好的药引子。更重要的是,花子的陪伴促成我每天写作的习惯,即使每天坚持写几十个字,在不知不觉中竟也有了一本小书的容量,姑且不论写作的质量如何。在记录他成长的过程中,我也更好地梳理了生活的线索,甚至借助他对生活有了更清晰的看见。由此看来,收养花子也是我生命中的一个契机。一个良好的互动关系是借助彼此更好地认识自我,发现自我,实现自我成长和共同成长,在此意义上,我和花子算是彼此成全了。

花子对自己的家庭定位很清晰,喜欢我边爱抚边称赞他:"大哥是大宝,花子是二宝,都是老妈的好宝宝。花子是乖宝,能看家能护院,全家都爱花宝宝……"听到类似的随

花子

机表扬,花子总是赶紧给我一个碰鼻礼,然后窝在我怀里做出乖顺的样子,或者躺在我脚边,抱着我的脚踝,上演口啃手刨脚蹬的花式动作,好一顿撒娇卖萌。

  花子最近又长心眼儿了,我不得不跟他斗智斗勇。每天晚上十点半左右,是他要被抱回阳台睡觉觉的时候,以往他都是无奈地配合,这两天他似乎要反抗这种被动性,十点过后便起了警惕之心,一边玩一边观察我的举动。如果发现我放下手里的东西朝他走来,便快速躲进大沙发下面,逃避被睡觉的命运,我只好先陪他演戏,装作若无其事地继续散步,等他放松警惕跑出来时再迅捷地捕捉到他。今晚他似乎打定主意不被我捉到,十点半后他就躲起来了,甚至像武林高手一样隐去了气息,我和老爹找了好几个他平时躲避的地方,却都没有发现他的踪迹,后来我们干脆放弃了,先去洗漱。快十一点的时候,花子不知道从哪儿钻出来,悄无声息地站在我身边,我扭头发现他,便调侃道:"哟,这不是戏精小花子嘛!你怎么出来了?继续藏着啊。"他大概也觉得不好意思,低着头,讪讪的,我赶紧弯腰抱起他。他还是有些挣扎,似乎在给自己找个台阶。我忽略掉他的尴尬,像往常一样给他唱睡前儿歌,并照例嘱咐他晚上要安静,支持老妈休息。他沉默不语,但乖巧地趴在布窝窝里,睁着两只滴溜溜的大眼睛,看着我给他关上阳台门,并拉上窗帘,我似乎听到他轻微地叹了一口气。

三十四

　　天一凉,花子就喜欢找暖和地方。今天午休的时候,我盖上薄被子,让他过来陪着我,闭上眼睛迷迷糊糊的时候,我觉得有个毛乎乎的小脑袋凑到我脸上,鼻头凉凉的,跟我的鼻子碰了碰,算是打了个招呼。我意识到是花子,以为他会像往常那样趴在我的身边午休,没想到他打完招呼就往我被子里钻,钻进去后躺在我的肘弯里,在我耳边发出咕噜噜的声音,舒舒服服地准备睡觉。我摸着他的脚丫子有点凉,就没把他推出去,很快我们俩相互取暖睡着了。醒来后,花子还在睡呢,身子热乎乎的,不过我一动他就醒了,等我掀开被子,他也噌地跳下床,开心地玩去了。于是乎,花子顺利达成了午休进被窝的心愿,我估计以后他都要坚持这种方式了。

　　大哥今天靠翻译本领拿到了人生中第一笔自食其力的劳务费,很是兴奋,虽然不是很多,但胜在不是伸手靠父母得的,因而意义非凡。大哥得意地说:"老妈,以后我大概率不会靠你和老爹的退休金生活了。"我连忙表示肯定:"那太好啦,我们的退休金都保住了,谢谢高抬贵手。"我这么说并非调侃,而是颇有几分真情在其中,要知道现在不少人的退休金都保不住,被不肯自食其力的儿女粗暴抢劫了。大哥表示会拿出一部分劳务费给我和老爹买点礼物,还可以拿出一小部分给花子买点肉干。我一边抱着花子一边把这个好消息告诉了他,花子听后,把头深深埋在我的腋窝里,用这种他自己发明的专属"宝宝抱"表达他的激动和开心。

花　子

　　下午我带了点礼物去小院看望父母，小院里的柿子树今年结果子比较多，父亲用网购的专属摘果器摘下来，小心地摆在精美的盒子里，最高枝头上的够不着，就留给鸟儿们分享了。母亲给我挑了个又大又软颜色金黄的，我洗洗后剥去蒂用勺子舀着吃，甜美之至。自己栽种浇灌所得的果子，直到熟透了放进嘴里，这个过程所包含的意义是丰富的。快吃晚饭的时候，大黄来了，蹲在门口眼巴巴地朝里看着，我喊它一声"大黄"，它应了一下。父亲在猫碗里放了些猫粮和冻干，它却是胆小怕人的，待我们关上门进了屋才肯上前吃它的晚饭。母亲说小黄最近不大来了，大黄却每天都来，只是仍不亲热人，神情冷冷落落的。算起来，小院最热闹的还是花子兄弟姐妹在的时候，而花子是我见过的最亲人的流浪猫，我与他一见如故，他对家猫生活也充满向往，进家后迅速找到自己的位置，吃喝拉撒都井井有条，这可不是一般流浪猫所能具备的能力。

　　昨晚花子睡得很不踏实，不停出动静，我呵斥他几次，好不容易才到天亮。早晨我给他打开阳台门，他赶紧跑出来，我给他换新猫砂的时候，他先去客厅找老爹了。今天他冲老爹发出一种新鲜的叫声，不像是平时喊我的声音，却又有点类似，我对老爹说："今天花子喊你了，大概是叫老爹吧。"老爹也有些新奇，表扬了花子。过了一会儿，花子忽然显出难受的样子，紧接着吐了两口，我和老爹给他清理的时候，发现里面有两团毛毛。如此看来，他刚才跑出去是告诉老爹自己不太舒服呢。夜里他可能就有些难受，不过看到老妈对自己不理解，便只好去跟老爹说事儿了。清理完之后，花子吃了点肉干，喝了点清水，又恢复活蹦乱跳的劲头儿了，看来他肠胃问题不大，只是因为梳理毛毛时误食的缘故。我给他挤化毛膏吃，他闻了闻扭头走了，似乎不愿意采用内化的方式解决问题，而宁可采用刚才那种激烈的外排方式。一只小猫咪也有自由意志，我只好尊重他的选择了。

　　深秋的太阳开始变得暖洋洋了。趁着天好，我把被子们搭在小院里宽大牢靠的不锈钢晾衣架上，被太阳杀菌晒透的被子会发出一股特别的醇香，一直浸染到梦乡里。花子喜欢暖和，所以很期待午饭后先和我一起晒会儿太阳。他习惯在窗边的跑步机上趴着或者躺着，于是我也过去陪着他坐着，这样他更开心了，挨着我眯着眼睛，静静地享受美好时光。阳光下他的毛发亮闪闪的，泛着健康的光泽，摸上去油光水滑的，如同上好的绸缎，毛发下的肉软糯糯的，那是吃下去的肉肉们幻化而成的。我伸手摸他的时候，他也乐意陪着我互动一下，轻轻咬我的手指或者拨拉我的衣服，甚至钻到我的怀里，像个娇滴滴的小宝宝。

　　再过一个周，就是花子来家一整年的纪念日了。晚上我和老爹在客厅里散步，我问花子想要个什么礼物，他躺在钢琴下面那一列纸箱子中最南面的一个里，仿佛一个志得意满

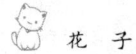 花子

的列车长躺在自己的火车头里,慵懒地拿两只大眼睛看着我,并没说什么,似乎觉得生活已经很美满了,不必再添什么礼物了。不过我还是承诺给他买个小玩具,毕竟这是值得庆祝的日子,他听了之后,大眼睛里流露出温柔的光,似乎对锦上添花的事表示肯定。

我喜欢秋天的干爽,这与这个季节特有的收敛气质有关。收敛气质的最佳代言是果子们,而所有能挂在枝头的果子都是经历了风雨的历练,保持住了自己的本心,各从其类。相比夏天的躁动,秋天也是一个引人深思的季节。年岁增长,成熟的生命理应如同美酒之沉淀渣滓,又如同金银之炼除杂质,变得更加单纯质朴、柔和谦卑,发出温润之光,既祝福自己,也成为他人的祝福。

午休时,花子很自然地钻进被窝里,享受老妈贴身贴心的关爱。本来我想让他枕着我的胳膊,不过他只待了一会儿便贴到我的腹部,顺着我侧弯的弧度寻了个舒适角度,咕噜咕噜地打了个盹儿。后来他大概嫌憋闷,从被窝上边钻出去,趴在床头柜上,四肢摊开躺了一会儿。等我迷迷糊糊快睡着的时候,他又从床头柜上下来,低头在我的脸上闻了闻,确定我没事后,便在枕头旁挤了个地方,屁股冲着我,安安生生地蜷着身子睡着了。他还真是不拿自己当外人,还好我午休前用湿巾给他擦干净了屁股,闻着没什么异味。等到闹钟响的时候,他很自觉地挪开身子趴到床尾去了,我起来后拍

拍他,告诉他我要去工作了,他还可以再睡会儿,他乌黑的大眼睛默默地看着我,多少有点失落,似乎在说:"老妈,你什么时候不用工作,可以一直陪着我呢?"

晚上因为学校有事,我在书房加了一会儿班,老爹陪花子在厅里玩,不过花子总惦记着我,不时跑到书房门口喊我。九点半时,我终于处理完了手头上的事,打开书房门,花子正眼巴巴地蹲在门口呢。见我出来,他情不自禁地说了一句人话:"来玩儿啊!"我和老爹都清清楚楚地听到了,有点吃惊地对视了一眼。说实在的,这句人话还是有一定难度的,特别是那个北方儿化音"玩儿",花子说时带着上扬的弯钩,估计南方的猫都不一定能说得出来。我始终觉得,花子不但听得懂所有人话,也会说很多人话,说不说主要看心情。也许有一天,等我退休了,有更多的时间陪花子,他就肯拿出他的机灵劲儿,用人话跟我无障碍地交流了。

2023 年 10 月 15 日,逗你玩儿

三十五

相处时间一久,每个家庭成员都有自己一套站稳脚跟的方法。在我看来,花子的绝招之一就是撒毛毛,即使我每天扫地,都会扫出一大团花子的毛毛,他似乎有无穷的产生毛毛的能力。仿生学专家们面对现代人毛发艰难的处境,应该多向猫咪们取经。花子所到之处,无不留毛,我因为与他接触最多,特别是每天都会抱他,自然成了家中第二"存毛大户",衣服上自不必说,手上脸上也是难免。最近我不让花子去书房,可是每天我还是会在书房的地板上发现一些他的毛毛,静心一想,原来我也开始掉毛了,虽然掉的是花子的二手毛。由此可见,花子才是这个家最大的面积持有者,简直无孔不入,甚至他不用本猫到场,就可以凭借毛毛的强大粘附性占有领地,功能实在是太强大了。不过掉二手毛总比吸二手烟强,老爹不吸烟,来家的朋友也都自觉地不吸烟,所以掉点二手毛没什么大不了的,何况还有各种粘毛器。

三十五

午休时,花子很自然地钻进我的被窝。虽然他午休钻被窝不过才几天,却已经熟门熟路了。被窝暖和但有些不透气,加上现在天气还没到冷的时候,所以花子享受了一会儿便出来了。他转了几圈,贴着我的脸闻了闻,又想了想,最终还是决定靠着枕头,蜷着身子背对着我睡了。网上有资料说,猫咪选择在不同的地方睡觉是有不同的含义的,在主人枕边睡,既有对主人的信任也有对主人的保护意愿,总之是很珍爱主人的意思。如此一来,我倒要谢谢花子的好意了,尽管他在我枕边睡更多地起到了干扰我午休的作用。

窗外的风景越来越绚烂了,吸引花子每天都要花很长时间在窗边欣赏。海棠果由黄变红了,一串串玛瑙般地挂在枝头,有一些还伸到小院外面的红砖路上,小区里散步的人们多了一道风景,低处的果子还可以踮起脚摘到,给孩子们增添些乐趣。等霜降之后,果子渐渐变软,乌鸫们就该来享用它们的美食了。海棠果极其坚实,不会被风吹落地,挂在树上可以让乌鸫们一直吃到下雪天,这个场景我和花子去年见到了。大叶子树今年也格外坚挺,还在往外抽大卷轴,这两天虽然展开得慢一些,但仍很有气势,是我和花子每天必赏的风景。花子极爱他的大叶子,可惜大叶子是经不起北风吹的,会变黄变枯,在寒冬时甚至连粗壮的茎干也会变枯萎缩,只有根埋在地下保持实力,等来年春天再发新芽,开始新的轮回。花子若见到大叶子枯萎,大概会很伤心的,但这是他

花 子

必须学习的功课，生命的荣枯更替是谁都无法逃脱的自然之律。我相信大叶子抽出的每个卷轴都是有意义的，卷轴里的每条脉络都藏着密密麻麻的信息，包括花子每一次隔窗的凝视与沉思。

最近几天，网络上不断流传着恶狗伤人事件，对遛狗不牵绳的声讨也此起彼伏，有些人甚至无差别攻击所有养猫养狗人士，说什么"养畜生的人就是畜生"云云。恶狗伤人是可恶的，必须予以严惩，更要加大管理力度，以免再次发生悲剧事件，不过某些攻击言论过于荒诞，如果推论起来，难免发展为"吃畜生的人就是畜生"甚至"看畜生的人就是畜生"，毕竟非礼勿视也是祖训。我虽然不养狗，但强烈建议遛狗时一定牵好绳，切勿以"我家的狗不咬人"作为推脱。相比之下，养猫危险性小一些，更容易控制在私人范围，不至于上升到公共事件。我于是庆幸收养了花子，花子迄今也没有给我制造什么事端，每天安安生生地尽他看家猫的本分，即使在情不自禁大喊"阿吴"时，也因为分贝达不到扰民程度而没有被邻居举报。

给花子网购的进家周年礼物提前到了，是一组好几个悬挂式毛绒小玩具，取"千里送鹅毛、礼轻情意重"之意。我提前拿出一个毛毛虫形状的挂在跑步机上，新玩具有亮闪闪的丝条，立刻吸引了花子的注意力，他可以一气儿玩好长时间。因为既要双腿直立又要伸出两手捕捉，所以很容易消耗

三十五

能量,累了他就趴在跑步机上歇一会儿,然后再接再厉。看着花子不停地运动,我意识到自己体重减不下来的原因了,不过我赶紧安慰自己,我还要伏案工作呢,还要给花子挣好吃的呢,哪有那么多时间上蹿下跳。

花子最近迷上了刷舌头的项目,他趴在钢琴下面一个硬纸板的箱子里,伸出舌头,就着纸箱子的一个侧面,"沙沙沙"地刷,像人刷牙那样认真细心,有时候一晚上要趴在那儿刷好几次,我散步的时候问他:"花子,你在刷舌头吗?"他竟然很快应答:"嗯!"我猜想他不时用舌头舔毛,而舌头上有些小肉刺会挂住毛毛,所以他需要及时刷掉,以免吞到肚子里难受。刷舌头这件事反映了花子的智商,也体现了他解决问题的能力。

花子的智商也表现在每到晚上十点左右他便准时躲到大沙发下面,大概是体内的小生物钟提醒他,这个点儿快要让他去阳台睡觉了,而他想在厅里多玩一会儿,所以躲起来逃避被睡觉。我见他如此,便不忍心去捕捉他,而是尽量让他给这一天画个肥美的句号。过了十一点,他才认命地趴在我怀里,并享受去阳台路上的"宝宝抱"。等我把他放在阳台西侧的布窝窝里,摸着他的头嘱咐他晚上要安静时,他两只水汪汪的大眼睛懂事地瞅着我,似乎在说:"老妈,我不想独自在阳台睡呀,不过我知道该怎么做,我会努力保持安静的。"

这两天因为降温且起了较大的风,大叶子树两个新展

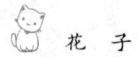 花 子

开的嫩叶片连带着嫩茎都被刮歪了,好在底下还有老叶子们扶持着,没有歪得很厉害,只是不能像此前的叶子们有展翅高飞的架势。风里似乎有凌厉的刀气,把大叶片们割裂出好些破口,显出颓唐之色,所幸那粗壮的树干目前还是汁浆饱满,透着健康的绿意。花子蹲在窗前,默默地看着他的大叶子树,似乎有些伤心,却也无能为力,一会儿便扭头走了。

花子在阳台上睡上午觉的时候,我进书房工作一会儿。从窗户看出去,天空蓝得透亮,平整展开,没有一点褶皱,像是被一个巨大的熨斗一丝不苟地熨烫过。栾树们前段时间深红的种子串颜色变淡了,看上去老成持重了些。远处近处各种树不再有新叶子长出,已有的叶子们也都老到起来,个别的开始进入收敛落叶状态。这个星球上的生物中,植物大概是最靠谱的,严谨地按节气生活,到了什么时候就做什么样的事儿,顺应天命,不逾矩也不偷懒,勤勉质朴,是值得尊重的生命之友。

今天看到一则新闻,说是某地警方截获千余只将被屠宰的猫咪。这些被抓关在笼子里的猫咪除了流浪猫,也有品种宠物猫。据说猫肉按每斤 4.5 元卖出充当猪羊肉,而羊肉市场价大约每斤 30 元,中间差价全是利润。我由此想到,往年这时候父母小院里会来不少流浪猫,今年却只有大黄每天来,小黄也不知去哪儿了,是不是被坏人抓走了?经济不景气的时候,这些可怜的小家伙们难免被盯上。相比之下,花

子是幸运的，有了安身之所，不必过担惊受怕的生活。

这几天花子老是舔下巴和脖颈的毛毛，我以为他只是例行梳理，今晚我抚摸他时无意中发现，原来他脖颈处有两个小硬毛团，大概硌得他不舒服，所以才不停地舔，但这又加剧了毛团的聚硬。我征求他的意见："花子，毛团硌得你不舒服，我给你剪掉吧？"他趴在沙发上，用大眼睛默默地看着我，没表示反对。我拿来剪刀，捏住那个稍大一点的硬团，他很配合地仰起脖子，我三下两下就给他剪掉了，他抖动了几下脖子，显然觉得舒服了些。那个小点儿的硬团比较靠近下巴，他似乎担心我的技术，我拿着剪刀靠近的时候他有点抗拒，我让老爹帮忙按住花子的手脚，免得他挣扎时受伤。我一边安慰他，一边把小硬团也利落地剪掉了，还顺便把他下巴的长毛稍微修剪了一下。剪完后，他低头时的不适感去除了，舒服地在沙发上打着滚儿。我摸着他的头："花子，你要练习着说人话呀。哪里不舒服，你就告诉老妈，你不说人话，我怎么知道你不舒服呢？"他不吱声，或许进行跨界交流是某种禁忌。我知道的几个跨界例子中，动物们都是不轻易说人话的，而且一旦开口，都是为了传达某些重要信息，比如牛郎的老牛或者巴兰的驴子。花子在进家一年中，算起来已经说了好几句人话了，或许有些超标了，所以他不肯再轻易开口。

今天是 2023 年 10 月 22 日，也是花子进家整一年的纪

花子

念日。早晨起来,天气晴好,四周安静,看起来这一天跟往日没有什么分别,但因为花子,今天还是成了一个特别的日子。生活的意义是被赋予的,日复一日年复一年,皆因我们所在意的人和事而变得不同。我首先感恩上天分配给我一只可爱的小猫咪,让我的生活多了些乐趣,同时也借着照顾花子,让我学习爱心、耐心和平衡处理繁杂事务的智慧。更重要的是,花子促使我每天多多少少写下一些文字,记录下生活的一些痕迹,这些文字虽然不免琐碎,甚至有流水账之嫌,但对于我来说是珍贵的生命记录,而花子作为一种生活线索,起到了不容忽视的作用,仿佛是一条海水养殖绳,在生活的洋流中黏附着许多看似微不足道而又富有意义的个人事件。

上午陪花子玩了一会儿,我外出有事,等中午回来的时候,花子在房间里哑着嗓子大声喊叫,传递出苦苦等待的委屈之气。我把他放出来,安抚了一番,又喂了肉肉,他这才平复了情绪,在家里自在地玩耍起来。等我上床午休时,他熟练地跳到我枕头边,用鼻子贴贴我的脸,示意我打开被子让他进去窝一会儿。我以为他很快就会出来,没想到今天他打定主意要一直待在被窝里,看在纪念日的份儿上,我用胳膊给他撑着被子,露出一个口便于他呼吸,于是他头靠着我的臂弯,身子蜷在我的身边,很舒坦地打起了小呼噜,像极了一个温顺乖巧的小宝宝,暖化了我的中年老母心。

三十五

傍晚我有事又出去了一趟,回到小区后,在离家不远的红砖路上,忽然看见一只半大橘猫迎着我跑来。这显然是一只流浪猫,长相极为普通,身上的毛也有些暗淡,但它冲着我显示出极大的热情,喵喵地叫着跑到我身边,好像跟我很熟悉的样子。我仔细一看,它的面貌竟然有几分像小晚,难道是小晚跨小区流浪到这儿来了吗?我问它:"你是小晚吗?"它看到我停下脚步,马上在我跟前躺下,翻来翻去露出肚子,还"啊啊"地轻声叫着,我知道这是它表示友好的意思,不过我手里提着东西,它身上又比较脏,就没去摸它。我有一瞬间真的以为是小晚,以前小晚在父母小院里见了我,也是这样躺下露出肚子等着我摸它,不过我再仔细一看,确定这不是小晚,小晚身子比它要更大更长,小晚的尾巴很细很短,而它的尾巴是长长的,只是跟小晚都是普通的橘猫品种而已。这时候过来一个小男孩,很友好地站在小橘猫旁边。小橘猫又冲着他打滚儿,或许小男孩认识它并给它投食过。回家的路上,我想如果下次还能遇见小橘猫,可以考虑用箱子把它带到父母小院里,它在那儿有吃有喝,至少能熬过即将到来的冬天。

回想这几年跟流浪猫们的相处,花子是最有缘分的。他不但进了家,成了看家猫,还成了我生活中占份额比较大的一个存在。回到家,我把花子放出来,他开心地到处跑酷,上蹿下跳。我跟他说:"花子,你来家一整年了,全

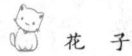 花子

家都喜欢你,下一年你要更加开心哟。为了表示祝贺,老妈再送你几个小玩具吧。"他听了愈加兴奋,紧跟在我后面跑,还抱住我的脚踝在地上打滚儿。我拿出前两天网购的玩具包,又在客厅门和暖气片上挂了几个毛绒小玩具,花子一一尝试玩了玩。除了毛毛虫,他还很喜欢大蜻蜓,跳着抓着玩着,不亦乐乎。老爹下班进门后,他赶紧迎上去,果然也得到了老爹的周年盖章:"花子,你好啊,祝贺进家一年啦。"晚上我和老爹在客厅散步的时候,花子似乎对自己安全度过一年的观察期感到很兴奋,主人翁的意识大大增强,把全家巡视了个遍,包括饭桌和茶桌,甚至还想跳上窗台和灶台,被赶下去的时候也没有以往的羞愧,而是满不在乎地大摇大摆,气势肉眼可见地高涨了不少。等到十点半的时候,我抱着他去阳台,他大概玩累了,没怎么挣扎。我把他放回窝窝,

2023 年 10 月 22 日,庆祝进家一年

三十五

他忽然伸出两只手抱住了我的右胳膊，大眼睛紧盯着我，饱含着深情。我摸摸他的头，表扬他是个好孩子，要照顾老妈休息，他这才把手缩回去，乖巧地趴在窝窝里。我关上门拉起窗帘的时候，他一直歪着头看着我，似乎要把我深深地刻在他的心版上。

后 记

　　时间貌似在无情地流逝，其实它是无限包容的，允许人以各种方式标记、填充或保存。现在我能想到的保存时间的最好方式，就是把它写下来。这本小书从写作到出版，持续了两年左右。这些时间对我而言是珍贵的，可爱的，散发着各种香气。虽然我的笔墨有限，很多精妙的瞬间消散于无形，但本书得以面世，对我而言是一件值得感恩的事情。

　　我要感谢本书的主角，我亲爱的小猫咪花子。他不但为我提供了写作的契机，也提供了写作的内容。在我写下这几行字的时候，他依然在旁边陪着我，使我在繁杂的毕业季中，仍能感受到生活的沉静与恬美。我希望这本小书只是一套系列丛书的开始，花子的成长故事仍在继续，我的观察和记录也在持续更新中。

　　我要感谢在本书中友情出场的家人、朋友、其他猫咪乃至路人……在同一个时空中愉快地交集，的确是一件美事。

后 记

  我要特别感谢中国戏剧出版社的武云总编,作为知心老友,她慷慨允诺提供机会出版此书,实现我保存时间的愿望。同时也感谢邢俊华编辑,几年前我们曾有过一次合作,这次合作依然非常顺畅。

  最后,我要感谢上天,赐给我一只聪明可爱的小猫咪、一群支持帮助我的家人和朋友们,以及一整套健康的身心。

刘 夏

2024 年 9 月于济南